KB246060

고독한 욕망의 윤리학

고독한 욕망의 윤리학

강희안 평론집

국학자료원

책머리에

비평의 행위란, 첫째 기존 시의 텍스트를 중심으로 야기되는 문제를 긍정적 부분에서부터 부정적인 측면에 이르기까지 고구해야 한다. 한 시인의 세계를 조명하는 데서 그치는 것이 아니라 그가 나아가야 할 기대지평까지 조감하는 역할을 수행해야 한다는 것이다. 둘째 기존 텍스트를 다양한 오브제 중의 하나로만 파악하여 비평가 자신만의 새로운 비평관을 세워야 한다. 이는 당대의 진부한 사상적 체계의 한계를 분석한 뒤 미래의 인문학적 비전까지 제시해야 하는 일이기 때문이다.

그러나 이러한 엄격한 원칙이 현행 시단의 비평적 관행과는 무관하다는 사실은 부인하기 어려울 것이다. 전자의 경우 자신의 지적 소유권을 과시하면서 한 시인의 긍정적인 측면만을 지나치게 부각한 나머지 시는 사라지고 논리만 난무하는 기현상까지 낳기도 했다. 그래서 언제부터인가 '주례사 비평'이라는 꼬리표가 달리지 않았는지 깊이 반성할 때라 여겨진다. 더 나아가 후자의 경우에도 자신만의 비평관이 부재한 탓에 인문학적 비전보다는 작품 해설에 급급한 것이 현행 비평단의 현 주소가 아니었는지 자문해볼 시점이기도 하다.

이와 같은 현실에서 창작에 매진해야 할 하나의 시인으로서 비평에 가담한다는 일은 과연 무엇이고, 또 그것이 우리 시단에 어떤 영향을 미칠지 아직까지도 미지수다. 다만 우리 비평단이 올바른 구실도 못할 뿐더러 구심점을 잡아줄 어떤 쟁점도 창출하지 못한다는 사실만은 분명해 보인다. 한 시인으로서 자족하던 필자가 어느 잡지 대담에서의 비판적 발언이 빌미가 되어 우연찮게 비평의 길에 발을 들여놓고야 말았다는 사실을 이 자리를 빌어 처음으로 고백한다.

이 책의 1부에서는 우리 시단이 다채롭게 그려내는 언어와 존재에 관한 보편적인 풍속도를 살펴보고자 했다. 여기에서는 상투화된 시인들의 세계관을 향해 일갈하는 서늘한 칼날의 맛을 음미할지도 모르겠다. 2부와 3부에는 각 잡지에 게재했던 우리 시단의 신진에서부터 중견에 이르기까지 다양한 시인들의 특집 작품론과 서평을 실었다. 각기 다른 그들만의 독특한 발성인 만큼 묵중한 무게가 느껴질 것이다. 마지막 4부에는 한동안 시를 읽는 즐거움에 취했던 시절에 각 잡지에 연재했던 단평 중에서 몇몇 작품들만 엄선하여 선보인다.

그동안 여기저기 발표했던 조악한 글을 정리하면서 비평을 겸업하는 시인으로서 느낀 점은 대략 두 가지로 요약된다. 하나는 시가 세상에서 제일로 어렵다는 것을 다시금 깨닫는 계기가 되었으며, 다른 하나는 비평 또한 제2의 창조라고 서슴없이 말할 수 있는 사실의 발견이다.

시가 광대한 무(無)의 지평에서 생명체를 창조하는 데 비해 비평은 생명의 실재에서 상상의 힘을 동원하여 또 다른 유(有)의 세계로 나아가는 일이기 때문이다. 시와 비평, 그들이 서로 길항하는 접점을 찾는 일에 한동안은 골몰해야 할 것 같다.

2011년 가을날, 한마루 산방에서
강희안 쓰다

차 례

제1부 우울한 농담

제2부 꿈의 거울

제3부 몽상의 집

제1부
우울한 농담

새로운 영토 탈환을 위한 치열한 고투
– 젊은 시인들의 반성적 성찰을 위한 제언

시의 언어가 인간 중심적 도그마(dogma)를 표백하는 것이 아니라 존재 자체가 언어의 기능이 되어야 한다는 고트프리트 벤의 말은 그가 활동하던 20세기 초반으로서는 가히 혁명적인 발언이었다. 그에 의하면, 언어에는 어떤 불가해한 힘이 있어 소리와 운율의 배치에 의해서도 존재 자체를 변화시킬 원초적인 힘을 내재하고 있다고 보는 견해이다. 언어의 기능성 차원을 넘어서려는 이 절대시의 영역은 정신주의와 맥락이 맞닿아 있는 관념적 세계로서 시인에게는 새로운 언어적 근거를 제공해 주는 셈이다. 이를 환언하면, 존재와 언어의 관계성 자체를 문제삼는 것이지, 거기에 대립이나 동화라는 어떤 관념의 축을 세우지 않는다는 것이다. 오히려 존재와 언어의 경계를 무화시켜 전일체를 구가하는 과정이 중시될 뿐이다.

이와 같은 사실은 나로 하여금 하이데거의 '언어는 존재의 집'이란 의미를 뒤집어 '존재는 언어의 집'이란 명제를 도출하는 계기를 부여했다.

이때 전자가 인간 중심적 언어의 우위성을 내세운다면, 후자는 존재 자체가 언어를 부릴 수 있는 주체적 자각의 개념이 성립된다. 이것은 거대 담론의 세계가 무너진 이후 존재 자체를 언어의 우위에 두고 생명의 원리에 따라 새로운 존재의 거점을 마련하려는 내 나름의 의식적 노력의 일환이었다. 따라서 나에게 시 쓰는 일이란, 첫 시집『지나간 슬픔이 강물이라면』(문학사상사, 1996)에서 의식을 강박했던 낭만적 언어와 결별하는 일이 문제였다. 거대담론이 무너진 이후의 파편화된 미시담론의 세계를 탄력적으로 통찰하기 위해서는, 무엇보다도 언어와 존재의 무의식적 현상의 어긋난 틈새를 밝히는 일이 중요했기 때문이다.

> 집이 하도 고물딱지 같아서 TV와 장롱, 전화기도 새로 바꾸고 방도 도배를 말끔히 했다. 아내는 가구에 광택제를 뿌리며 닦아댔고, 난시청 지역인 까닭에 나는 VHF는 물론 UHF 안테나까지 높이 달았다. 그간 TV 화면은 폭풍주의보 속 물결처럼 흔들렸고, 장롱의 문은 언제 넘어질지 모르는 상태여서 늘 잠자리에서 불안에 시달려야 했다. 전화기 또한 상대방은 잘 들리지만 우리 쪽은 잘 들리지 않는 혼선과 난청의 답답함에 시달려온 지 10여 년, 그런 이유로 나는 눈과 귀가 좀 침침해지고 말도 하는 쪽보다 듣는 쪽에 가까와 갔으며, 죽음에 대한 공포 의식도 내가 모르는 사이 이미 관념의 일부로 공유해 온 것이었다.
>
> 이튿날 아침 전화벨 소리에 놀라 잠에서 깨어났을 때, 새 TV와 새 가구를 들였지만 처음 TV와 처음 가구가 없어졌고 집도 다시 있지 않았다.

— 강희안, 「가구에 대하여」 전문,
『거미는 몸에 산다』(문학과경계사, 2004), 12쪽

위의 시는 체험을 바탕으로 씌어진 것으로서, 언어와 존재에 관한 나의 의식 지향성을 분명하게 보여주는 작품이라는 판단에서 인용해 보

았다. 여기서 중요한 점은 시적 화자가 모든 가구, 즉 세계가 낡았기 때문에 폭력적이라는 인식에 시달린다. 따라서 세계를 혁명적으로 바꾸기 위해 모든 가구를 교체하지만, 오히려 문제는 그 다음부터였다. 그간 시적 화자가 10여 년 동안 세계라고 믿었던 가구(언어)가 시뮬라크르 같은 자본주의의 허상에 불과했으며, 그것은 다름 아닌 실재 세계(집)의 부속품에 불과했다는 아이러니한 충격을 받았다는 사실이다. 언어의 감옥에서 벗어나 주체와 언어의 간극에서 몸이 현현해 주는 비의를 감지한 것이 두 번째 시집 『거미는 몸에 산다』의 결과물이다. 또 다른 시 「기호의 문」에서는 '8'이라는 자의적인 기표가 형태상 유사한 '개미'의 이미지에서 노아의 방주에 실린 8명의 식솔, 나아가 ∞의 기호와 겹치다가 배선(船) 字로 기호화되는 연상 고리를 통해 기표의 자의성을 풍자적인 어법으로 부정하기도 했다. 기존의 질서를 전복하는 동력을 언어로부터 새롭게 재구성하려는 의도였다. 권혁웅의 예리한 지적(『문예연구』, 2004년 겨울호)도 있었지만, 나에게 언어는 무엇에 대한 표상으로서의 기호가 아니다. 그것은 실재계로 진입하는 입구이며, 실체가 자리 잡고 있는 거주지다. 나는 이 접면을 언어와 행위의 관계선이라 부른다. 내가 말놀이(pun)에 자주 기댄 것도 기호(언어)의 질료적인 성격에서 기인한 것이다. 이와는 다른 관점에서 최근 시집을 내고 왕성한 활동을 하고 있는 다음 세 시인의 엇비슷한 은유로 착안된 시들과 비교해 보자.

> 조팝꽃이 피었다. // 보란 듯이, / 그동안 내가 씹어 삼킨 밥알들을 / 그 가는 가지에 줄줄이 한알 한알 빠짐없이 붙이며 / 얼마나 많은 밥그릇을 비웠느냐고 // 조팝꽃 여기, 저기 피었다
>
> ― 안도현, 「조팝꽃」 전문,
> 『너에게 가려고 강을 만들었다』(창비, 2004), 79쪽

깃인가 꽃인가 밥인가 / 저 희디흰 눈은 / 누구의 허기를 채우려고 / 내리고 또 내리나 // 뱃속에 들기도 전에 스러져버릴 / 양식을, 그러나 손을 펴서 / 오늘은 받으라 한다 // 흰 밥을 받고 있는 언 손들 // 목튤립 마른 열매들도 / 꽃봉오리 같은 제 속을 다 비워서 / 송이송이 고봉밥을 받고 있다 // 박새들이 사흘은 쪼아먹고 가겠다

— 나희덕, 「朝餐」 전문,
『사라진 손바닥』(문학과지성사, 2004), 18쪽

어릴 적 돌나물을 무쳐먹던 늦은 저녁밥때에는 / 앞마당 가득 한사발 하얀 고봉밥으로 환한 목련나무에게 가고 싶었다 / 목련화 하늘궁전에 가 이레쯤 살고 싶은 꿈이 있었다

— 문태준, 「하늘궁전」 부분, 『맨발』(창비, 2004), 38쪽

위에 인용한 시뿐만 아니라 시집 전체를 통독해 보며, 세 시인의 시에서 산견한 것은 젊은 시인의 특장인 역동적이고도 그로테스크한 상상력이나 자기만의 독보적인 언어 인식이 부재한다는 점이다. 동일성의 원리를 근간으로 슬픔이나 그리움을 적당히 얼버무려 놓은 듯한 막연한 그리움과 슬픔의 정서, 서정 주체의 감정만을 투사하기에 급급한 상투화된 은유적 사유가 주된 시작 원리일 뿐이다. 즉 이 세 편의 시는 "조팝꽃, 눈발, 목련꽃"이란 대상 자체만 다를 뿐이지, 그것을 '밥'의 이미지로 은유화하는 기법은 더 이상 낡을 것도 없는 죽은 메타포에 불과하다. 조사한 바에 의하면, 이 세 편의 시는 시인의 이름을 뒤바꾸어 놓아도 누구도 쉽게 제 자리를 확인할 수 없다는 사실이다. 상투화된 목소리와 자동화된 언어 인식, 세계관의 상실에서 촉발된 당위적 결과이리라. 나아가 비극적 유년의 시간이 의식의 근간이다 보니 '체험의 단선적 내면화'라는 도식성에만 치우쳐 있을 뿐이다. 이 같은 인식은, 시대성과의 절연을 야기하는 닫힌 텍스트가 과연 새로운 패러다임의 창

출에 기여할 수 없다는 회의와도 직결되는 문제이다. 더구나 그들이 중심이 와해된 이 시대의 현실과 언어가 어떤 재구 관계에 있는지를 간과한다면, 시라는 텍스트의 존립 여부를 우리는 심각하게 고민해야 할 것이다. 인간이 자연과 동화되어 살던 전근대적 생활양식에서만이 소통될 수 있는 이 같은 시대착오적인 상상력은 우리 시단이 안고 있는 가장 중요한 폐단 중의 하나이다.

저간의 정황을 고려해볼 때, 이러한 측면은 현재 우리 시단이 확고한 의식의 지평을 열고자 고투하기는커녕 헤게모니 싸움이나 일삼으며 매너리즘에 빠져 있다는 까닭과도 무관하지 않다. 시장 점유율만을 높이기 위해 '띄우기 경쟁'에 혈안이 되어 있는 출판 권력자들의 사정을 돌이켜 보면, 더 더욱 심각한 지경이 아닐 수 없다. 은유의 원리 하나만을 감각적으로 능숙하게 구사하면서 자본과 결탁한 정신이 고갈된 서정시 계열의 시인들, 90년대 이후의 자의식의 깊은 수렁 속을 헤매 다니다 비판력과 자기 염결성을 상실한 채 정신공황에 빠진 시인들, 환유의 원리를 축으로 기존의 관념을 무너뜨리는 데는 성과를 거두었지만, 비슷한 형식의 동어반복만을 되풀이하고 있는 실험시 계열의 시인들이 주류로 고착화된 것이 우리 시단의 현주소라는 사실은 누구도 부인하지 못할 것이다.

그간의 시작 이력을 감안해 볼 때, 우선 서정시 계열의 강연호, 이진명, 이정록, 정철훈, 김선우, 정병근, 김수영, 장철문, 김종태, 배한봉, 복효근, 이덕규, 박성우, 손택수, 길상호, 윤성택, 신용목 등과, 실험시 계열의 박상순, 이선영, 이수명, 함기석, 심상미, 김언희, 이장욱, 조말선, 김 참, 김종미, 성기완, 이 원, 이민하 등의 시가 일정한 성과를 거두었다고 평가된다. 이밖에도 여기에 편입되기를 거부하며 자기만의 독특한 색깔을 고집하는 시인들로 박정대, 권혁웅, 정재학, 유홍준, 배용제,

우대식, 장이지 등도 한 그룹 형성되어 있다는 점은 우리 시단이 주목할 대목이 아닐 수 없다. 여기에는 아직 시집을 발간하지 않은 신인에서부터 대여섯 권의 시집을 가진 소장급 시인에 이르기까지 두루 포진되어 있다. 그러나 몇몇을 제외한 대부분의 시인들이 앞서의 지적 사항에서 결코 자유롭지 못하다는 사실이다. 이들 중에서도 괄목할 만한 성과를 거둔 세 시인만을 꼽으라면, 나는 단연 이진명, 함기석, 유홍준을 천거할 것이다. 이들은 각기 다른 개성을 가진 시인들로서 현시단을 돌파해낼 능력과 열정을 겸비하고 있다고 판단되기 때문이다.

이따금 그녀 집 상공으론 알지 못할 비행기가 높이 떠간다 / 흰 비행선을 그으며 꺼트리며 빠르게 사라져간다 / 이역만리를 가려나 중얼거려 보는 / 날아오르는 꿈을 특히 많이 꾼다는 그녀에겐 / 날개달린 것들의 대낮 출현은 좋은 낮꿈이었다

— 이진명, 「龍門·2」 부분,
『단 한 사람』(열림원, 2004), 57쪽

시 대신 기하학 문제를 풀며 논다 / 3차원의 내가 1차원의 나를 초대해 / 2차원의 마을에 사는 나를 찾아가는 상상을 한다 / 상상은 피로 물든 백지와 함께 나를 찾아온다 / 나는 눈을 감고 귀를 막는다 / 그래도 야옹 야옹 비가 내린다 / 기하학은 기하학을 살해한다

— 함기석, 「기하학은 기하학을 살해한다」 부분,
『시와세계』(2004년 봄호)

갈고리에 꿰인 저 돼지는 / 네 개의 발을 중심으로 잘리어져 걸렸고 / 그대는 4부로 나누어 시집을 엮었다 / 아아 저 네 토막 밖 / 머릿고기처럼 / 납작하고 납작하게 눌려져서라도 / 말하고 싶다 핏물이 스며나오는 책갈피 / 넘길 때마다 핏물이 묻어나오는 시집을 묶어 / 팔고 싶다 서점이 아닌 저 식육코너에서 무표정하게 핏기없이

― 유홍준, 「식육 코너 앞에서」 부분,
『喪家에 모인 구두들』(실천문학사, 2004), 9~10쪽

　먼저, 서정시에서 출발한 이진명의 경우 세 번째 시집인『단 한 사람』
에 이르러 시세계가 분수령을 이루고 있어 주목된다. 그녀는 시「용문 ·
2」에서도 볼 수 있듯이, 사실적 관찰이 풍요로운 내면과 만나 존재의
개시성으로 귀결되는 문법은 그녀만의 독자적인 시의 영역이다. 그녀
의 시는 세계를 왜곡하거나 비틀어 놓는 것이 아니라 있는 그대로의 비
극을 환기하며 내부로 기화되므로 관념화된 언어의 발자국이 남지 않
는다는 점이다. 장주의 나비처럼 관념의 구획을 해체하면서 언어가 스
스로 말하는 세계이다.

　함기석은 이미 두 권의 시집을 상자한 시인이지만, 오히려 근작에 와
서 한 차원 도약한 시적 역량을 발휘한다. 함기석은 크게 언어와 존재
(실존)의 문제를 다루고 있는데, 비합리적인 근대의 언어와 존재의 양
면성을 투시하면서 평면적인 언어를 극복하기 위해 기하학적 공간을
동원한다. 즉 형이상적 실험시의 영역으로서, 1차원적 언어를 3차원적
도상으로 끌어올리기 위해 고투하는 시인의 내면은 가히 비극적이다.
시인은 나로 표상된 언어를 입체의 도상(존재)에서 평면적인 자아(언
어)를 바라보다가 고양이 발톱 같은 비에 의해 산산히 해체된다. 이 확
정할 수 없는 열린 텍스트는 자기 반영성의 상실과 획득이라는 이중성
을 내포한다. 언어의 입체화라는 이 명제는 시단의 관심을 환기하기에
충분한 오로지 그만의 영역이다.

　마지막으로 유홍준의 시는 첫 시집인데도 불구하고 리얼리즘과 모
더니즘, 해체적 사유의 영역을 두루 넘나들면서 제 나름의 언어 구조를
획득한다. 후기산업사회의 파편화된 의식의 단면을 예리하게 해부하

는 언어의 칼날이 푸르다. 부조리한 세계를 풍자하고 고발하는 차원에서는 리얼리즘의 영역에 닿아 있고, 주체가 문맥마다 끊임없이 지연되고 미끄러지며 타자성을 드러낸다는 측면에서는 해체적 사유와 통하기도 하고, 물화된 현실을 거부하며 총체성 회복이라는 명제를 잃지 않고 있다는 점은 모더니즘적 사유에 맞닿아 있기도 하다. 이를 일컬어 다원시학(plural poetics)이라 불러도 좋으리라.

90년대 거대담론의 퇴조 이후 새 천년에 이르는 과정에서 우리 시단은 리얼리즘의 약화와 함께 대두된 해체주의의 영향으로 현대 문명의 음울한 풍광이나 내면화된 자의식의 그늘을 초점화하는 데 십수 년을 고스란히 바쳐왔던 듯싶다. 그간 젊은 시인들이 추구했던 그로테스크한 상상력이란 것도 오규원, 김광규, 황지우, 이성복, 박남철, 최승호, 김혜순, 최승자, 김승희, 유 하, 장정일, 송찬호, 함민복 등이 천착했던 주제 의식(타자성의 문제, 문명 비판, 아버지의 죽음, 페미니즘 등)이나 기법(풍자나 패러디, 패스티쉬, 콜라쥬 등)의 아류에서 한 치도 비켜서지 못한 채 그들이 거둔 성과만을 반복하고 답습하고 있다는 점도 작은 문제는 아니다.

다른 한편에서는, 리얼리즘의 기치를 들었던 고 은, 신경림, 김지하, 정희성, 이시영, 이성부, 백무산, 박노해, 김남주, 김정환, 김용택 등을 추종하던 90년대 시인들조차 몇몇 중진 시인들이 아무런 자기 검열과 반성 없이 슬그머니 서정시로 회귀하자 너나할 것 없이 그들의 등 뒤에 숨어들었다. 깊이 있는 정신을 얻지 못한 서정시가 갈 길은 뻔한 것이어서, 전통 서정시의 영역으로 추락하거나, 동양사상(불교, 노장사상 등)에 기댄 공소한 정신주의를 내세우기도 하고, 문단의 시류에 휩쓸려 생명시나 생태시의 영역에 함몰되는 우를 범하기도 했다. 더구나 몇몇 뛰어난 시인들은 출판사의 상술과 결탁하여 독자를 겨냥한 얄팍한 감각의 서정시나 동화, 연애시집류 등이나 양산하는 어처구니없는 현실에 당면한 것은 비단 오늘의 일만은 아닐 것이다.

이상의 결과를 취합해 볼 때, 우리 젊은 시인들의 가장 큰 취약점은 크게 세 가지 정도로 일별해 볼 수 있을 것 같다. 첫째, 새로움을 추구하는 도전 정신이 약화되었다는 점이다. 형식적 실험은 고갈되고 기성화되어 더 이상 나아갈 좌표조차 긋지 못하고 있다. 그들은 새로운 정신 속에서만이 새로운 형식이 창출된다는 사실마저 간과하고 있다. 둘째, 90년대 횡행했던 풍자와 비판력의 상실을 들 수가 있다. 비판은 도저한 정신에서 추동되는 것이지만, 그보다 더 중요한 것은 철저한 자기반성과 언어적 자각이 선행되어야만 보편적 실존 양식으로 환기되는 동시에 시대의 의표를 찌를 수 있는 힘을 얻기 때문이다. 셋째 철학의 부재, 사상의 부재이다. 자기만의 언어가 없는 시인은 남의 목소리를 베낄 수밖에 없는 가짜 시인이며, 정신의 공황에 빠져 있는 죽은 시인이다. 극단적으로 어제 사유한 것을 오늘 부정할 수 있는 살아 있는 정신의 소유자일 때만이 그는 진정 불행한 시대를 이끌고 가는 언어의 사제가 될 수 있을 것이다.

젊은 시인들이여! 우리 시단에서 자기만의 언어로 자기만의 새로운 영토 탈환을 꿈꾸는 자 과연 누구인가?

성(聖)과 속(俗)의 우주율

　　인간이라면 누구나 예외 없이 '현재'라는 시간대를 살아가고 있다. 이 현대라는 시간은 과학적이고도 합리적인 인식의 토대 위에서 물신숭배를 미덕으로 삼는 저속한 시간이다. 그런 면에서 이 시간대에 처한 현대인은, 엘리아데가 말하는 종교적 인간과는 전혀 다른 비종교적 인간이다. 자연을 경외하지 않고, 신화적 상징의 의미도 파기해 버리고, 자연의 일원으로서, 충만한 우주의 호흡에 귀 기울이지 않는 비종교적 인간들이 넘쳐나는 세계가 바로 현대인 것이다. 그리고 그 속에서 지금의 종교는 인간의 사적인 욕망을 채워주는 구복적인 것 이상의 역할을 하고 있는지 의심스러울 정도로까지 전락했다.

　　그러나 인간은 아이러니하게도 비극적 세계 속에서만이 새로운 비전을 품을 수 있는 존재이다. 봉인된 현대라는 틀 속에서 살아가는 인간이 삶의 신비를 이해하고, 잃어버린 신화적 상징들을 회복하고, 종교적인 인간으로 재창조될 수 있다면 새로운 가능성이 열릴 것이다. 만약 그렇게 된다면 삶의 신비가, 마음속의 신비가, 잃어버린 시간 속의 신비가, 사라져 버린 우주의 신비가 인간에게 다시 찾아오지 않을까? 엘리아데에 의하면 성(聖, the sacred)과 속(俗, the profane)은 세계 안에서의 두 가지 존재 방식이다. 성은 속의 상대적 가치 개념이다. 성이 종교적 인간 삶의 방식이라면, 속은 비종교적 인간 삶의 방식이므로 항상 이율배반적 관계로 서로에게 복속된다.

그렇다면 불특정다수의 인간들은 곧장 시인들에게 이렇게 질문을 던질 수 있다. 과연 성스럽게 산다는 것은 어떤 것인가? 이에 대해 엘리아데는 시인들과 동일하게 '성스러운 시간'을 보여주는 데서 삶의 재생 모티프가 발현한다고 답변한다.

어린 시절, 우리 마을엔 하모니카를 잘 부는 머슴 한 명이 살았습니다. 그는 저녁이 오면 마을 골목길을 느릿느릿 휘돌며 하모니카를 불었습니다. 비가 오나 눈이 오나 어김없이 하모니카를 불었습니다. 청승을 타고 났는지 그가 부르는 노래는 무엇이건 모조리 슬펐습니다. 마을 사람들은 구성진 그의 하모니카 소리를 좋아하였습니다. 저녁밥을 물리고 나면 으레 그 하모니카 소리를 기다렸습니다. 모두들 하모니카 소리를 듣다가 깜박 잠이 들곤 하였습니다. 그 애잔한 하모니카 소리에 덮혀 나의 잠도 일찌감치 슬픔 쪽으로 기울었습니다. 그러던 어느 늦가을 하모니카 소리가 뚝 끊겼습니다. 알고 보니 그가 홀연 우리 곁을 떠났습니다. 그 후로 골목엔 무거운 정적만이 감돌았고 사람들도 하나둘씩 마을을 떠나갔습니다. 이제와 생각해보면 그는 마을 사람들의 가난과 슬픔을 달래준 가수였습니다. 지금도 가끔씩 폐허의 빈 골목을 거닐다 보면 옛날 그 하모니카 소리가 아련히 들려오는 듯합니다.

— 김선태, 「그 골목에 하모니카 소리」 전문

상기의 시에 제시된 현재의 시간은 "폐허의 빈 골목"과 다를 바 없다. 종교적 인간은 축제나 의례에 의해 시간의 단절을 체감한다. 축제나 의

레는 신화에 나오는 전범으로 제시된 신들의 행위를 인간이 모방하는 형태로 치러진다. 신을 모방함으로써 인간은 신과 동시대인이 되어 신화적 시간을 경험하게 될 뿐만 아니라, 마치 신이 태초에 시간을 창조한 것과 같이 자신을 위해 새로운 시간을 창조하게 된다. 녹슬고 낡은 시간을 새롭게 재생하는 것이다. 인간은 축제와 의례에 의해 주기적으로 신성의 시간으로 탈출을 감행하여 태초의 우주율을 현재의 시간대로 소환한다.

그러나 인용시의 화자는 신화적인 시간을 재현하는 대신 자신이 체험한 슬픔의 시간대로 하강하여 현재의 고통과 슬픔의 정체를 과거의 시간대에서 치유받고자 하는 의식의 심층을 보여주고 있다. 누구나에게 적용되듯이 작은 고통(현재)은 큰 고통(과거)으로 넘어서고, 작은 영혼(俗)은 큰 영혼(聖)이 위무해 준다 했던가. 이 시의 제재인 "구성진 그의 하모니카 소리"는 부정의 이중성을 통해 긍정의 시간대로 환원하려는 시적 화자의 비감한 의식의 기제이다. 성이란 존재할 때보다 부재할 때 신성한 힘을 발현하지만, 그 이후에도 인지 대상의 형질적 속성은 변화되지 않는다.

성스러운 하모니카 소리도 여전히 하나의 하모니카 소리이다. 표면적으로 볼 때, 그 하모니카 소리는 다른 일반적인 하모니카 소리와 변별할 수 없다. 그러나 "하모니카 소리"가 성스러운 것으로 수용되는 "마을 사람들"과 화자에게만은 그 곡조가 "가난과 슬픔을 달래준" 초자연적 실재로 변한다. 다시 말하면, 종교적 체험을 지닌 인간에게는 모든 자연이 신성성을 환기한다. 그때 하모니카에 의해 현현된 우주는 전체가 그대로 성현의 상징이 된다.

    파닥거리는 갓난아기 뒷모습은
    들킬 것 없이 투명한데

화려한 나비 날개 뒤에도
벌레의 몸통이 달려 있다
열 달을 신기한 나비같이 떠돌다 나온
아기의 말캉거리는 배에도
갓 낳은 죽음은 투명하다

늘 뒷모습을 설거지하는 어머니가 걸려 있는 부엌에
몇 장 남지 않은 달력이 흔들렸고
가문 날의 잎맥같이 쪼그라드는 앞모습과
더 이상 설거지로 씻기지 않는 주름진 뒷모습
어머니 이제야 서너 토막으로 들켰다
눈 감고 껴안아야 엿볼 수 있게
허락하는 뒷모습을

— 곽명숙,「뒷모습」전문

인간은 신의 모방을 통해 어떤 공간이든, 어느 시간대이든 성스러운 세계로 환치할 수 있는 소우주와 같은 존재이다. 역으로 말한다면 의식적인 모방이든, 무의식적인 모방이든 간에 성스러운 신화 세계와 연관되기만 한다면, 시간과 공간 안에서 벌어지는 인간의 모든 활동은 신성의 체현과 다를 바 없다. 신을 향해 열리는 순간 공간의 모든 사물은 '중심'이 되고 시간의 모든 순간은 '제의'가 된다는 말이기도 하다. 이 시에서도 마찬가지로 "화려한 나비 날개 뒤에도 / 벌레의 몸통이 달려 있다"는 인식은 신의 질서의 배후에는 인간의 질서가 인접해 있다는 발견에서 출발한다.

이와 같은 인지를 바탕으로 화자는 "몇 장 남지 않은 달력"이라는 속된 "어머니"의 시간대 위에서 "더 이상 설거지로 씻기지 않는 주름진 뒷모습"을 발견하기에 이른다. 종교적 인간에게 우주는 살아있는 실재이며, 끊임없이 말을 걸어오는 그 무엇이다. 인간은 세계의 현존이 이미 무엇인가를 의미하고, 신의 호흡에 의해 이루어진다는 사실을 믿고자 한다. 우주는 신들이 창조하였고, 신들은 우주적 생명을 통해 자신의 얼굴을 다른 존재(어머니)를 통해 계시한다. 다시 말해서 화자가 "눈 감고 껴안아야 엿볼 수 있"는 것은 다름 아닌 성스러운 신의 모습인 것이다. "갓 낳은 죽음"조차 "투명"할 수 있는 것은, 거기가 바로 숨은 신(hidden god)이 현현한 지점이기 때문에 가능한 역설이다.

> 움터 오르는 살의(殺意)를 비집고
> 아기가 운다
> 신생아실 앞 아기를 보러 온 사람들이
> 흡반처럼 웃고 있다
> 붉은 리본에 묶인 꽃다발 흔들린다.
>
> 삼키지 못하는 저 울음과 웃음은
> 서로 닮아 있다.
>
> 흔들리는 꽃다발처럼
> 밑도 끝도 없이 수척해지는 풍경을
> 병상에서 오래도록 듣는다.
> 못 견디게 나른한 수액의 속도는
> 불길한 문장처럼
> 멈칫멈칫 가느다란 혈관을 통과한다.
> 이를테면 컴컴한 대낮 같은
>
> 진통이 발가락 끝까지 뻗칠 때면
> 나는, 배지 않은 아이를 사산하고
> 아이가 터뜨리지 못한, 붉은 리본에 묶인 울음
> 이 불룩해진 쪽으로 돌아눕는다.

온데간데없는 뜨거운 것들의 이름
그림자가 너무 길다

— 채선, 「봄의 레퀴엠」 전문

'레퀴엠(requiem)'은 가톨릭에서 죽은 이를 위한 미사(위령미사)에 연주되는 무겁게 갈앉는 예식 음악이다. 15세기의 작곡가 아담 폰 풀다는 이러한 종류의 음악을 '죽음의 명상'이라 불렀을 정도로 침울한 음악으로 널리 알려져 있다. 우선 인용시의 화자는 '아기'와 '봄'을 은유화하면서 '아기의 울음'과 아기를 보러온 '어른들의 웃음'을 양립한다. 신생과 완성, 즉 성과 속의 세계가 대립의 축으로써 병치된 구조다. 나아가 화자가 "움터 오르는 살의(殺意)를 비집고 / 아기가 운다"고 한 것은, 추측건대 아이를 사산한 욕구 불만에서 오는 것이리라. 이러한 정황은 '봄(신생)'과 '레퀴엠(죽음)'의 배반적 관계와, "배지 않은 아이를 사산하고 / 아이가 터뜨리지 못한, 붉은 리본에 묶인 울음"이란 대목에서 쉽게 확인된다.

종교적 인간에게는 의식이 동일하지 않다. 시의 화자가 "삼키지 못하는 저 울음"과 아기를 보러 온 사람들의 "웃음은 / 서로 닮아 있"다고 말한 데는 성스러운 공간과 그 밖의 다른 의식, 그 주변을 둘러싸고 있는 절망적 의식 사이의 괴리를 이미 경험했기 때문이다. 성스러운 공간은 인간에게 새로운 세계를 발견하게 하고, 진정한 의미에서 삶을 획득하게 한다. 의식의 파열을 경험한 화자가 "불길한 문장처럼 / 멈칫멈칫 가느다란 현관을 통과"하는 현재의 공간에서 이이의 울음이 들려오는 쪽으로 돌아눕는 행위는 무엇일까? 그것은 속된 비극의 공간에서 단절을 체감한 화자가 "온데간데없는 뜨거운 것들의 이름"을 상기하는 행위로써 초시간적 세계와의 교섭이 가능하다는 의식의 일환으로 파악된다. 인간 세계가 신들의 작품이라고 여기는 종교적 인간은 성스러운 세계

안에서만 거주한다. 이러한 세계 속에서만 진정으로 실존할 수 있다고
믿는다.

시인의 신화 세계에 대한 욕구는 억제할 수 없는 존재론적인 갈망을
표명한다. 그러나 어떤 공간에 거주하는 것은 '아기의 울음'(신생)－'어
른들의 웃음'(완성)－'사산아의 울음'(사멸)으로 변주되는 우주 창생의
반복과도 같다. 무엇보다도 종교적 인간이 공간 안에 자리 잡는 것은
사실상 신의 계시에 순응하고자 하는 태도를 환기한다. 나아가 시인은
자기가 거주하기로 선택한 세계를 창조할 책임을 떠맡으면서 혼돈을
우주화한다. 1인칭 화자는 그의 작은 우주를 신들의 세계로 재구성하
여 성역화하는 권능을 부여받은 존재이다. 따라서 그가 신성의 세계에
귀 기울이며, 아이의 "울음 / 이 불룩해진 쪽으로 돌아눕"는 행위는 새
로운 도약을 감행하는 실존적 선택의 여부와 긴밀하게 결부된다.

진흙으로 빚은 소 한 마리 장대비 속에 젖고 있다

가죽 흘러내리고 살점 흘러내리고 뼈 내장이 녹아내린다 맹물 같은 시
간 붉디붉게 쓸려간 뒤 풀밭 위 혼자 남은 빈 코뚜레, 소의 콧김 지우지 못
한 듯 굽은 얼개 펴지 못한다 빈 고삐 잡고 하냥 젖을 뿐인데

아훔(a-hum)

자 누가 저 소의 울음 들었다 할까.

— 이영식, 「진흙소」 전문

시인에게 성스러운 공간의 체험은 그것이 비록 비가시적 실체라 하
더라도 새로운 세계의 창건을 가능하게 한다. 신비로운 존재가 출현하
는 공간에서는 추상이 그 모습을 나타내고 부조리한 세계가 그 실상을

드러낸다. 신성한 존재는 지상과 천상 사이를 교류하게 하고, 하나의 존재 양식에서 다른 존재 양식으로의 이행을 가능하게 한다. 공간의 성현, 혹은 공간의 정화는 우주 창조에 대응한다. 이 시에서 "진흙으로 빚은 소"는 불교의 메타포를 통해 화자가 상상 세계 속에서 빚어낸 신성의 상징이다. 시적 화자는 그 '소'가 "장대비 속에 젖고 있다"고 제시하면서 인간이 빚은 관념이 자연과의 교섭 속에서 어떤 일이 일어나는가에 관심의 촉각을 곤두세운다.

인용시는 인간의 행위가 지어놓은 진흙의 관념(진흙소)이 자연의 이법(장대비)과 만나 해체되는 과정을 구상화하고 있다. 고대 사회의 인간은 성스러운 것 가운데에, 혹은 성물에 아주 가까이 접근해 살려고 노력했다. 원시인 및 모든 전근대적인 인간에게 신성성은 내면의 힘이며, 궁극적으로는 무엇보다도 실재 그 자체를 의미한다. 이 시에서 제시된 "아훔(a-hum)"이라는 말은 범어로서 "소가 입을 벌리고 내는 소리와 다물고 내는 소리, 일체 만법의 시작과 끝"이라는 각주가 달려 있다. 성스러운 "소의 울음"은 실재화되는 순간 영원성을 획득한다. 시인이나 종교적 인간은 무의식적으로 존재하고자 하는 갈망, 실재에 참여하고자 하는 갈망, 신성의 힘으로써 충일하고자 하는 갈망을 표명하기 때문이다.

아랫도리를 통고무로 싼 사내
스피커를 주파수 삼아 손수레 밀고 간다
재래시장 바다을 알몸으로 알몸으로
점액질을 토해 스스로 뚫고 간다
균형 있는 행보를 하기에는 뱃가죽이 너무 얇다
손가락 더듬어 바람과 햇볕의 접점을 찾는다
햇빛 무성한 날에는 심장이 더욱 짓물러져
외투를 호화롭게 입은 사람들의

농탕치는 웃음에 또 허기진다
내가 나를 장식하는 형틀을 지고
몸속을 훑고 가는 뭇시선에 데일 때마다
포복하며 출렁이는 뇌수,
부유하는 몸뚱어리
숨겨도 숨겨도 노출되는 뻔한 生
백주에도 검문당하는 불온한 나의 피여!
투명도 오히려 허물일 때가 있다
배밀이로 만든 긴 흙탕길
끊어진 줄 알고도 돌아가지 못하는 난장 길
흔들리는 잎사귀의 배후는 늘 허방인데
등을 핥는 바람의 진원지가 섬뜩하다
집도 절도 없이 내 안에 내가 산다

— 박일만, 「민달팽이 2」 전문

일상적 인간에게 공간이란 그저 균질적이고 상대적인 개념이다. 그러나 신성적 인간은 공간의 단절을 경험한다. 종교적 인간은 위(하늘)와 아래(땅)를 향해 열려 있는 공간, 즉 저 너머의 세계로 이행하는 통로가 되는 성소를 갈망하며 창조한다. 시인도 이와 마찬가지로 자기가 거주하기로 선택한 세계를 창조할 책임을 떠맡으면서 혼돈을 우주화할 뿐만 아니라 그의 작은 집을 신들의 집과 유사하게 재현하는 존재이다. 이 시의 화자도 신의 세계에 깊은 향수를 느끼고 사원이나 성전이 그러한 것과 같이 신들과 동일한 거소를 갈망한다. 따라서 집을 얻지 못한 '민달팽이'로 은유화된 "아랫도리를 통고무로 싼 사내"는 제 성전을 짓기 위해 "손가락 더듬어 바람과 햇볕의 접점을 찾"는다.

그러나 그가 거주하는 세계에서는 "외투를 호화롭게 입은 사람들의 / 농탕치는 웃음에 또 허기"질 뿐이다. 바로 이 장소가 탈성화(脫聖化)된 세계의 주변이다. 여기서 인간은 다른 세계와 소통할 뿐만 아니라, 다른 세계에서 흡수한 성스러운 힘을 다른 모든 장소에 전달할 수도 있다. "숨겨도 숨겨도 노출되는 뻔한 生"일 때만이 인간은 비로소 신성의 세계를 지향한다. 그렇다고 해서 신과 만나는 신전이나 사원만이 중심인 것은 아니다. 내가 사는 국가, 도시, 집, 나아가서는 자신의 몸조차 다른 세계로의 출구 역할을 한다면 우주의 중심이 될 수 있다. "투명도 오히려 허물일 때가 있"기에 새로운 중심을 창조한다는 것은 나의 세계를 새로 창조한다는 말과 다르지 않다.

근대 이성에 물든 비종교적 인간은 하늘, 물, 식물, 태양, 달, 땅 등에 깃든 우주적 비밀에 관심을 기울이거나 해독하지 않는다. 오직 우주를 정복 대상으로 삼아 파헤치고 신의 권위에 도전만을 거듭하고 있다. 이 시에 등장하는 불구의 사내처럼 "내가 나를 장식하는 형틀을 지"고 "끊어진 줄 알고도 돌아가지 못하는 난장 길"에 서 있는 처지다. 이와 같은 비종교적 인간은 인간이 신적인 모델 없이 홀로 모든 것을 창조해야 한다는 신념, 즉 탈성화된 비극적인 실존에 처해 있다. 따라서 "흔들리는 잎사귀의 배후는 늘 허방"이지만, "등을 핥는 바람의 진원지"를 찾아나서는 과정은 가히 비극적이다. 지금껏 시인이 그래왔듯이 우주율에 따른 중심의 구심력은 항상 신의 세계를 모방하며 "집도 절도 없이 내 안에 내가 산다"는 전제에서 비롯되기 때문이다.

시의 상상력과 운율적 자질

1. 정서와 상상력

일반적으로 상상력의 동인이 되는 감정은 인간이 사물에 대하여 일어나는 어떤 마음의 상태를 의미한다. 즉 외부의 자극에 응하여 변화하는 쾌(快), 불쾌, 기쁨, 슬픔, 노여움, 공포 따위로 나타나는 인간의 주관적인 의식 현상인 것이다. 감정은 특수화되고 구체화되어서 하나의 상상적 세계를 만들어 낸다. 시의 본질은 이 상상력에 의하여 대상을 주관적 의식으로 변용한 세계를 드러내 보이는 것이며, 이질적인 사물들을 서로 통합시켜서 새로운 의미들을 창출해 내는 것이다.

시에서 찾아볼 수 있는 가장 두드러진 특징은 정서와 상상력을 통한 문학이라는 점이다. 정서와 상상력이라 해서 이것이 곧 시만이 지닌 특징이라는 말은 아니다. 문학의 기본적인 요소인 사상 · 정서 · 상상 · 형식 중에서 시는 특히 정서와 상상력을 통해 인생과 자연을 노래하고, 그 의미를 해석한다는 점에서 주요한 특징을 이룬다는 말이다.

마음을 바쳐 당신을 기다리던 시절은 행복했습니다. 오지 않는 새벽과
갈 수 없는 나라를 꿈꾸던 밤이 길고 추웠습니다. 천 사람의 저버린 희망과
만 사람의 저버린 추억이 굽이치는 강물 앞에서 다시는 우리에게 돌아오
지 않을 것 같은 당신의 옛 모습을 꿈꾸었습니다. 천 송이 만 송이의 슬픔
이 꺾인 후에 우리에게 남는 아름다움이 무엇일까 생각하였습니다. 그리
고 이 깊은 부끄러움이 끝나기 전에 꼭 와줄 것만 같은 당신의 따뜻한 옷자
락을 꿈꾸었습니다.

지고 또 지고 그래도 남은 슬픔이 다 지지 못한 그날에 당신이 처음 약
속하셨듯이 진달래꽃이 피었습니다. 산이거나 강이거나 죽음이거나 속삭
임이거나 우리들의 부끄러움이 널린 땅이면 그 어디에고 당신의 뜨거운
숨결이 타올랐습니다.

— 곽재구, 「진달래꽃」 전문

위 시에서 느끼는 이별의 슬픔은 곧 우리 마음속에 공통적으로 자리
한 보편적 정서에 맞닿아 있다. 이별에 대한 어떠한 해석이나 논리 이
전에 독자에게 다가오는 것은 감성(感性)으로 받아들여진 정서적 감동
일 것이다. 시에서 감동을 느끼지 않는다면, 그 시는 시로서 존재가치
가 없다고 할 수 있다.

시에서의 감동은 주로 정서적인 감동이다. 물론 오늘날의 시는 다양
한 형태로써 드러나기 때문에 사상적인 면이나 관념적 형태로 쓰여지
기도 하지만, 사상이나 관념 자체로 독자를 감동시키는 것은 아니다.
아무리 관념·사상 위주의 시라 할지라도 그것이 감성으로 바뀐 관념,
감성화된 사상으로 전화되어야만 감동의 울림을 전해줄 수 있다. 정서
와 더불어 시의 본질을 나타내 주는 요소로 상상력에 의한 이미지의 창
조를 들 수 있다.

상상력은 이질적인 요소들을 하나로 통합시키는 힘이라 할 수 있다.

위의 시에서 보이듯 사랑하는 님(당신), 산천에 흐드러지게 피어 있는 진달래꽃, 떠나간 님에 대한 기다림의 태도 등은 진달래꽃이 단순한 꽃이 아니라 떠나간 님의 숨결이며, 그 꽃을 매개로 하여 이별의 슬픔을 딛고 일어서는 희망의 정신까지를 내포한다. 꽃에서 떠나간 님을 발견하고, 그 이별의 슬픔을 승화하여 미래의 희망까지 표현해 내는 힘은 곧 상상력의 소산인 것이다.

그렇다면 시가 왜, 어떻게 쓰여지는 것인지 생각해볼 필요가 있다. 인간이란 이 세상에 태어나면서부터 느끼고 생각하는 존재이다. 그는 주관을 지니고 있어서 그 나름의 눈으로 세계를 보고 인식할 줄 안다. 인간이 만들어낸 모든 문화(종교·예술 등)와 문명은 그의 그러한 인식 능력에서 나온 것이다. 그런데 인간은 자신을 태어나게 한 대자연 속에서 살아가고 있다.

인간은 정서와 상상력의 모태인 자연과 부딪치고 동화하고 온갖 생각을 하고 행동하는 과정 속에 있다. 인간은 이 거대한 우주 속에서 살아가는 또 하나의 소우주이기에, 한 생각, 한 느낌이 일어난다는 것은 마치 우주가 개벽하는 것 같이 아주 새롭고 감동적이다. 그렇게 자연에서 새로운 감동을 받게 될 때 인간은 그것을 표현하고자 하는 충동을 느끼게 되는데, 그런 감정에서 출발한 표현 욕구가 다름 아닌 시의 모체이다.

봄소풍 나온
할머니들 대여섯이
오순도순 화투를 친다
손주 같은 햇살이 아장아장
걸음마를 배우는 잔디밭에서
노년을 말리듯 화투를 친다

이미 색 바랜 光과 남은 소망을
한 장씩 탁탁 던지고 나면
왠지 허전하고 저린 손이여
못내 아쉽고 덧없는 세월이여
송학이 앉았다 날아간 자리에
매화가 피고 지고
객혈하듯 벚꽃이 흥건한 방석
때아닌 국화, 철 이른 모란 난초
덩달아 피고 지는 화무십일홍
하느님도 구경하기 심심하신지
싸리순 몇 끗 짐짓 내미는 봄날
이런 날은 더 이상
보탤 것도 뺄 것도 없는
단순한 기쁨이 좋다
익명의 스냅이 좋다

— 임영조, 「익명의 스냅」 전문

이 시의 시적 화자는 자연과 인간이 일체가 된 차원을 아주 따뜻하면서도 유머러스하게 표현하고 있어 관심을 집중시킨다. 봄소풍 나온 할머니들이 햇살을 받으며 화투를 치는 모습부터가 정겨운데, 그것을 묘사하는 시적 화자의 눈길은 더욱 따뜻해 햇살 속에서 풀려나온 듯하다. 세상을 살 만큼 살아서 소망도 꿈도 이미 접혀버린 할머니들의 화투 치는 모습은 어느 면에서 적막하기도 하다.

할머니들이 옹기종기 무여앉아 "아쉽고 덧없는 세월"의 한 컷에서 "허전하고 저린 손"으로 던지는 화투짝에는 젊음의 화려한 영광을 잔치하는 온갖 꽃들이 난무한다. 그러나 꽃들은 "화무십일홍"이라는 너무도 어처구니없게도 짧은, 즉 봄볕 속에서 깜빡 졸고 난 사이 그렇게 한 시절이 지나간 듯한 황황함으로 다가왔으리라. 여기에는 노년의 적막과 화투 치는 동안에 느끼는 잠깐의 기쁨, 그리고 다시 밀려드는 허전함을 "화무십일홍"이란 말로 아주 적실하게 표현하고 있다는 점이다.

나아가 그보다 더 정겹고 아름다운 부분은 그 다음에 배치한 "하느님도 구경하기 심심하신지 / 싸리순 몇 끗 짐짓 내미는 봄날"이란 구절이다. 여기에 등장한 '싸리'는 화투패에 등장하는 것이어서 자연스러울 뿐만 아니라, 하느님도 화투 놀이에 동참하기 위해 싸리순 몇 끗 내민다는 능청스런 정서적 표현에는 자연(신)과 인간이 전 일체화되어 "단순한 기쁨"을 누리는 노장적 소요의 경지를 보여주고 있어 관심을 환기한다.

이러한 시를 보면, 시인 황지우가 "시를 언어에서 출발하지 말고 시적인 것의 발견으로부터 출발하는 것이 어떻겠냐"고 넌지시 권유한 이유를 확인할 수 있다. 바로 시는 언어예술이라고 불리나 정작 시를 만드는 것은 언어라기보다는 현실을 새로운 각도에서 바라보려는 관찰과 예술적 상상력의 결과물인 것이다. 시는 시 쓰는 이의 관념(사상, 철학 등)을 현실화하거나, 이미 존재하는 사물의 본질을 찾아내는 작업이다. 특별한 것, 고상한 것만이 시가 될 수 있는 것이 아니라 시인의 눈에 발견되는 모든 것, 시인의 더듬이에 감지된 모든 것이 시가 될 수 있는 것이다.

> 흔들리는 그네에 앉아서 보면
> 먼 산이 가까워지고
> 가까운 산이 멀어진다
> 바다가 산이 되고 산이 바다가 된다
>
> 흔들리는 그네에 앉아서 보면
> 이 마을과 저 마을이 하나가 되고
> 양달과 응달이 하나가 된다

그네는 흔들리면서
이쪽과 저쪽을 지우고
그네에 앉아 있는 그대마저 지우고
마침내 이 세상에
빈 그네 제 그림자만 홀로 남는다

흔들리는 사이,
그 빈 자리
하늘빛처럼 오래 오래
산새알 물새알은 반짝이고
풀꽃들은 피고 지리라

눈부신 싸움
허공에 그어지는 저 포물선
아름다운 무지개는
영원히 그렇게 뜨고 지리라

— 김영석, 「무지개」 전문

인용시는 누구도 감히 흉내낼 수 없는 아주 독보적인 상상력의 힘을 보여주고 있어 주목된다. 가장 유의해야 할 부분은 '그네의 포물선'을 '무지개의 포물선'으로 변용하고 있다는 것이다. 그네에 앉아서 바라보는 세계는 논리적으로 이해할 수 없는 가변성을 특징으로 이루어져 있다는 사실, 즉 "먼 산이 가까워지고 / 가까운 산이 멀어진다"는 특징에서 착안하여 논리적으로 구축된 세계의 허상이나 모순을 에리히고도 냉철하게 투시하고 있다는 점이다.

감각하는 주체와 대상 사이의 틈을 지우는 이 행위는 시인의 직관을 통한 상상의 인식 속에서 나오는 것이다. 동일성의 원리를 근간으로 이질적인 대상을 새로운 정서로 환기시킴으로써 이 시는 여타의 시와는 다른 상상력의 진폭을 보여주고 있다. 앞서 살펴본 바와 같이 시에서 정서와 상상력이 「진달래꽃」과 「익명의 스냅」에서와 같이 서정적인 모습만을 의미한다고는 할 수는 없다. 「무지개」에서 논리적 세계의 허상을 갈파한 것과 같이 오늘날의 삶이 기계화·문명화되어 있기 때문에 시에서의 정서와 상상력 역시 변화하고 있다는 사실이다.

전통적인 서정적 표현만으로는 날로 변화해 가는 우리의 삶을 모두 담아낼 수 없다. 이런 점에서 시가 감성보다는 이성을 통해, 감동의 울림보다는 내적 성찰의 계기를 마련해야 한다고 주장하기는 하지만, 이러한 태도 역시 시가 지닌 정서와 상상력이 참신하면서도 독창적으로 구현되어 있지 않으면 빛을 발하지 못하기 때문에 정서와 상상력은 시를 이루는 가장 근본적인 요소라 할 것이다.

2. 운율과 형식미

시를 창작하는 과정에서 무엇보다 형식적 자질로서의 운율과 형식미를 빼놓고서는 여타의 방법론도 무의미하다. 언어는 의미와 소리의 결합체이기 때문이다. 일반 산문이나 다른 문학의 장르에서는 이 '소리'의 측면에 대해 거의 의식을 하지 않지만, 언어를 가장 정교하게 다루는 시에서는 언어의 소리가 빚어내는 효과를 최대한 살려서 사용한다. 시를 읽으면서 마음속에 어떤 흥겨움을 느끼는 것은 시가 지닌 일종의 리듬, 즉 운율적 요소에 의한 흥취라 할 수 있다.

시가 산문에서와 달리 율조(律調)를 드러내는 것도 이러한 운율적 요소 때문이다. 이런 점에서 "시는 미의 운율적 창조"라고 한 포우의 정의는 시가 지닌 특징을 잘 말해주고 있다. 시에서의 운율은 심리적으로는 읽어가면서 느껴지는 흥겨움에서 찾을 수 있고, 시 자체로는 반복을 통해 생겨나는 음악성의 발견이라 할 수 있다.

시에서 운율과 형식미의 통일로 인해 사상의 집중과 압축된 효과를 이루는 것은 내용과 형식의 일치를 의미한다. 이것은 정형시는 물론 자유시와 산문시에서도 똑같이 적용되는 시의 근본적 특질이다. 시조의 경우 그 내용이 대부분 유교적 이념을 반영하고 있기 때문에 갈등과 긴장보다는 화해로운 결말로 처리되는 단가(短歌)의 형식을 갖추듯, 자유시에서는 발랄한 시심이 자유롭게 펼쳐지기 때문에 정형성의 탈피와 함께 내재율의 획득이란 자기규제를 보여준다는 것이 특징이자 과제라 할 수 있다.

풀이 눕는다
비를 몰아오는 동풍에 나부껴
풀은 눕고
드디어 울었다
날이 흐려져 울다가
다시 누웠다

풀이 눕는다
바람보다도 더 빨리 눕는다
바람보다도 더 빨리 울고
바람보다 먼저 일어난다

날이 흐리고 풀이 눕는다
발목까지
발 밑까지 눕는다
바람보다 늦게 누워도
바람보다 먼저 일어나고

바람보다 늦게 울어도
바람보다 먼저 웃는다
날이 흐리고 풀뿌리가 눕는다.

— 김수영, 「풀」 전문

　이 시는 형식과 내용의 일치, 즉 압축된 형태 속에 조화되고 통일된 시의 주제를 잘 드러내고 있다. 우선 풀의 속성으로 나타나는 '눕고', '울고', '일어남'의 반복적 움직임은 시행의 전개 과정에 따라 새로운 상황을 유도해 낸다. 즉 같은 내용의 반복이 아니라 상황 전개에 따른 끈질기고 억센 삶의 양식이 드러난다. 이 시에서 풀의 이미지의 놀라운 구사, 주술적으로까지 보이는 빠른 속도의 리듬 등이 주제와 관련되어 압축된 형태 속에 통일되어 있는 것이다.

　브룩스와 워렌이 『시의 이해(Understanding Poetry)』에서 "모든 시는 극적인 구조를 내포한다"고 하고, 또 이런 의미에서 "모든 시는 '작은 희곡(little drama)'이라 보여질 수 있고 실제에 있어서는 그렇게 되어야 한다"고 한 말은 결국 시를 위한 모든 요소—율격이나 비유적 언어나 의미—가 유기적으로 연결되어야 한다는 것을 의미한다. 압축되고 집중된 형태 속에 드러난 시의 형식이야말로 다른 장르에서 찾기 어려운 시만이 지닌 특징이라 할 수 있기 때문이다.

①　눈이
　오는데
　옛날의 나즉한 종이 우는데

　아아

　여기는

명동
성니코리아 사원 가까이

― 박목월, 「폐원」 부분

② 울음 마디에 맺힌
   혀로 헤아린 曲折
   가슴 뿌리 숨기며
   못다 진 넋을
   둥둥 아우르듯
   亡春를 맞아들여
   가슴의 붕대를
   풀어야 하리

― 강희안, 「징소리 別曲」 부분

③ 까치가 울었다
   산울림
   아무도 못들은
   산울림

   까치가 울었다
   산울림
   저혼자 들었다
   산울림

― 윤동주, 「산울림」 전문

시 ①을 보면 확연해지듯이 자유시의 전형적인 문체는 외면과는 달리 심리적으로는 산문이 아니다. 김춘수는 이 시를 이렇게 분석했다.

<눈이>에서 끊고 <오는데>로 행을 따로 내고 있다. 눈이 펑펑 쏟아
지고 있는가 혹은 있었던가? 이 시는 과거를 추상하고 있는 한편 어떤 전
경이 현재의 그것과 포개지면서 전개된다. 그러니까 지금 오고 있는 눈은
과거에 오던 눈과 서로 엇갈린다. … (중략) … <오는데>를 <눈이>에서
끊지 않고 달아서 한 행으로 배치했다면 <오는데>의 의미나 이미지는 많
이 약해졌으리라 … (중략) … 그러나 <눈이>와 <오는데>의 두 행이 빚
는 미묘한 정경에 비하면 다음 행인 <옛날의 나즉한 종이 우는데>는 절
로 잇달아 나와야 할 한 토막의 정경이다. 다음 <아아>라는 느낌씨가 그
것만으로 한 연을 이룬다.

— 김춘수, 『시의 작법』 부분

위의 지적처럼 행의 다른 배열로 인해 의미의 전개 및 리듬감도 변화
한다는 것을 알 수 있다. 시의 리듬은 이처럼 복잡한 양상을 띠고 있는
것이다. 시 ②의 경우 시의 리듬은 사람과 자연에 스스로 내재하는 것
으로써 결코 인위적인 것일 수 없다는 선인의 경구에 비추어 볼 때, 이
시는 징이라는 악기가 본래적으로 가지고 있는 리듬감을 잘 살린 시라
고 할 수 있다. 특별히 외형적으로 드러난 운율적 자질은 보이지 않지
만, 징소리의 여운처럼 끊어질 듯 이어지는 소리의 특징을 리듬감 있게
잘 표현한 작품이다.

우리는 보통 리듬을 운율(韻律)로 번역하는데, 이 율동은 운율론의 기
본적인 자질이다. 운(韻)은 같은 소리, 비슷한 소리의 반복으로 생기는
리듬인 데 반해 율(律)은 소리의 고저·장단·강약 등을 규칙적으로 반
복하면 형성되는 리듬이다. 전자의 경우 영시에서 흔히 나타나는 양상
으로서 소리의 위치에 따라 두운, 요운, 각운 등으로 드러나는데, 이를
통틀어 압운이라고도 한다.

우리 현대시의 압운은 비슷한 음의 반복이거나 같은 소리의 반복 정
도여서 단조롭기 때문에 운을 엄격하고 규칙적으로 적용한 예는 찾아

보기 힘들다. 후자의 경우 사성(四聲)이라는 平, 上, 去, 入의 네 가지 유형으로 드러난 고저·장단·강약률 등은 한시에서 흔히 차용되는 자질이지만 우리 시의 율격과는 거리가 먼 자질이다. 그러나 ③의 시와 같은 음절율(6·3조나 3·3·3조의 율격), 즉 음절의 수를 기본 단위로 하여 규칙적으로 되풀이하는 운율로서, 이러한 형태는 고전시가나 우리 현대시에서 얼마든지 어렵지 않게 찾아볼 수가 있다.

결핍과 충동의 Shadow

1. 주체아, 소외의 그늘과 깊이

대부분의 심리학자들은 '그림자'가 인간의 무의식이나 전의식의 한 측면에 해당한다고 단언한다. 의식이 자아, 즉 '주체인 나(ego)'라고 한다면 무의식은 내가 모르는 '또 다른 나(shadow)'라는 진단이다. 무의식에 대해 프로이트는 삶의 본능과 죽음의 충동으로까지 연구의 범위를 확장한다. 그는 무의식을 '의식의 쓰레기장, 창고' 즉 '충동의 창고'라고 명명하면서 개인적 무의식만을 인정한다. 반면 칼 융은 집단무의식과 개인적인 무의식을 동등하게 인정한다는 점에서 프로이트 이론을 한 단계 더 도약시킨 학자로 알려져 있다. 그에 의하면 무의식은 신성하고 자율적인 창조 행위를 조절하는 능력까지 갖추었다는 주장이다.

특히 융은 주변 사람들에게 "최근 끔찍한 성공을 한 적이 있어?"라고 묻곤 했다는 일화로도 종종 회자된다. 그가 '성공'이라는 긍정적인 단어에 '끔찍하다'는 언표를 내세운 까닭은 무엇일까? 그것은 긍정적인 심리 이면에 부정적인 심리, 즉 그림자가 존재한다고 믿었기 때문이다.

그의 심리학에서 그림자란 사람들이 외면하거나 무의식 속에 숨겨온 자신의 또 다른 모습이다. 다수의 현대 시인들이 첨예한 권력의 쟁투 현장에 내던져진 현대인들의 '그림자'를 주요 테마로 다루는 것도 이와 무관하지 않다. 다변화된 사회의 흐름과 밀착된 자존의 주체아(I)와 객체아(me)의 간극에 처한 실존적 고뇌와 비애가 주류를 형성한다.

> 가끔 나는 낮도깨비가 되나 봐
> 벌건 대낮 길 가다가 마주쳐도
> 본체만체 지나가 버린다
> 가끔 나는 그림자가 되나 봐
> 먼저 아는 체 해도 나를 건너 내 뒷사람하고 웃는다
> 큰소리로 인사하면 내 바로 옆 사람하고 반가워한다
>
> 자주 나는 들키지 않는다
>
> 가족들조차 놀라곤 한다
> 없는 줄 알았는데 집에 있었느냐고
> 내 눈에도 자주 내가 보이지 않는다
> 거울을 보아도 나 같지 않으니까
>
> 나쁜 짓 해도 되겠다
>
> — 유안진, 「투명인간이 되어가다」 전문

　인간 심리의 기저에는 의식된 가면의 세계(persona)만큼 억압된 크기로 존재하는 무의식의 그림자가 상존한다. 자아는 의식의 세계를 통솔하며 '보여지는 나'를 다듬어 나가게 마련이다. 무의식의 노크를 무시할 수 없는 자아가 어느 날 사람들과 맞닥뜨렸을 때 "본체만체 지나가 버"린다면 과연 어떨까? 번민과 갈등을 내장한 그림자는 보여지는, 또

는 보이고 싶은 나를 위해 억압된 무의식의 내면이다. 객체로서의 나와 정반대의 속성을 지닌 그림자는 끊임없이 의식의 세계와 합일을 갈구한다.

인용시의 화자가 아무리 "큰소리로 인사"해도 "내 바로 옆 사람하고 반가워한다"는 현실에서 비극은 촉발된다. 그림자란 소외 의식에서 파생된 원시적인 동물 본능을 포괄하는 근본적인 원형(archetype)이다. 그것은 권력적 속성으로 볼 때, 외향적인 과시의 욕구와 내향화된 자기애의 본성이 모두 충족되어야 만족하는 속성을 지닌다. 그러나 화자는 사람들에게 "자주 나는 들키지 않는다"는 사실, 나아가 가족들조차 "없는 줄 알았는데 집에 있었느냐"고 물을 정도로 소외의 문제가 심각한 상황을 야기한다.

더욱이 "내 눈에도 자주 내가 보이지 않"으면서 "거울을 보아도 나 같지 않"다며 자기를 전면 부정하는 사태로까지 진전된다. 부정적인 측면에서 그림자는 사회의 부조리에 거부 반응을 보이는 모든 심리적 충동을 포함한다. 그러므로 사회성을 갖춘 인간이 되기 위해서 그림자는 억압되어야 마땅하다. 그러나 그림자를 전적으로 차단할 수만은 없는 노릇이다. 그림자를 완전히 억제하면, 경험의 원천인 과거의 본능적 지혜로부터 일탈하여 "나쁜 짓 해도 되겠다"는 극단적인 자아의 파열 현상을 초래하기 때문이다.

밤마다 나에게 오는 여자가 있다.
여자는 이억 오천만년 전에서 온다.
여자는 매일 밤 지구를 삼천 번을 돌아서 온다고 한다.
여자는 어떤 책에도 나오지 않는
어느 우주의 별 이름을 댄다.

'작은 신발을 이억 오천만 개 엮어서 만든 우물'
신발로 만든 우물의 별
우주의 우물이다.

비를 내리고 물소리를 짓고 바다의 꿈을 만들어내는
별에서 온 우물 같은 여자, 신발을 닮은 여자
고무신 같은 얼굴을 하고는 우물 같은 목소리를 낸다.

내 안에 있는 빗방울 한 소절 때문에
밤마다 나를 찾는 여자, 내 동심의 까만 고무신 속
물을 따라 헤엄쳐 오는 여자

밤의 물소리를 빚어내고 어머니의 자궁 속 그리움으로 오는
퍼내도 퍼내도 줄어들 줄 모르는 우물
잃어버린 신발의 꿈을 찾아가면 만날 수 있는 여자

여자는 이억 오천만년 전에서 온다.
잠들면 부드럽게 나를 감싸 안는 신발 속에서
나는 밤이면 그 여자를 안는다.

전쟁도 없고 정치꾼도 없고 사기꾼도 없는 꿈속
안으면 밤은 늘 물소리
세상에 버려진 모든 신발의 꿈
밤마다 출렁인다.

— 전기철, 「신발공주」 전문

인용시의 화자는 "밤마다 나에게 오는 여자가 있다"는 첫 행에서부터 '여자'에게 포커스를 맞춘다. 여기에서의 '여자'는 가시적 실재가 아니라 "이억 오천만년 전"에서 "매일 밤 지구를 삼천 번을 돌아서 온다"

는 화자의 무의식에 내재하는 그림자(shadow)이다. 전언체 형식을 차용한 언표 속에는 이미 불확정성의 원리를 전제한 화자의 심리적 반사 기제가 내장되어 있다. 인간이라면 누구나 내면에 빛과 그림자를 거느리게 마련이다. 이 시는 인간의 내면이 곧 충동의 그림자라고 인지되는데, 이는 억압의 배후에 그림자가 뒤따라 붙는 샴쌍둥이의 모습을 환기하는 구조이다.

화자의 그림자인 '여자'는 "어떤 책에도 나오지 않는 / 어느 우주의 별 이름"을 대면서 "작은 신발"을 "이억 오천만 개 엮어서 만"든 '우물'의 그림자로 변주된다. 나아가 화자가 "전쟁도 없고 정치꾼도 없고 사기꾼도 없는 꿈속"으로 퇴행하여 실재의 세계를 거부한다. 이는 모태회귀의식의 장소인 "어머니의 자궁 속"에 "퍼내도 퍼내도 줄어들 줄 모르는 우물"이 있기에 가능한 형식이다. '우물'은 신비로운 우주의 세계조차 투사하여 결국 화자 자신에게 환원하게끔 삶의 상징 패턴을 만들어주는 심리 기제로 작동한 셈이다.

그림자라고 해서 항상 어두운 세계의 배후인 심리적인 억압만을 내포하는 게 아니라 밝은 빛의 세계도 감지하는 특수한 지위도 행사한다. 남성 화자 안에 있는 "빗방울 한 소절"(여성성, anima)로 인해 "밤마다 나를 찾는 여자"(남성성, animus)가 발현된다. 파스칼은 "내 몸이 굽으니깐 내 그림자도 굽는 것"이라고 말한다. 이에 비해 시 속의 '여자'는 "비를 내리고 물소리를 짓고 바다의 꿈을 만들어내"면서 '화자'를 재생하도록 추동하는 근원적 조건이다. 따라서 여자(주체아)는 밤마다 "잃어버린 신발의 꿈"을 찾아주면서 화자(객체아)를 위무하는 그림자로 현현한다.

    과장할 것
    똑같은 부사를 두 번씩 쓸 것

씩씩하게, 씩씩하게
형용사를 늘어놓을 것
환하고 화려하고 근사한
표정으로
썼던 것들을 바로 지워 버릴 것
백스페이스키와 친숙해질 것
과감해질 것
기하학과 천문학에 투신할 것
4차원일 것
안드로메다로의 여행을 두려워 말 것
하얀 와이셔츠 위에 하얀 넥타이를 맬 것
말레비치를 떠올리지 말 것
까만 와이셔츠 위에 하얀 넥타이를 맬 것
바넷 뉴먼을 떠올리지 말 것
하얀 넥타이 위에 하얀 와이셔츠를 입거나
하얀 넥타이 위에 까만 와이셔츠를 입을 것
아무것도 입지 않을 것 아예
부끄러울 것
부끄러움을 티내지 말 것
차라리 뻔뻔할 것
도박과 도발을 즐길 것
모방을 모방하면서
모방을 모반할 것
같은 문장이되
다른 문장일 것
동어를 반복할 것
이어도 반복할 것
엎친 데 덮칠 것
문장과 문장 사이에
갈림길을 만들 것

선택의 문제에 골몰할 것
주인공이 가지 않은 길을 갈 것
주인공을 끊임없이 질투할 것
주인공과 끊임없이 결투할 것
변화할 것
일관성이 있을 것
변화에 일관성이 있을 것
아무도 구두점을 찍지 않는 시대에
최소한의 말로 살아남을 것
다이어트와 폭식을 되풀이할 것
묻고 또 묻고
묻는다는 것에 대해 또 물을 것
윈도우를 켜고
바탕화면 휴지통에
에스트로겐과 테스토스테론을,
절대개념과 상대개념을,
이미지와 사운드를,
자음과 모음을,
나와 너를,
부장할 것

* ps. 과장에서 부장으로 승진한 사실을 최대한 은닉할 것

― 오 은, 「스타일 ―김언 兄에게」 전문

　현대인들은 부조리한 주변의 세계와 자신만의 내부 세계를 지각하고 반응하는 방식으로 삶을 꾸려나간다. 융은 심리적 기능을 인식 기능(감각 기능, 직관 기능)과 판단 기능(사고 기능, 감정 기능)의 두 갈래로 분류한다. 전자가 비합리적 기능으로서 옳고 그름의 판단 과정을 거치지 않으면서 직접적으로 무엇을 감지하는 그림자라면, 후자는 합리적

인 정신 기능으로서 주어진 관념 내용을 서로 연결하여 규준에 따라 판단하고 결정하는 초자아(super ego)다. 인용시는 인식 기능이 우세한 판단정지의 상태로서 현대의 권력(惡)과 시(善)와의 아이러니한 관계에 초점을 맞추어 현대인(시인)의 이율배반적 행태를 꼬집어 내고 있다.

인용시는 직함인 '과장'에서 출발하여 '부장'으로 미끄러져 가는 차연의 환유 구조를 축으로 배열되어 있다. 화자가 언어 인식을 바탕으로 기의(誇張, 副葬: 그림자)와 기표(課長, 部長: 자아)의 어그러짐을 말놀이(pun)의 효과를 적재적소에 구사한 자유분방한 상상력이 주목된다. 이러한 메타언어에는 화려한 '형용사'(시, 감성)와 논리적인 '부사'(권력, 이성)의 체계에 대한 환멸이 내재되어 있다. 따라서 화자는 "근사한 / 표정으로 / 썼던 것들을 바로 지워 버"리라고 강조한다. 근대 이후 이원대립의 구조로써 구성된 이성 중심의 세계가 얼마나 많은 관념을 양산하여 세계를 굴절하고 어그러뜨렸는지에 대한 궁극적인 질문의 형태를 취하고 있다.

현대인들이 삶의 균형을 이루기 위해서는 자신의 그림자와 대면하고 반드시 이를 통합하는 과정이 필요하다. 자신의 긍정적인 면과 부정적인 면을 모두 감싸 안은 후에야 비로소 자기완성에 이를 수 있기 때문이다. 그러나 "과장에서 부장으로 승진한 사실을 최대한 은닉할 것"이라는 언술 속에는 우리가 얼마나 많은 잉여의 그림자를 가지고 살아야 하는가에 대한 화자의 고뇌가 짙게 깔려 있다. 이것은 선과 악, 옳고 그름, 평안과 불안을 무화해야 한다는 의식을 전제로 할 때 성립되는 양식이다. 현대인(시인)에게 "아무도 구두점을 찍지 않는 시대에 / 최소한의 말로 살아남"아야 한다는 것은 지극히 불행한 운명의 형식이라는 전언이다.

2. 객체아, 원형과 그늘의 너비

　융의 분석가이자 심리학자인 로버트 존슨도 우리가 평소 무시하고 억압해온 그림자의 중요성을 설파한다. 그의 연구는 삶의 균형을 이루기 위해서 그림자를 인정하고 받아들여야만 인간의 전일성이 회복된다는 믿음에서부터 출발한다. 그는 자신의 저작『당신의 그림자가 울고 있다』에서 역사, 신화, 종교, 문학 등에 등장하는 사례를 풍부하게 제시하면서 그림자의 존재와 의미를 탐구한다. 이와 마찬가지로 대부분의 현대 시인들도 그림자란 무엇이고, 어디에서 기원하며, 얼마만큼 축적되어 우리 삶에 어떤 영향을 끼치는가에 대해 골몰한다. 나아가 그들은 자아가 그림자를 어떻게 극복하여 완성된 삶에 이르는가의 과정에 대해서도 깊이 사유하는 경향을 선보인다.

목련이 잘 피었다가 갔다라고 생각한 날,
목련은 깔끔하고 순결하고 완벽하게
정상적인 하나의 나무로 서 있었다
그 부분엔 군더더기 한 잎도 없었다
언제, 목련을 치장하고 있었나 싶었다
이 모든 게 선명하고
눈부시다
다시, 목련나무 밑에 섰다
내 그림자는 나무속으로 들어갔지만
나무 그림자가 없다
아니, 나무 그늘이 없다
그늘을 찾아 나무와 술래잡기를 했다
서로 마음으로 술래를 정하고
우리는 서로가 서로를 찾아내야만 했다, 그 사이

비가 오셨다
나는 비에 젖지 않았다
드디어 나무 그늘을 찾았다

— 김영탁, 「목련나무 그늘」 전문

억압된 성격 측면에서 볼 때, 그림자는 무의식의 열등한 인격으로서 자아의 어두운 내면심리에 해당한다. 자아와 비슷하면서도 대조되며, 자아의식이 강조되면 그만큼 그림자도 커진다. 인용시의 화자가 '목련'이 "잘 피었다가 갔다라고 생각한 날"에 "정상적인 하나의 나무"를 인식한다. 이 '나무'는 화자의 의식의 배후에서 의식(그늘)과 무의식(그림자)을 하나로 통합하고자 하는 자기 원형이다. 따라서 화자는 나무의 거룩한 조락 뒤의 정서를 "모든 게 선명하고 / 눈부시다"라고 자족적인 의미망을 펼친다.

융에 따르면, 자기 원형 역시 그림자를 가지고 있어야 마땅하다. 그러나 화자는 "내 그림자는 나무속으로 들어갔지만 / 나무 그림자가 없다"는 절연감을 발견한다. 개인적 무의식의 내용으로서의 그림자는 의식화되어 의식에 동화되면 의식의 폭이 넓어지고, 그림자의 부정적 내용은 창조적으로 바뀐다. 그리고 여기서는 특이하게도 '그림자'와 '그늘'을 분리하는 의식을 드러낸다. '그림자'가 '자아 내면의 그늘'(무의식계, shadow)이라면, '그늘'은 '이타적인 사랑의 상징'(의식계, ego)으로 어긋난다.

그 결과 화자와 나무는 "서로 마음으로 술래를 정하고 / 우리는 서로가 서로를 찾아내야"만 하는 정황에 직면한다. 그러는 사이에 비가 내렸는데, 이때 화자는 "비에 젖지 않았다"는 의외의 진실을 포착한다. 화자가 "드디어 나무 그늘을 찾았다"는 이 직관적 언술은 자아와 그늘이 하나로 만난 세계, 즉 인간 성격의 전반을 결정짓는 무의식의 세계를 깨닫는 계기를 부여한다. 인간이 건강한 삶을 지속하고 온전한 자기 자신을 발견하기 위해 그림자의 세계에 관심을 기울이는 소이가 바로 여기에 있다.

한 순간, 허공의 볼이 홀쭉해졌다
날아가는 새들을 삼킨 것,

새가 사라진 허공 간결하다
아무 문장으로나 낙서를 하고 싶은 허공,
종이에 연필로 글을 써놓고 그걸 혀로 쓰윽 핥았던 기억,
나무의 살 냄새가 났든가
문장의 살 냄새가 났든가

허공의 혀는 어디에 숨어 있는가
때론 햇살을 핥고 바람을 핥고
死者의 뒷덜미를 핥는
허공의 혀는 지금 어디에 숨어 있는가
구름 속에서 저를 적시고 있는가
死者의 뒷덜미를 핥아보는 상상,
그것은 새의 뒷덜미에서 느껴지는 맛과 어떻게 다를까 궁금,

허공의 혀를 찾아서
내 혀가 허공으로 치뻗어가는⋯,
허공의 혀가 死者의 뒷덜미와 새의 뒷덜미 맛을
내 혀에 하역하는⋯,
(네)혀와 (내)혀가 만나
축축이 은밀해지는,

— 김충규, 「혀」 전문

인간은 자아를 통해 인식하는 의식뿐만 아니라 지나치기 쉬운 무의식에도 집중하는 경향이 농후하다. 외부적으로 발현하는 의식보다는 감지하기 힘든 무의식이 인간의 성격을 결정짓는 중요한 인자로 발현한다. 인간이 무의식의 세계에 관심을 기울이는 한 원만한 성격을 지닌 건강한 사회인으로 살아갈 수 있고, 결국은 진정한 자기실현의 욕구를 충족할 수 있다. 인용시의 화자는 "한 순간, 허공의 볼이 홀쭉해졌다 / 날아가는 새들을 삼킨 것"이라는 실재적 직관을 전제로 비가시적 심리 공간으로 이동한다. 이 새가 사라진 허공에 머물고 있는 상상계의 화자는 "아무 문장으로나 낙서를 하고 싶"다고 의식을 드러낸다.

인용시에서 자아의 대극으로서의 새(그림자)는 끊임없이 살아 움직이며 의식의 세계를 노크하는 존재이다. 그림자는 의식화된 질서 속을 넘보며 자기실현을 위한 창조적 움직임으로 스스로를 표현한다. 화자가 "종이에 연필로 글을 써놓고 그걸 혀로 쓰윽 핥았던 기억"(ego, 개인의식)이 현실을 상기한다면, "햇살을 핥고 바람을 핥고 / 死者의 뒷덜미를 핥는 / 허공의 혀"(shadow, 집단무의식)는 원형적인 집단무의식을 환기한다. 융에 의하면, 인간이 원하든 원하지 않든 인간은 자기실현으로 가고 있는 통합된 주체, 즉 태초에 체현한 선험적 주체라는 무의식적 인지의 계기를 포함한다.

이와 같은 집단무의식이란, 의식의 크기만큼 대극을 이룬 그림자가 의식과의 통합을 통해 자기실현을 꾀하는 욕망의 산물이다. 따라서 화자는 "死者의 뒷덜미"(죽음, 무의식)와 "새의 뒷덜미"(삶, 의식)에서 느껴지는 맛은 "어떻게 다를까 궁금"해 하는 것은 근원에 대한 향수와 다를 바 없다. 따라서 화자는 "허공의 혀를 찾아서 / 내 혀가 허공으로 치뻗어가"는 의식화된 행위를 통해 "허공의 혀가 死者의 뒷덜미와 새의 뒷덜미 맛"을 "내 혀에 하역하"는 상상적 우주 합일의 엑스터시 상태를 체현한다. 환언하면, "축축이 은밀해지"는 원초적 경험을 재생하면서 자기실현의 통로를 마련한 것이다.

고대에서 현대에 이르기까지 인류의 역사에는 그림자 없는 무서운 사람들도 존재한다. 모하메드, 예수, 부처 등은 이미 자기실현에 도달하였거나, 몸소 통합의 도정을 겪어왔기에 그림자가 없다. 무의식은 의식되지 않은 것이지만, 인간이 적극적으로 인식할 때만이 의식 내용에 동화될 수 있는 실재다. 무의식은 자아가 경시하고 대면을 피하려고 할 때마다 자아에게 그림자를 의식화할 수 있는 기회를 제공한다. 의식을 빛이라고 간주하는 한 무의식은 의식의 그림자이다. 그러나 인간에게는 반드시 어두운 그림자만 있는 것은 아니다. 무의식이 인간에게 부여한 창조적 능력, 즉 그림자가 빛의 심장을 찌르는 광휘의 순간 인류의 위대한 신화가 완성된 것인지도 모르기 때문이다.

존재의 형상, 둥근 언어의 집

1. 시니피앙, 숨겨진 상징의 빛

클래식 작곡가가 자신의 감각적 느낌을 표현할 때 어떤 화성에 담아낼까를 깊이 고민하는 것처럼 시인은 언어로 자신의 생각을 표현하는 데 종종 곤혹스러운 한계에 직면한다. 언어는 시인의 생각을 반영하며 소통하는 도구이지만, 전적으로 실상을 재현하거나 전달하지 못하기 때문이다. 예를 들어 시인의 감각적인 언어 구성을 통해 이루어지는 이미지를 형상이라고 한다면, 독자는 재구성된 형상을 통하여 초논리적인 문맥에 접근한다. 그러나 언어가 시인과 독자 사이를 완벽하게 직통노선을 만들기에는 턱없이 부족한 것이 주지의 사실이다. 따라서 해체주의자들은 모든 독서는 오독이며, 모든 텍스트는 열린 텍스트라고 명명하기에 이른다.

이와 같이 불완전한 언어의 특징은 크게 두 가지로 변별해 볼 수 있는데, 하나는 언어 자체가 지니고 있는 지시체라는 기호적 한계와, 다른 하나는 상황과 문맥에 따른 언어의 굴절 변형을 의미한다. 언어학자 소쉬르는 언어를 시니피앙(signifiant, 記票)과 시니피에(signifié, 記義)로 나누어 명쾌하게 설명하고 있다. 그의 논리에 의하면, 인간이 의사소통을 위하여 음성적 기호를 사용한다고 전제할 때, 전자를 감각으로 지각되는 소리의 층위라 하고, 후자를 감각으로 감지될 수 없는 의미의 층위라 하여 구분한다. 다시 말하면 시니피앙은 언어의 형식인 '표현의 말'이며, 시니피에는 언어의 내용인 '의미의 말'이라는 차원에서 차별화된다.

시인이 자신의 새로운 발견과 그에 따른 느낌에 따라 꾸려내는 기표인 시니피앙이 표현의 말이라면, 독자가 그것을 내적으로 수용하는 의미의 말인 기의는 시니피에인 셈이다. 하지만 기표와 기의의 관계가 1:1로 대응하는 것이 아니므로 그 둘은 영원히 부유할 수밖에 없는 운명적 관계와도 같다. 이러한 점이 시인의 상상력을 작동하는 단초나 동인이 된다는 점은 가히 역설적이다. 이는 의사소통 수단으로서의 언어가 지니고 있는 태생적 한계 내지 시인의 의도적 오류라고 말할 수 있다. 그런데도 불구하고 시인들은 그 언어적 한계에 도전하여 불립문자를 구축하려는 무모한 존재들이 아니던가. 여기에서 시인의 상상력의 촉수는 빛을 발하게 된다.

꽃으로부터 밀려오는 물결
우리는 향기로 그것을 느낀다.
우리가 그 물결을 만질 때
그것은 따뜻한 시간이 되어 파닥인다.
꽃으로부터 날아오는 엽서
우리는 꽃잎 색깔로 그것을 읽는다.
우리가 내용을 읽을 때
그것은 따뜻한 빛이 되어 팔랑인다.
아침에 피었다가 저녁에 꽃잎을 닫는 꽃은

인생(人生) 행로(行路)의 상징이다.
자연 속에 보여지는 무수한 상징들을
사람들은 단지 아름답다고만 말한다.
가지에 매달려 있을 때 아름다운 꽃이
때가 되면 땅으로 떨어져 썩어간다.
꽃은 그것으로 끝이지만
사람들은 꽃이 천국으로 가서
천국 꽃나무 가지에 다시 피어나
찬란히 빛난다고 생각한다.

— 김경수, 「천국으로 가는 꽃」 전문

마르틴 하이데거는 '언어는 존재의 집'이라고 정의한다. 언어는 원래 의사를 전달하는 도구나 수단으로 쓰이지만, 그보다는 언어로서의 언어가 지니는 본질적 모습의 구현체가 시어라는 의미로 풀이된다. 쉽게 말하면 언어는 사물의 존재를 드러내는 주체로서 사물들을 명명하고 사물들을 불러 모아 하나의 의미로 탄생시키는 역할을 하기 때문이다. 인용시에서 화자가 "꽃으로부터 밀려오는 물결"을 하나의 기표로 인지할 때, "향기로 그것을 느"끼는 독자(기의)와의 간극은 도저하다. 독자가 "그 물결"을 만질 때는 "시간이 되어 파닥이"고, "엽서"로 날아올 때는 "색깔로 그것을 읽는다"는 점이다. 이만큼 표현의 질감과 느낌의 표현은 상이하다는 비약적 진술의 형태로 표명된다.

그러나 이와는 역으로 화자는, 독자가 기의라는 "내용(기의)"을 읽을 때는 그것이 "따뜻한 빛(기표)"으로 헌헌된다는 언어의 앙가적 측변을 관통하는 상상력을 선보인다. 언어는 단지 특정한 사물을 지시하거나 진위 판단이 가능한 '원리적 체계(gedanke)'가 아니다. 그것은 문자 그대로의 의미 외에 '숨겨진 의미'를 담고 있는 '무엇'이다. 여기서의 '무엇'은 "아침에 피었다가 저녁에 꽃잎을 닫는 꽃"이나 "때가 되면 땅으로 떨어져 썩어"가는 꽃과 같이 "인생(人生) 행로(行路)의 상징"이다. '꽃(기표, 생성)'은 떨어지는 순간 "그것으로 끝(기의, 소멸)"이지만, 다른 시인들에게는 그 꽃이 "천국 꽃나무 가지에 다시 피어나"는 또 다른 상징으로 차용되는 시니피에의 다른 이름이다.

뚫려 있는 것이 어둠인 것들이 있다
나를 뚫고 너를 뚫고 하늘을 뚫고 바다를 뚫고
바람은, 새들은, 물고기들은 그렇게 돌아다녔을 것이다

그들이라는 것들의 세계는, 뚫려 있으나 어둡다
터널을 뚫는 일이 어둠을 만드는 일임을
천성산의 도롱뇽들은 알고 있었을까
속도를 위해 기꺼이 몸을 내어주는 것들,
어둠으로 숭숭 뚫린
흙과 공기와 물들의 표정을 읽는 일이
언제부턴가 내 일처럼 느껴졌다

내 몸에는 얼마나 많은 터널이 존재할까
뚫려 있어서 어두운 것들의 역설로 인해
내 마음은 늘 불편하다

그러나 아이러니컬하게도 불편한 마음이 터널을 만든다
나는 사랑하면 할수록 내가 사랑한 것들이 불편하다
그들 속에 내가 그동안 무수한 터널을 뚫었기 때문이다
나는 그 터널들로 인해서 시인이 되었다
불편했던 터널의 은유를 알게 되었다

어렴풋이 나는 느낀다
내 불편한 마음이 여전히 사랑해야 할 것은

무수한 터널을 뚫으며 어두워지는 것들이라는 것을,

멀리 새 한 마리, 터널을 뚫고 어디론가 날아간다

— 박남희, 「터널들」 전문

　해석학은 '헤르메스(hermes)'에서 유래하는데, 이는 '신들의 뜻을 전하는 메신저'이다. 이것을 문학에 적용할 경우 텍스트란 결국 저자의 의도 및 그 의도가 형성된 맥락, 상황을 전달하는 메신저이다. 따라서 해석학이란 텍스트 해석의 방법으로서 문헌학을 비롯한 텍스트 연구 방법론으로서 일찍부터 개발되어 왔다. 해석학은 언어를 '명제'나 좁은 의미의 '기호'로 보기보다는 '상징(symbol)'으로 본다는 점이 주의를 요하는 대목이다. '현상'이란 표면화되는 것으로서 그것의 주체는 곧 존재자이다. 로고스란 존재를 드러내는 언어의 기표이다. 따라서 하이데거는 현상의 본질을 인식하려는 담론이 아니라 언어를 통해 존재를 이해하려는 측면을 강조하는 해석학적 담론으로 분류한다.

　상기 인용시는 해석학적인 측면에서 분석하기에 적절한 모티프를 예거하고 있어 주목된다. 화자는 "뚫려 있는 것이 어둠인 것들이 있다"는 명제를 제시하고, 그것을 풀어나가는 담론 구조를 펼쳐 보인다. 일반 명제에서 통용되는 '뚫려 있는 것은 환한 것들이다'는 논리 준거를 뒤집으며 해체하는 상상력의 힘을 보여준다. 나아가 "터널을 뚫는 일이 어둠을 만드는 일임을 / 천성산의 도롱뇽들은 알고 있었을까"라는 대사회적인 의문까지 제기한다. 문명의 "속도를 위해"서 자연 생태계의 고리를 끊어내야 하는 것이 인간의 당면한 운명이라는 함축적인 전언이다. 따라서 화자는 "어둠으로 숭숭 뚫린 / 흙과 공기와 물들의 표정을 읽는 일이 / 언제부턴가 내 일처럼 느껴졌다"는 자각에 이른다.

　그렇다면 "뚫려 있어서 어두운 것들의 역설로 인해 / 내 마음은 늘 불편하다"는 해석학적 진술의 함의는 무엇일까? 여기에는 화자가 '사랑'이라는 기표에 의해 행복하기는커녕 오히려 '불편(기의)'을 야기하는 존재론적인 계기가 포함된다. 따라서 그 터널들로 인해서 '시인'이 되었으며, "불편했던 터널의 은유"를 알게 되었다는 각성을 수반한다. "무수한 터널을 뚫으며 어두워지는 것들"에서 인간을 포함한 모든 유기체의 당면한 '지금−여기'의 존재 국면을 환기하는 특성이 부가된다. 인용시는 생철학적 인지와 형이상학은 물론 존재론적 동인을 포함한다. 해석학은 전통적인 형이상학이나 도덕률로부터 텍스트를 개방하여 텍스트의 생체험을 다시 체현하는 방식으로 작동하기 때문이다.

2. 시니피에, 둥그런 존재의 집

인간은 언어라는 문자 없이는 온전한 형상을 지을 수 없는 존재이다. 진여의 세계에서는 언어를 초월할 수 있을지 모르지만, 인간이 사유를 중시하는 이상 언어 밖에서의 논의는 무의미할 수밖에 없다. 그러나 중국의 선종에서 유래하는 '불립문자(不立文子)'라는 말이 있다. 이는 8세기 후반에서 9세기 전반 경 중국의 선종에서 만들어진 말로 추정된다. 이를 말 그대로 풀어 보면 '문자를 세우지 말라'는 뜻이다. 여기서 '문자'란 다양한 각도의 해석의 여지를 남기는 난만한 언어다. 불가라는 문맥 안에서 살펴본다면 불립문자 안의 문자는 단순한 언어가 아닌 불교 경전을 가리킨다. 즉 여래의 가르침이란 말로 미루어 볼 때, 불립문자란 바로 불경의 말씀을 혁파하라는 불경스러운 의미인 셈이다.

시립미술관 1층 로비 한 켠

희고 높은 벽 위에 사다리를 세워 놓고
한 사내가 글자들을 떼어 낸다
아주 가볍고 경쾌하게 떼어지는 글자들과
어떤 문을 열어야 할 때처럼
손끝으로 노크를 해주어야 떼어지는 글자 사이
어떤 글자들은 아주 힘이 세서
사내는 벽을 밀어내며 글자들을 잡아당기며
아슬아슬 실랑이를 벌인다
바닥 위로 떨어져 내리는
말의 뼛조각
의미의 핏방울들
벽이 하얗게 텅 비고
사라진 말과 이야기의 희미한 유적만이 남았다
아이가 떨어져 쌓인 말의 무덤 위에서
'ㅇ' 하나를 집어 들고
동글동글 동그란 웃음을 웃었다

— 이은경, 「자음과 모음 사이」 전문

　인간 존재란 무엇인가에 대해 명확하게 답변할 수 있는 사람이 있을까? 데카르트는 사유와 존재의 당위성에 생명을 불어넣는 주술적인 어법으로 진리를 관통했다. 그러나 인간은 누구나 '생각'은 무엇이며, '존재'는 무엇으로 정의해야 하는지에 대한 문제의 벽에 부딪힐 수밖에 없다. 인간은 태어나자마자 "말의 뼛조각(시니피앙)"과 "의미의 핏방울들(시니피에)"의 관계망을 인지하는 존재는 아니기 때문이다. 유이기에는 백지 상태의 뇌에 저마다 경험의 기록을 남기는데, 그 시기엔 눈을 통해 사물을 보고 귀를 통해 소리의 감각을 저장한다. 그후 아기는 자기가 본 물건을 만져보고 차갑다, 따듯하다, 거칠다, 포근하다, 아프다 등의 감촉을 느끼게 된다. 나아가 자기가 집은 물건을 입으로 진단하는 구순기를 거친 후에 언어를 습득하는 단계를 거치게 마련이다.

이때부터 비로소 인간은 언어를 통해 사유하고 언어를 통해 표현할 수밖에 없는 존재로 전환된다. 그리고 성인이 되어 언어가 얼마나 우리에게 흡착되어 고착화하고, 우리의 관념을 지배하는지에 대해 깨닫고 나면 언어 이전의 둥근 세계를 갈망하게 된다. 언어의 종류에는 기의와 기표와의 관계가 "아주 가볍고 경쾌하게 떼어지는 글자들"과 "손끝으로 노크를 해주어야 떼어지는 글자"가 있다. 나아가 우리가 사는 세계에는 "어떤 글자들은 아주 힘이 세서" 벽을 밀어내며 "아슬아슬 실랑이를 벌"이는 완강한 이데올로기의 언어도 상존하게 마련이다. 그러나 언어 이전의 세계에 존재하는 아이가 "말의 무덤" 위에서 무의식적으로 "'ㅇ' 하나를 집어 들고 / 동글동글 동그란 웃음을 웃"는 광경을 목도하여 불립문자의 세계에 이르는 화자의 시선은 예리하다.

과일 가게에 갔다 조롱에 매달린 새 한 마리 샀다 횟대 넝쿨마다 그렁그렁 알이 열렸다 가늘고 뾰족한 부리 휘둘러 육즙탱글한 열매 덥썩 깨물었다 달큼새큼한 향내가 콧구멍을 들랑날랑거렸다 길고긴 수염 타고 녹홍색 즙액이 주르르 흘러내렸다 고개 들어 숲의 활주로를 박차고 뛰어 올랐다 구름 덤불 속에 뿌리 내린 둥지 알알이 공중분해되었다 허공에서 우두둑 새들이 낙하했다 비행의 날갯짓을 잃어버린 날갯죽지 빽빽이 박힌 갈색 깃털을 쭈뼛쭈뼛 곤추세웠다 뒤뚱뒤뚱 잰걸음으로 달음박질쳤다 비상의 속력은 단단한 네 발가락 사이를 빠져나갔다 새 발자귀마다 불쑥불쑥 나무가 태어났다 녹갈색 껍질의 꼬리깃들이 칼바람을 일으키며 요동쳤다 뭉텅 잘려 나간 새 꽁지 비명을 삼켰다 날개치지 않았다 날개 뼛조각의 흔적은 아무데서도 찾을 수 없었다 농익은 자줏빛 검은 씨앗을 아작아작 씹었다 키위, 목울대에 걸려 키위키위 울었다

— 서정민, 「kiwi」 전문

　언어와 존재의 관계에 대한 기본 모티프는 존재론이지만, 그 이전에 존재를 이해하고 그에 관한 물음을 던지는 유일한 존재인 인간에 대한 해명이 필요하다. 시적 화자는 막연하게나마 인간의 실존과 존재 이해라는 접점에서 출발하여 언어(기표)와 존재(기의)에 대한 본격적인 이해를 추구하고 있다. 인용시에서 화자는 "과일가게"에 가서 '키위'를 사면서도 짐짓 능청스럽게 "조롱에 매달린 새 한 마리" 사는 행위와 동일화하여 실존성을 들여다본다. "뾰족한 부리 휘둘러 육즙탱글한 열매 덥썩 깨물"어 뜯으며 "숲의 활주로를 박차고 뛰어" 오르는 자유 의지는 선험적 존재론의 성격을 띤다. '키위'라는 시니피앙은 "횃대 넝쿨마다 그렁그렁 알이 열"리는 '비극적 실존성'과 "구름덤불 속에 뿌리 내린 둥지"라는 '선험적 의지'가 분사되는 곳에서 시니피에가 현현하는 구조이다.

　인용시에서 세계와 사물은 현상학적 주관성과도 이성적 객관성과도 구분되는 방식으로 구현된다. 언어와 세계는 이제 인간이 "비행의 날갯짓을 잃어버린" 현실 세계에서 바라보는 그대로의 모습으로 서술된다. 화자는 현실 세계가 결코 이성적인 언어 세계가 아니라 "새 발자귀마다 불쑥불쑥 나무가 태어"나는 비현실적이고 우연적인 생활 세계라는 것을 인식한다. "날개 뼛조각의 흔적"같이 손에—잡히는—존재를 위하여 화자는 언어와 존재의 간극을 제거하는 언술 구조를 표방한다. 그러나 화자는 언어와 존재의 구현체인 "자줏빛 검은 씨앗"은 존재의 부재를 확인하는 자기 방기적 행위에 불과하다는 실존성을 깨닫는다. 다시 말해서 농익은 언어의 씨앗을 "아작아작 씹"다가 "키위"라는 실상과 대면한 듯하지만, "목울대에 걸려 키위키위 울"수밖에 없는 사실의 확인에서 비극은 배가된다.

　　밀화부리는
　　암수가 부리를 맞대 密話를 속삭인대서 붙여진 이름

그건
맛있는 말
맛있는 말

자기를 묽히어 자기에게
자기야, 자기야

세상에서 부를 수 있는 이름이
달랑 자기밖에 없어서

자기를 머금어 자기에게
방울방울 떠 넣어주는

그건
맛있는 말
맛있는 말

* 밀화부리: 되샛과의 새

— 이안, 「말」 전문

　불립문자는 '언어 무용론'이라기보다는 '언어 본질론'에 도달하기 위한 방편을 의미한다. 즉 문자, 불경을 관(貫)하는 과정이 선행되어야 한다는 전제에서 의미를 버리는 행위이다. 여기에는 필연적으로 문자에 매몰되는 일을 경계하라는 경고의 메시지가 내장된다. 문자는 깨달음이나 존재가 아니라 "맛있는 말"을 깨닫는 한 방편에 불과하다는 경종인 셈이다. 문자는 일종의 깨달음과 존재를 나타내는 허상의 기표이다. 따라서 존재와 깨달음에 다가가기 위해서 "암수가 부리를 맞대 密話를 속삭"이는 과정이 선행되고, 그 이후에 "붙여진 이름"이었을 때 문자의 굴레를 벗어던질 수 있다는 의미로 풀이된다. 존재는 언어를 통해서 자신을 드러내고 언어는 존재를 명명하는 동인으로 작동한다.

현상학자 하이데거에 의하면, 인간은 '순수한 선험적 자아'가 아니라 현존재, 즉 거기에 있는 존재이다. 즉, 인간은 세계—내—존재로서 세상 속에 편입되어 살아가야 하는 숙명이 부가된 개체이다. 따라서 인간은 순수 자아가 아니라 "자기를 묽히어 자기에게" 혹은 타자에게 "자기야, 자기야"라고 부르며 세상과 한 몸이 되는 언어의 세계를 지향한다. 이러한 관점에서 시인에게 시는 현상의 본질을 파악하는 측면보다는 존재의 언어를 파악하는 텍스트로 정의된다. 결국 인간은 "세상에서 부를 수 있는 이름이 / 달랑 자기밖에 없"다는 사실을 자각한 이후 "자기를 머금어 자기에게 / 방울방울 떠 넣어주"는 자신의 실존이 곧 '불안 (sorge)'이라는 등식을 인정하기에 이른다는 방점이다.

이와 같은 '불안'을 통해 인간은 절대의 무(無) 앞에 서게 되며 실존적 결단을 통해 깨어 있는 인간, 본래적 인간으로 거듭날 수 있다는 진리의 발견이다. 현상학적 진리란 명제와 사태의 일치가 아닌 '드러남', '탈은폐성'을 사유의 본질로 삼는다. 시와 철학은 이 탈은폐성에 봉사해야 한다는 당위성을 내포한다. 이러한 생각은 한편으로 전통 사유의 주관성, 인간중심주의, 존재 망각에 대한 비판으로 나타난다. 나아가 다른 한편으로 인간의 탈출구로서 시와 예술을 통한 '존재의 귀기울임'이라는 대안을 제시한다. 따라서 "언어는 존재의 집이고, 인간은 언어의 집에서 산다"는 하이데거의 말을 뒤집으면, 다음과 같이 읽을 수 있다. "언어가 살면 존재가 살고, 언어가 죽으면 인간 존재도 죽는다."

키치시와 대중문학적 담론

1. 대중문학론의 가치 척도

대중문화의 한 장르로서 문학은 두 가지의 방향에서 그 의미를 탐지할 수 있다. 하나는 대중사회에서 문학이 차지하고 있는 위치와 의미를 다루는 방향이며, 다른 하나는 소위 대중문학이라고 부르는 텍스트들의 위상과 의미를 다루는 방향이다. 먼저 대중사회 속에서 문학이 차지하고 있는 위치는 대중사회가 산출해 좋은 다른 장르, 예컨대 만화, 영화, 쇼, 디자인 등과의 관련성에 대한 연구이다. 그러나 그것은 전적으로 대중사회를 우리가 어떻게 이해해야 할 것이냐에 달려 있다.

우선 '대중사회'를 지칭할 때, "대중을 기반으로 하여 성립한 사회로서 20세기에서 대량 생산, 매스커뮤니케이션의 발달, 조직의 관료화 등에 의해서 생긴 자본주의 사회의 양태에 관해서 이르는 것"이라는 국어사전의 정의를 받아들여 보자. 그렇다면 대량생산, 대중매체의 발달, 조직의 관료화 등이 한국 사회에서도 드러나고 있다는 점에서 한국 사회 역시 '대중사회'라고 명명할 수밖에 없다. 대중사회에서의 문학의 모습은 그것이 점차로 상품화의 길을 걸어가고 있다는 식자들의 지적 속에 간결하게 압축되어 있다.

대중매체의 발달로 인쇄 매체가 매체 중에서 제일 영향력이 많던 시대와는 다르게, 문학이 문화의 중심적인 자리에서 점차 밀려나고 있는 듯한 인상을 받는 것은 사실이다. 문학 역시 대량생산의 길을 착실히 걸어가고 있다. 문학이 문화의 중심적인 위치에서 밀려나고 있는 것은 영화를 비롯한 새로운 여타의 예술 장르들이 성장하는 면과 반비례한다. 누구라도 문학이 대중사회의 상품으로서 대중의 소비 대상이 되어 가고 있다는 점은 부인할 수 없다. 문학이 상품화되면서 영화나 쇼 등만을 주름잡던 인기인이 대중매체와 연계한 문학에서도 등장하기 시작한 것이다.

그러나 이때의 인기 소설가나 인기 시인은 일제하의 이효석, 50년대의 손창섭, 60년대의 김승옥과 같은 인기 소설가들과는 현격한 차이를 보인다. 이들은 70년대 이후의 인기 소설가와 같은 인기를 얻었으나 그들만큼 '부(富)'를 축적하지는 못했다. 더 정확히 말하면 그들의 인기는 오히려 명성에 가까운 '관(冠)'의 의미로 통용되었다. 따라서 70년대 이전에 부를 획득한 작가, 비평가들은 인기 소설가라기보다는 대중작가 쪽에 가까운 것으로 생각했다. 김내성이란 작가를 떠올리면 아주 쉽게 이해할 수 있다. 70년대에 들어서면서 대중사회적인 요소들과 함께 소설가들에게 붙은 '인기'라는 말이 다른 문화 장르와 동일화되기에 이른다.

부와 명성을 거머쥔 이들 문학인에 대한 태도는, 불성실한 문학 놀이의 소산이라는 태도와 대중사회의 당연한 모습이라는 태도로 대립되어 나타난다. 인기 문학인을 긍정적으로 보는 것은 산업사회, 대중사회에서는 문학작품이 상품화될 수밖에 없으며, 그렇게 되는 한 판매부수는 중요할 수밖에 없다는 태도이다. 이와는 달리 인기 문학인을 부정적으로 보는 것은 그 인기가 문학을 물신화시켜 문학과 문학인을 소외시킨다고 보는 태도이다. 그 두 극단적인 태도의 중간에 문학을 대중문학, 중간문학, 고급문학으로 나누자는 절충주의가 자리잡고 있기도 하다.

대중문학의 의미는 서구 사회가 산업화·도시화되면서 광범위하게 대중적 독자층이 형성되자 이들을 대상으로 성립하였다. 이 개념은 19세기에서 20세기에 엘리트 계층이 고급 귀족문학에 대립하여 대중의 시대적 요구에 부응하기 위한 일환으로 차용되었다. 우리나라에서 대중문학의 개념은 이런 서구의 영향에 따른 것이라기보다 일본에서 사용된 순수와 통속 개념의 구분에 따른 것이다. 우리의 대중문학은 근대화 시기에 신문 발행과 더불어 신문 연재소설에서 시작되었기 때문이다.

초기에는 대중문학에 대한 뚜렷한 인식 없이 순수문학으로 연재하다가 점차 작가들은 신문의 상업성과 연계된 대중들의 요구에 부응하게 된다. 1910년대에 방각본 고소설이 대량 생산되고, 신소설, 이광수 소설이 연재되면서 문학의 대중성에 많은 관심을 보이게 되었다. 특히 30년대 이데올로기 쇠퇴에 편승하여 활발히 나타난 통속화 경향은 무단정치에 따른 일제의 탄압을 회피하고 신문 구독자의 증가에 따라 상업성과 결탁하면서 독자의 취미에 영합한 것이다. 이 대중소설은 독자가 쉽게 문학을 접할 수 있다는 점에서 인기를 끌지만, 한편으로 질적 하락을 가져와 신문소설은 통속소설이라는 인식을 품게 하는 계기도 되었다.

70년대는 급격한 산업화와 물질문명의 혜택으로 경제적인 풍요로움을 누리지만 빈부의 격차에 따라 사회적 갈등이 야기된다. 물질문명의 가속화로 인해 급속도로 인간성은 마비의 길을 걷게 된 것이다. 정치적으로는 유신 치하에서 인권이 유린되고 자유가 구속되는 상황이었지만, 물질적 소비문화가 유행을 이루면서 상업주의와 오락문화가 팽배하여 비판적 기능이 축소되었다. 특히 상업주의의 온상은 저널리즘인데, 이 유신 시대에 정치적 탄압으로 인해 언론이 통제되면서 정확한 보도 대신에 상업주의 소설로 자리를 메우려는 경향이 농후했다. 이즈음 대중매체의 활발한 팽창과 신진 작가들의 감각적 문학 경향으로 신문 연재가 활성화되면서 단행본이 다량으로 출판되기도 했다.

80년대는 군부 파시즘과 경제적 발전이라는 이중적인 사회구조 속에서 현실의 부조리와 대중의 욕망에 맞추어 다양한 소재들을 다루었다. 특히 산업화된 문학이라는 특징을 나타내는 문고판이 유행하여 대중문학은 더욱 절정으로 치닫게 된다. 그렇다면 이처럼 90년대 문학에 새로운 화두처럼 등장한 대중성이란 무엇이며, 더욱이 시에서의 대중성은 무엇인가? 이 글은 이와 같은 문제들을 살피면서 시의 대중성 개념을 나름대로 고구해 나갈 것이다. 우선 대중문학론에 대한 논의는 소설에서 시작되었으므로 흔히 말하는 대중소설의 개념을 통해 어느 정도 시적 대중성까지 가늠해 볼 수 있는 척도가 되기 때문이다.

'대중소설'이란 순수문학인 '본격소설'과 대립되는 개념으로서 예술성이 미진한 것으로 일반 대중에 의해 읽히는 작품을 의미한다. 이 대중소설은 현대 자본주의 사회에서 상업적인 속성을 지니므로 독자의 요구에 영합하여 흥미를 끄는 것에 중점을 둔다. 따라서 소비자인 독자를 확보하기 위해서는 말초 감각적이고 재치 있는 표현으로 성(性)과 폭력을 중심 소재로 한 선정성과 통속성을 수반하게 마련이다. 이 성은 원시적 생명력의 진지한 탐구나 사회적 비리를 비판하기 위한 소재로써 다루어지기보다는 단지 흥밋거리를 전시하기 위한 전략으로써 감각적이고 소비적인 쾌락의 욕구 충족을 위해 다루어진다.

이런 대중소설에 대한 시각은 긍정적인 면과 부정적인 두 가지 측면으로 나누어 살펴볼 수 있다. 우선 긍정적인 관점이란, 오늘날 다원화된 현대 사회에서 대중은 예술 및 문화를 향유할 수 있는 특권이 있는 만큼 대중문학의 대량보급을 통해 다양하게 문학작품을 감상하고 식별할 수 있는 안목을 기를 수 있다는 것이다. 이에 반해 부정적인 관점이란, 대중은 미적 감수성이나 심미적인 판단력이 미숙하므로 저급한 문학의 오락성이나 선정성에 함몰되어 순수한 예술적 가치 추구에 무감해질 수 있다는 비판적인 측면도 가세하여 문단 일각에서는 치열한 논의가 제기되기 시작한다.

2. 시의 일상성과 대중성

서두에서 살펴본 대로 산업사회로서의 우리 사회가 지닌 여러 가지 사정과 다양한 국면은 시에서도 본격시와 대중시, 통속시에 관한 논의를 본격화하는 요인으로 작용했다. 의미와 성격은 사뭇 다르지만, 단편 서사시론 이래 70년 만에 본격적인 대중시 논의 혹은 시에서의 대중성 논의들이 개진되기 시작한 것이다. 대개 1933년 무렵부터 그동안 우리 문학판에서 비평적 권력과 지적 헤게모니를 담지하여 도왔다는 빈축을 사게 된다. 따라서 문학 계간지를 필두로 하여 각종 잡지들이 이 문제를 본격적으로 다루는 계기가 된 것이다. 심지어는 지난 80년대의 제1원리가 사라진 자리에 이제는 문학의 천박한 상업성 척결이라는 과제가 대신 자리잡게 되어 대중문학과의 싸움까지 선언하기에 이른 것이다.

이와 같은 의미에서 시의 대중성 개념은 대중문학과 대중소설의 개념에 기대어 생각해볼 수 있다. 범박하게 말하자면 시의 대중성이란 일상성과 상업성으로 간략하게 정리할 수 있을 것이다. 이 두 가지 하위 속성 가운데 일상성은 거대담론 내지 주체의 소멸에 따른 익명화·평균화한 우리의 일상 세부들을 발견하고 탐구하는 것을 의미한다. 특히 이 점은 모더니즘의 미학적 자기 반영성과 긴밀한 역학관계를 맺고 있다. 그리고 상업성은 이미 용어 자체 속에 부정적 의미를 다분히 내포하고 있는 것으로서, 이른바 잘 팔리는 시집들로 대표되는 특성을 의미한다. 환언하자면, 그간의 시의 패러다임 가운데 쉽게 교환 가치화할 수 있는 요소와 품목들을 명시하는 것과 다르지 않다.

3. 시적 대중성의 두 양상

1) 일상성과 시어의 혁신

90년대 시문학에 관한 담론들 가운데 가장 보편화된 것이 있다면 탈중심화 현상에 따른 일상성의 회복일 것이다. 일상성의 회복이란 후기 자본주의 사회에서 거대 권력이나 담론의 해체와 더불어 파편화된 일상으로 환원된 의식의 편린을 의미한다. 르페브르에 따르면, 일상성이야말로 오늘날 사회의 가장 두드러진 특징의 하나이다. 대중들이 전면에 등장한 현대 사회에서 일상성은 철학의 중심이자 삶의 전부인 것이다.[1] 특히 대중들은 일상에 갇혀서 끊임없이 소비생활을 영위하고 욕망을 발산·충족시켜 나아간다. 이 경우 욕망을 언어화한 것은 바로 광고이다. 그리고 이와 같은 광고 언어들은 욕망을 부풀리고 재생신할 뿐만 아니라 하나의 지배 이데올로기로서 대중을 관리한다. 이처럼 오늘날 사회에서 일상성은 소비와 욕망으로 대변된다. 그리고 그 소비와 욕망은 TV나 비디오와 같은 영상 매체의 이미지로 표현되고 있다. 말하

---

1) 르페브르, 박정자 역,『현대세계의 일상성』, 세계일보, 1990, 48쪽.

자면, 모든 것이 기호화되고 기호 체계 속에서 생산되지만, 필연적으로 유통의 과정을 거치기 때문이다.

시의 경우 역시 이와 같은 일상성을 담론화하기 위하여 언어와 형식에 대한 여러 가지 실험을 모색해 오고 있는 것이다. 말하자면 후기 자본주의 사회의 삶이 내장한 욕망 체계나 물신화 현상 등을 형상화하기 위한 노력을 해오고 있는 것이다. 그 노력은 우리 시에서 새로운 시의 언어라 할 광고나 신문 기사, 혹은 도형과 만화 같은 기성품을 널리 수용하게 만들었다. 이와 같은 시의 언어 확장은 일찍이 80년대 중반부터 오규원, 황지우, 박남철, 장정일 등의 시에서 널리 확인되고 있는 현상이다.

> 가) 1. '양쪽 모서리를
>   함께 눌러 주세요'
>
> 나는 극좌와 극우의
> 양쪽 모서리를
> 함께 꾸욱 누른다
>
> 2. 따르는 곳
> ⇓
>
> 극좌와 극우의 흰
> 고름이 쭈르르 쏟아진다.
>
> 3. 빙그레!
> ─ 나는 지금 빙그레 우유
> 200ml 패키지를 들고 있다
> 빙그레 속으로 오월의 라일락이

서툴게 떨어진다

　　4. ⇒를 따라
　　　한 모서리를 돌면2)

　나) 1983년 4월 20일, 맑음, 18℃
　………………………………

　　표를 주워 주인에게 돌려
　　준 청과물상 金正權(46)

　　령＝얼핏 생각하면 요즘
　　세상에 趙世衡같이 그릇된

　　셧기 때문에 부모님들의 생
　　활태도를 일찍부터 익혀 평
　　가하는 것이 더욱 중요한 것
　　이다. (李元柱군에게) 아3)

　인용시 가)는 오규원의 「빙그레 우유 200ml 패키지」의 일부이고, 나)는 황지우의 「한국생명보험회사 송일환 씨의 어느 날」의 한 부분이다. 오규원은 이른바 광고시라는 명칭 아래 상품의 이름이나 문안 등을 텍스트 안에 그대로 차용하고 있어 주목된다. 그의 용어에 따르면 기성품(ready-made)의 틀을 빌려오고 있는 것이다. 인용된 작품은 빙그레 우유팩의 문구들, 예컨대 '양쪽 모서리를 / 함께 눌러 주세요', '따르는 곳', '⇓'과 같은 설명 지시문을 그대로 텍스트 내에 끌어오고 있다. 이는 과

---

2) 오규원, 『가끔은 주목받는 생이고 싶다』, 문학과지성사, 1987, 99~100쪽.
3) 황지우, 『새들도 세상을 뜨는구나』, 문학과지성사, 1983, 104쪽.

거 압축과 생략을 주로 한 전통 자연 서정시들이나 이태준의 『문장강화』류의 언어관과는 크게 어긋나 있는 현상이다. 환언하면, 시의 언어가 지닌 창조적이며 함축적인 기능보다는 현상 지시적이며 사실의 전달 기능을 중시하고 있는 것이다.

그렇다면 이처럼 기능을 달리하는 언어를 차용한 까닭은 무엇일까? 실제로 오규원은 시 속에 '기성품'을 그대로 패러디하는 현상에 대해 다음과 같은 해명을 하고 있다. 곧, 그와 같은 기성품을 작품 문맥 속에 그대로 들여오는 것은 일종의 관념 예술의 창조라는 것이다.[4] 오규원에 의하면, 관념예술이란 기성품이 실용 공간에서 예술 공간으로 이동하는 과정에서 발생하는 관념적 행위를 바탕으로 하는 예술이다. 이 경우 관념적 행위란 한 대상이 기존의 실용성이나 일상 의미를 상실하고 새로운 심미적 대상으로 인식되는 것을 의미한다. 따라서 작품 내부로 이동한 기성품은 기존의 일상 의미를 박탈당하고 그 대신 낯설고도 새로운 의미를 얻는다는 것이다. 기성품, 혹은 일상의 실용적 문맥을 벗어나 낯선 새로운 문맥 안에 삽입하는 일은 새로운 현실의 창조라고도 말할 수 있을 것이다.

인용시 나)는 신문 기사의 일부분과 만화의 두 컷을 시의 매재로 사용하고 있다. 우선 신문 기사의 내용은 수표를 주워 주인에게 돌려준 가난한 상인의 미담과 당시 의적으로까지 미화된 한 절도범을 신고·체포하도록 한 학생의 이야기로 되어 있다. 신문의 구체적인 기사의 문맥에서 이동하여 시의 문맥 안으로 편입된 이 내용은 무슨 의미를 띠는가? 그것은 신문 기사로 언술된 기성 현실의 '낯설게 하기'이며 숨겨진 의미의 폭로이다. 바꿔 말하자면, 누구나 쉽게 인지하고 있는 기성 현실의 가치 체계나 의미들이 오히려 그와는 반대되는 의미와 가치를 지

---

4) 오규원, 「인용적 묘사와 대상」, 문예중앙, 1987 여름호, 165~166쪽.

닌 것이라는 사실을 일깨우고 있는 셈이다. 따라서 신문 기사라는 기성품은 작품 내부 문맥에서 낯선 새로운 대상으로 환원된 것이다. 그 다음, 만화 컷의 삽입 역시 기성품의 인용이다. 작품의 회화적 형태를 중시하는 구체시와도 다르게, 만화 컷이라는 강력한 이미지를 사용함으로써 매우 충격적인 언술 효과를 노리고 있다. 곧 기존의 언어로써 포착하고 드러낼 수 없는 현실을 그림 이미지로 나름대로 형상화한 것이다. 또 이는 시의 표현 매재를 혁명적으로 확충하고 있는 본보기라고도 할 만하다.

이상에서 검토한 바와 같이, 시에 일상성을 담기 위한 방법적 모색의 하나는 시의 언어들을 종래와는 다르게 사용하는 일이다. 일상 실용 언어들의 직접적인 차용이나 이상 이래의 기하학적 도형 내지 회화적 형식의 차용이 그것이다. 이와 같은 언어 차원의 변화 내지 혁신 이외에도 다시 우리가 주목해야 할 현상은 작품 형식에 대한 실험이다. 이 실험은 탈형식의 형식이라고 부를 수 있는 현상들이다. 과거의 시 형식이 행과 연을 중심으로 하나의 굳어진 제도처럼 일정한 틀을 유지하고 있었다면, 이 형식의 실험은 이 틀에 대한 철저한 일탈이자 해체이다. 김춘수는 우리 시의 행·연의 구분의 근거를 리듬과 의미, 이미지로 구분하여 하나의 체계화를 시도한 바 있다.

이와 같은 체계화 이전에 정형시와 자유시, 산문시 등의 형태를 중심으로 한 분류가 있었다는 것은 주지의 사실이다. 통념화하고 도식화한 이 같은 분류 이외에도 우리 시 형식의 유형은 대체로 체계적으로 설명할 수 있을 정도의 관행과 제도를 가지고 있었다. 그러나 시에서 일상성을 담기 위하여는 이러한 규범화된 형식을 파괴하고 새로운 시 형식의 모색이 이루어지고 있다. 그 양상은 크게 나누어 두 가지로 나누어 살펴볼 수 있을 것이다. 하나는 일상의 표현 양식 혹은 기성 문장의 틀을 차용하는 것이고, 다른 하나는 다른 장르 형식을 시 작품의 형태로 삼는 것이다. 먼저 기성 문장의 틀을 차용하는 경우에는 일기, 편지, 설문지, 연대기, 공고판 형식 등을 시의 형태로 삼는 것이다.

가) MENU

샤를르 보오들레르	800원
칼 샌드버그	800원
프란츠 카프카	800원
이본 본느프와	1000원
에리카 종	1000원
가스통 바쉴라르	1200원
이하브 핫산	1200원
제레미 리프킨	1200원
위르겐 하버마스	1200원

시를 공부하겠다는
미친 제자와 앉아
커피를 마신다
제일 값싼
프란츠 카프카[5]

나) 나는 시를, 당대에 대한, 당대를 위한, 당대의 유언으로 쓴다.
上記 진술은 너무 오만하다 ( )
위풍 당당하다 ( )
위험천만하다 ( )
천진난만하다 ( )

---

5) 오규원, 『가끔은 주목받는 생이고 싶다』, 문학과지성사, 1987, 116쪽.

독자들은 ( ) 0표를 쳐 주십시요.
그러나 나는 위험스러운가 ( )
얼마나 위험스러운가 ( )
과연 위험스러운가 ( )6)

다) 45시 86분 : 최순호가 쓰러진다 게임
　　이 잠시 중단된다 최순
　　호가 일어난다 재개된다
　　이제 고작 3분 정도
　　남은 시간을 허겁지겁.
　　98시 421분 : 確信이 날 찾아왔다. 나는
　　그를 달래서 돌려보낸다
　　다시는 날 찾지 마라 알
　　겠니?
　　388시 914분 : 하품을 하다 하품도 내
　　게는 아픔이다. 삶을 너무
　　과식했나보다. 배탈이 날
　　것같다 해탈도 내게는
　　배탈이다. 과식이7)

　　인용시 가)는 오규원의 「프란츠 카프카」의 전문이고, 나)는 황지우의 「도대체 시란 무엇인가」의 일부이다. 그리고 다)는 장경린의 시 「이반 데니소비치의 하루」의 한 부분이다. 가)의 시는 이미 부제가 명시하는 바와 같이 메뉴판의 형식을 빌리고 있다. 그 메뉴에 따르면 구미의 뛰어난 시인 작가들이 모두 가격을 환산할 수 있는 상품명으로 전락되어 있다. 말하자면, 커피의 이름으로 전위되어 있을 뿐만 아니라 철저하게 교환가치로만 수치화된 것이다. 소비 사회에서의 단순 기호로 소

<hr>

6) 황지우, 『새들도 세상을 뜨는구나』, 문학과지성사, 1983, 82쪽.
7) 장경린, 『누가 두꺼비집을 내려놨나』, 민음사, 1989, 27쪽.

비의 대상이 되어 있다는 사실을 폭로하고 있는 셈이다.

이와 같은 현실을 몰각하고 삶의 진정성이나 비판을 위주로 하는 시를 쓰겠다는 것은 화자의 지적처럼 미친 짓일 수밖에 없다. 그러나 무엇보다도 미친 짓이 미친 짓으로 두드러지게 보이게 하는 것은 메뉴판 형식일 것이다. 곧 규격화되고 일상화된 표현 양식의 하나인 메뉴판은 시 작품이란 미학의 공간 속으로 이동하면서 독자들에게 시 자체를 낯설게 만드는 역할을 수행한다. 시의 통념적인 틀을 깨어 버림으로써 시 자체를 새롭게 인식토록 하고 아울러 미친 짓이 미친 짓으로 도드라지게 하는 것이다. 일찍이 아도르노는 아방가르드 예술의 탈미학화를 기존 사회에서의 순응과 화해에 저항하는 것으로 설명하였다. 그의 설명이 아니더라도 탈형식의 형식화는 기존의 사회적·문화적 이데올로기를 폭로하는 것이다.

오규원의 「프란츠 카프카」의 경우 역시 자본의 논리 속에 모든 것이 상품으로 패러디화하는 우리 사회의 공적인 이데올로기를 폭로하고 있는 것이다. 나)의 시는 설문지 형식을 통하여 우리로 하여금 시의 본질과 기능이 어떤 것인가를 궁구하도록 유도하고 있다. 설문 형식이라는 일상 표현 양식이 시 작품 내부에 끼치는 영향력은, 앞에서 살펴본 「프란츠 카프카」와 크게 다르지 않다. 곧, 시 형식을 낯설게 함으로써 정치적 억압과 물신 사회 공간 속에서 위축된 시의 진정성이 무엇인가를 새롭게 드러내 주는 것이다. 인용시 다)는 제목이 암시하는 대로 이반 데니소비치를 인유로 마치 수용소 군도 같은 현실 속의 일상, 즉 시간대에 따른 편린을 제시하고 있다. 이상의 인용시 가), 나), 다) 세 작품은 일상의 표현 양식, 혹은 기성 표현의 틀을 활용한 작품들이다. 이들은 모두 기성의 표현 형식을 통하여 역으로 규범화된 시 형식을 낯설게 해체하는 효과를 거두고 있다.

둘째, 탈형식의 형식화에는 기존의 다른 장르 형식을 작품 속에 이동해 오는 경우이다. 이를테면, 시나리오나 희곡의 형식을 시 작품 속에 차용하고 있는 경우가 여기에 해당한다.

가) S#6
연기가 걷히면 거기에 머리숱이 타고, 얼굴에 상처를 입은 청년이 서 있다. 여자는 반갑게 그를 맞이한다.
　남자 : 내가 늦었지, 미안해.
　여자 : 아녜요, 그런데 왠 상처예요. 옷도 찢어지고………
　남자 : 응, 교통사고가 났댔어. 그냥 낭떠러지로 떨어져 버렸지.
　여자 : 그런데 어떻게?
　남자 : 어떻게라니? 난, 죽어버리고 말았어!
　여자 : 죽었다구요.
　남자 : 그래, 지금 당신 앞에 있는 나는……… 귀신이야.
　여자 : 귀신이라도 나는 당신을 사랑할 수 있어요.
　남자 : 미안해. 난 이제 저 자를 따라가야 해. (남자는 다방 문에 우뚝 서 있는 검은 신사를 가리킨다.)

눈물이 남자의 얼굴을 온통 적실 때 눈물이 적셔진 부분부터 차츰 남자의 얼굴이 지워져 가고 여자 홀로 남아 운다. (F.0)[8]

나) 밤 열한 시. 단칸방. 어머니와 아들이 누워 있다.
　어머니 : 이젠 자자꾸나. 나는 지쳐 버렸다.
　아 들 : 저 소리를 두고 벌써 지치다뇨. 놈들을 진압해야지요.
　어머니 : 얘야 내 머리칼을 봐. 잘 때가 되잖았니.
　아 들 : 저놈들 또 모여들어 두런거리네.
　어머니 : ……난……지쳤어……혼자해 봐……지켜볼 테니.
　아 들 : 그러세요. 야옹 소린 제가 내지요.
　　　야옹, 야옹[9]

---

8) 장정일, 『길안에서 택시잡기』, 민음사, 1988, 130~131쪽.

　상기의 작품 가)와 나)는 장정일의 시「자동차」와「즐거운 실내극」
이다. 우선 작품「자동차」는 시나리오 형식을 취하고 있다. 곧 장면화
를 이루면서 영화에서의 서사 문법을 차용하고 있는 것이다. 그런데,
이 경우의 장면화는 묘사시의 회화성과는 엄격하게 변별된다는 것에
주목할 필요가 있다. 일반적으로 묘사시의 회화성은 대상이나 특정 공
간의 세부 사항을 감각적으로 해석하는 데서 획득된다. 그러나 인용된
가)의 시는 전자 매체의 영상화를 전제로 한 작품이다.

　범박하게 말하면, 영화 장르의 패러디라고 할 수 있는 기법이다. 또
다른 작품「즐거운 실내극」은 한 편의 희곡을 읽고 있다는 느낌이 강하
다. 마치 막 오른 무대 공간을 들여다보고 있는 형식인 것이다. 그동안
시와 극의 장르 혼용은 흔히 시극으로 불리곤 했다. 그러나 이 작품은
본격적인 시극이라기보다는, 단편적인 희곡 형식의 차용으로 읽어야
마땅할 것이다. 제목 그대로 실내극의 대본으로 쓸 수 있다는 말이다.
그러면, 이와 같은 시나리오나 희곡 등의 장르 차용은 무슨 의미를 지
닐까? 더 나아가, 굳이 그와 같은 담론 양식을 선택하는 경우 기존의 시
와 시나리오, 희곡 사이의 장르 구분은 무슨 변별력이 있는가를 해명할
필요가 있다.

　이와 같은 물음에 대한 해답은 이 글에서 쉽게 정의를 내릴 수 없는
것이기도 하다. 다소 투박하게 말하면, 시 형식의 낯설게 하기를 통한
미학적 충격과 아도르노식의 부정성의 획득을 위한 노력의 산물이라
고 말할 수 있다. 포스트모더니즘의 보편적 현상인 장르 혼합이라고 해
도 무방할 것이다. 서구에서 대중문화가 자본 사회의 가장 두드러진 문
화 현상의 하나이고, 더 나아가 이들 문화가 포스트모더니즘에 포괄된
사실은 더 설명할 나위가 없는 일이기도 하다. 고급예술의 장르 체계가

---

9) 장정일, 앞의 시집, 120쪽.

대중문화로 이동하면서 뒤섞이는 장르 혼종적 현상을 보이는 것은 자연스러운 추세이기 때문이다.

이상에서 검토한 바와 같이, 탈형식의 두 가지 두드러진 양상은 우리 시가 일상성을 담론화하는 가운데서 나타난 주목할 만한 현상이다. 그러면 시가 대중성을 담보하는 가운데 보여주는 현상은 이러한 탈형식화와 시어의 혁신뿐인가. 이미 논의 과정에서 나타난 바와 같이 시의 일상성은 사전적인 의미 그대로 일상의 파편, 사소한 일 등을 주로 담론화한다. 환언하면 시적 대상이 모두 일상의 것들, 예컨대는 특정 상품, 포르노, 만화, 가정요리, 영화, 무협지와 비디오 등 싸구려 대중적 세부 일들로 바뀌고 있는 것이다. 따라서 우리 삶의 구경적 현실이나 존재론적인 문제들은 물론 현실 비판이나 역사의 전망 같은 지난날 시의 무겁고 본질적인 대상들은 모두 주변으로 밀려나고 있다.

시의 대상이 일상적인 일들로 달라지면서 나타난 또 하나의 두드러진 현상은 성을 담론으로 차용한 경우다. 90년대에 들어 성과 관련된 이미지들이나 비속한 시어들이 무차별적으로 등장한 것이다.

> 가) 나이트클럽 앞 포장마차
>   닭똥집 굽는 냄새가 고소하다
>   닭장 들어가기 전에
>   닭똥집에 확 소주 한 잔 어때요
>   좋습니다.
>   …<중략>…
>   록 허드슨은 에이즈 아냐
>   똥구멍에 삽입하는 놈들
>   닭똥집에 AIDS균이 득실거려?
>   호훗, 괄약근이 근질거리네
>
> —「교묘한 닭똥집」의 일부[10]

나) 못 느끼겠니?

       못의
       엉덩이를 두드려가며 깊이
       깊이 못과
       교접하는
       상처의 질

       의
       탄력?

—「못에게」 일부11)

인용시 가)와 나)는 작품 속에 모두 성에 관한 메타포가 들어 있다. 가)는 에이즈와 관련한 이미지들이, 나)에는 벽에 박힌 못의 형태를 교접의 모습으로 해석한 진술이 천연덕스럽기까지 하다. 90년대 들어서면서부터 성 담론은 우리 시단에 급작스럽게 확산되었다. 미셸 푸코의 유행과 페미니즘의 영향도 있지만, 성이 종래의 생물학적 차원의 의미를 벗어나 정치 사회학적 차원의 주된 언술로 자리잡게 된 것이다. 시의 대중성은 이처럼 시적 대상의 일상화를 통해 구현되고 있다. 상품, 샐러리맨의 일상, 키치적인 문화 현상들, 대중가수, 영화 등 일상의 사소한 일들을 담론화하고 있는 현상들이 그것이다. 이와 같은 담론 속에는 초월성의 탐구나 삶의 진정성, 또는 비판 등이 나타나지 않고 있다. 말하자면 고급문화로서의 본격시가 지닌 일체의 품목들이 사상(捨象)되고 있는 것이다.

---

10) 유 하,『무림일기』, 중앙일보사, 1989, 72~73쪽.
11) 김언희,『트렁크』, 세계사, 1995, 23쪽.

2) 상업성과 시의 키치화

　시의 대중성을 이루고 있는 또 다른 한 측면은 상업성이다. 이 경우 상업성은 시의 어떤 가치나 의미가 교환가치로 전이되어 다량으로 유통 소비되는 상품을 의미한다. 곧 문화와 예술을 상품화하는 자본주의 사회의 속성에 따라 시 역시 상품화되는 것을 가리키는 것이다. 모든 가치가 교환가치 하나로 통합·귀일되는 타락한 사회구조 속에서 시 또한 상품화의 길을 걷는 현상은 어쩌면 당연한 수순일 것이다. 우리 시에서도 이른바 베스트셀러 시집들이 등장하고, 심지어는 백만부라는 경이적인 판매 부수를 기록하게 되었다. 지난 1997년 서정윤의 『홀로서기』가 출판되어 놀라운 부수의 판매량을 기록하였고, 그 이후로도 유사한 시집의 출현이 계속되어 왔다. 특히, 제목이 긴 아마추어 시인들의 시집이 일만부에서 십여 만부에 이르기까지 팔렸던 사실은 시의 상업성을 부추기는 데 결정적인 역할을 담당한다.

　시와는 다르게 소설은 그 발흥 단계에서부터 오락과 흥밋거리로서도 적극 유통되었으며, 그만큼 대중성에 대한 논의들도 공공연하게 이루어져 왔다. 본격적인 시민사회로 진입하면서부터 소설 작가는 붓 한 자루로 생계를 영위하게 되었다. 그 결과 미지의 대다수 독자 대중, 곧 시민사회의 중산층들은 소설 작가에게 주요 고객으로 등장하였다. 왓트의 설명대로 산업화·기계화에 따른 중산층들과 부녀자들의 오락과 여가 시간 확보는 소설의 중요한 소비층으로 이들을 대두시켰다. 일찍이 잘 팔리는 작가들은 이들의 가치관 등을 의식하게 만든 바 있다. 따라서 작가들에게는 소설의 대중성 확보가 초미의 관심사로 대두된 것이다. 경우와 사정은 매우 다르지만, 우리 사회에서 시집이 베스트셀러에 오른 80년대 말은 정치적 억압 구조에도 불구하고 꾸준한 경제 성장에 힘입어 근로 대중들, 특히 여성 근로자들의 문화적 욕구가 폭발한 시점이었다.

말하자면, 소비 사회로의 진입과 함께 갖가지 대중문화가 본격화된 시기였다. 대부분 대중문화로 충족될 수 있었던 욕구들은 우리 사회에 광범위한 키치 현상을 몰고 온 것이다. 시에 국한하여 검토해 보아도 이 사실은 자명해진다. 곧, 지난 1930년대 이후 지속되어 온 고답적이고 폐쇄적이었던 시인 추천제와 현상문예 제도의 이완과 와해에 따른 대규모 아마추어 시인군의 등장, 출판 산업의 전자화에 따른 제책의 손쉬움, 경제적 여력에 따른 문학 소비 계층의 증가, 광고의 범람, 각 신문사와 백화점 등의 문화 강좌 개설 붐 등은 문화산업이라고 불러도 좋을 문화의 상품화 현상을 촉진시켰던 것이다. 이와 같은 배경 속에서 고급 문화와 예술의 키치화가 이루어졌고, 시 역시 예외일 수는 없었던 것이다. 다르게 말하면, 난해한 전문성이나 고답성을 특징으로 내세웠던 지난날의 시들이 대중들의 기호 소비의 한 양식으로 전락한 것이다.

시가 소비 사회의 단조로운 일상이나 권태를 위무하는 기분 전환이나 표피적 감각의 즐거움을 제공하는 일회용 레저의 한 양식으로 전락한 것이다. 따라서 이들 일회용 대중시들은 키치가 지니게 마련인 자기 기만의 형식을 띤다. 종래 고급문화로서의 시들이 지닌 세계 인식과 비판, 그리고 꿈꿀 수 있는 기능을 결여한 대신 그와 유사한 거짓의 기분만을 제공하는 것이다. 바꿔 말하자면, 독자들로 하여금 이른바 시라는 것을 읽고 향수한다는 거짓 환상에 짐짓 젖게 하는 것이다. 이 거짓 환상이야말로 대중시의 자기기만의 형식인 것이다. 더 나아가 이들 시가 필연으로서 지닌 일회적인 소비 형태인 셈이다. 그러면 이와 같은 시의 대중성은 구체적으로 어떤 특성과 형태들을 지니고 있는가. 이 문제를 풀기 위한 방법의 하나는 작금의 베스트셀러 시집들이 지닌 특성을 밝

히는 작업이 선행될 것이다. 이 글에서 분석 대상으로 삼은 시집들은
다음과 같다.

　　　1) 용혜원,『한 잔의 커피가 있는 풍경』, 민예원
　　　2) 원태연,『넌 가끔 가다 내 생각을 하지 난 가끔 가다 딴 생각을 해』,
　　영운기획
　　　3) 박 렬,『만남에서 동반까지』, 명선사
　　　4) 고은별,『마지막이라는 말보다 더 슬픈 말을 나는 알지 못합니다』,
　　성현
　　　5) 문향란,『설레임으로 다가오는 너에게, 참말 소중한 너에게, 아직도
　　잊지 못하는 너에게』, 고려문화사

　이상에서 예거한 다섯 권의 시집들은 우선 이른바 전문성을 인정받
은 본격 시인들의 시집이 아니라는 사실이다. 이 시인들은 대체로 상업
성을 전략으로 삼는 출판사를 통하여 2~3권의 비슷한 유형의 시집들
을 출간하고 있다. 기성의 문단 진출에 필요한 추천이나 현상공모 당선
등을 거친 경력은 전무한 형편이다. 또 이들 시집에서 공통적으로 분석
된 내용을 제시하자면 크게는 다음과 같은 내용으로 압축된다.
　이들 시집은 첫째 너와 나의 사랑이나 우정, 이별과 만남, 상대(너)의
소중함이나 그리움 등을 담론화한다는 점, 둘째 기존의 시적 조사나 통
사 구조를 탈피한 구어체 내지 대화식의 간결한 통사 구조를 보여준다
는 점, 셋째 기존의 시적 장치인 비유나 상징보다는 인유, 패러디, 말놀
이(pun) 등을 주로 사용한다는 점, 넷째 압축이나 생략의 원리보다는 직
접적 설명적 진술 위주라는 점, 다섯째로는 고급문화의 본격시와는 달
리 누구나 쉽게 이해할 수 있는 즉흥성을 지니고 있다는 점, 마지막 여
섯째는 para-text인 제목잡기(Appelation)에서 서술 문장형을 주로 선호
한다는 점 등을 들 수 있다. 이 같은 상업성 짙은 시들이 지닌 특성은 다

시 축약해서 말하면 무거운 사고나 이해를 요구하지 않는, 내용의 감각성과 즉흥성, 통사 구조의 대화적 간결성 등으로 요약할 수 있을 것이다. 그러면 이렇게 드러나는 두 가지 특성이 함축한 의미는 무엇인가?

먼저 내용의 감각성이란 종전의 거대담론이 아닌 미시담론으로서의 사랑과 우정, 이별과 만남 같은 일상의 세계를 다루고 있다. 그것도 이와 같은 주제들을 새롭게 해석하거나 인식한 것이 아닌 피상적인 통념의 차원에 머물고 있다는 말초적인 감성을 자극하는 정도에서 그치고 있다는 사실이다. 따라서 전통적 시 읽기의 원리들, 이를테면 틈 메우기나 반전, 해석학적 순환 같은 독법을 굳이 적용할 필요가 없다는 난점이 제기되고 있다.

<blockquote>
가) 이번 정착할 역은
이별 이별역입니다.
내리실 분은
잊으신 미련이 없는지
다시 한번 확인하시고 내리십시오.

계속해서
사랑역으로 가실 분도
이번 역에서
기다림행 열차로 갈아타십시오
추억행 열차는
손님들의 편의를 위해
당분간 운행하지 않습니다

—「이별역」 전문[12]
</blockquote>

---

12) 원태연, 『넌 가끔 가다 내 생각을 하지 난 가끔 가다 딴 생각을 해』, 영운기획, 1992, 42쪽.

　　나) 광화문
　　　　자뎅 커피점에
　　　　홀로 앉아

　　　　셀프 서비스한
　　　　커피를
　　　　한 모금 마시고
　　　　양팔을 깍지 끼고 앉아
　　　　거리를 지나가는
　　　　사람들을 바라본다

— 「광화문에서」 일부13)

　가)의 시는 열차의 승하차와 철도의 운행을 비유로 삼아 사랑과 이별의 속성을 제시하는 반면 나)의 시는 시적 화자가 커피샵에 혼자 앉아서 불현듯 느끼는 삶의 고독을 보여준다. 이 경우의 형상화 전략은 묘사와 진술을 통한 고전적인 수사에 의한 것이 아니라 직설적인 토로에 그친 경우이다. 이상의 두 작품은 시에서 전통적이고 보편적인 주제인 사랑과 고독을 다루고 있다. 그러나 그 주제들은 작자 나름의 새로운 해석이나 깊이 있는 탐구에 의한 어떤 진정성을 담아 내지 못하고 있다. 지극히 피상적인 해석과 일반 통념의 차원을 넘어서지 못하고 있는 것이다. 이 글에서 분석 대상으로 삼았던 시집의 시들은 모두 이와 유사한 주제이거나 비슷한 담론 양식들을 보여주고 있다는 점이다.

　두 번째, 통사 구조의 대화적 간결성은 시인의 특수한 개인 방언이니 기존 미학을 거부하는 데서 얻어진 것이다. 곧, 언어의 축약이나 시적 문체(figure), 구성의 수사적 장치 없는 평이한 진술 문장 등으로 일관하고 있다. 이를테면,

---

13) 용혜원, 『한 잔의 커피가 있는 풍경』, 민예원, 1995, 66쪽.

홀로 있고 싶다는 말이 진실입니까
아무런 간섭을 하지 말아 달라는 말이 진실입니까

와 같은 여느 문장이

홀로 있고
싶다는 말이
진실입니까

아무런 간섭을 하지
말아 달라는 말이
진실입니까

하는 식으로 불완전한 행갈이를 통해 시의 형식을 취하고 있다. 이
두 문장은 시적인 문체를 전혀 간직하지 않고 있다. 곧, 비유나 상징은
물론 자유시의 리듬을 구현하는 어떠한 장치도 보유하고 있지 않은 것
이다. 뿐만 아니라, 일찍이 1930년대 이태준의 『문장강화』로 대표되
는, 시의 주요 기능 가운데 하나를 우리말 세련과 고급화에 두었던 태
도와는 너무나 현격한 거리를 둔 것이다. 이와 같은 통사적 구조의 간
결성은 시의 전문독자가 아닌 일반 독자로 하여금 시 읽기와 특별한 훈
련이나 고도의 전문성이 없는 상태에서도 쉽게 작품에 접근토록 하는
요인이 될 것이다. 따라서 이들 작품들은 가벼운 감각 위주의 독자들에
게 끊임없이 선호의 대상이 되고 있는 것이다.

그렇다면 이와 같은 독자들은 어떤 부류의 존재들인가. 아직까지 이
와 같은 문제에 실증적인 접근과 검토를 한 사례는 발견되지 않는다.
다만, 그동안 여러 정황들로 판명된 사실은 문학을 깊이 있게 이해 · 향
수하는 데 길들지 않은 우리 사회의 대다수 일반 청소년들이며, 이들은

흔히 신세대나 영상세대로 불리고 있는 존재들이다. 그것도 시를 일종의 휴식과 소비의 대상으로 가볍게 여기는, 그러면서도 시 독서 체험에 참여하는 것을 선망하는 독자들인 것이다. 말하자면, 이미 앞에서 예거한 키치 현상들이 일반적으로 보여주는 자기 기만 혹은 거짓 만족에 심취하고 있는 부류들이다. 시의 생산 유통 구조에서 이와 같은 세대들의 등장은 베스트셀러 시집의 양산을 더욱 부추기고 있으며, 이들의 정서 구조는 기존의 시들이 함축한 정서 구조에 일정한 파장을 드리울 것이라 예견된다.

4. 오늘의 시와 대중성의 의의

이상의 논의에서 살핀 바와 같이 시의 대중성으로서의 상업성과 일상성은 어떤 관련성을 맺고 있는가를 파악하는 일은 무엇보다도 중요하다. 대중성이라는 시적 특성의 하위 속성인 상업성과 일상성은 굳이 서로의 관계를 논하자면 동전의 양면과도 같다. 왜냐하면 이 두 속성은 상호 변별적인 것이면서도 공유하는 영역도 있기 때문이다. 먼저 이 두 속성의 변별점은 어떤 것인가 살펴보자. 상업성이 강한 시들은 고독·사랑·이별과 그리움 등 주관적인 감정 제시에 치우치고 있다. 그리고 그 주관적인 감정은 세련되고 견고하게 조직된 시적 정서이기보다는 즉발적인 자극이다. 말하자면 서구 낭만주의자들이 말한 강력한 감정도 아니며, 이질적인 체험들이 유기적으로 조직된 고도의 정서도 아니다. 일상에서 쉽게 유발된 감정을 시적 장치 없이 과감하게 직설적으로 담론화하고 있는 것이다.

이와 같은 주관적 감정의 직설적 표출은 독자들로 하여금 이들 시에 적응하게 만드는 친화력의 원천이 되고 있기도 하다. 한편, 일상성의 경우 시적 대상의 범위가 일상의 여러 가지 사상들, 곧 상품 같은 일용 잡화에서부터 사소한 일에 이르기까지 두루 걸쳐 있다. 이 경우에 이러한 대상들은 상업성을 위주로 한 시들과 달리 소비 사회의 욕망 체계나 그에서 비롯된 여러 가지 모순 등을 드러내 주고 있다. 말하자면, 아도르노 류의 부정성을 통하여 그것을 생산한 사회의 문제들을 직시하는 것이다. 특히 이들 작품은 탈형식의 형식화를 통하여 기존 미학을 철저하게 부정하고 있다. 이른바 아방가르드적인 형식 탐구를 통하여 시의 담론 양식을 낯설게 하고 있는 것이다. 기성품 형식을 차용하여 묘사적 재현을 하거나 서사 구조를 드러내 주기도 하는 것이 그 일례일 것이다.

이상과 같은 상업성과 일상성의 변별적 사실과 달리 이 두 가지 속성은 다음과 같은 공통점을 가지고 있다. 첫째, 시의 수사적 장치로서 은유나 상징보다는 인유, 패러디, 제유, 환유 등을 주로 사용한다. 이는 은유가 제공하는 힘의 긴장이나 상징의 다의성 같은 의미의 갖가지 미묘한 결 등을 기피하기 위한 것이다. 이들 시적 장치보다는 비교적 쉽게 의미 파악이 되는 수사, 예컨대는 패러디, 인유, 말놀이(pun) 등을 선호하고 있는 것이다. 두 번째는 표현 원리에서도 압축 생략을 통한 암시와 함축을 주로 하기보다는 직접적이고 직설적인 표현 형식을 중시한다. 흔히 고도의 압축이나 생략이 텍스트 내에서 이루어질 경우에 그 생략된 의미를 복원하는 틈 메우기가 독서 행위에서 중요하게 된다. 이러한 틈 메우기는 여가를 위한 기분 전환용의 독서로는 오히려 적절치 않게 된다. 따라서 문맥의 의미는 심층이 아닌 표층의 의미만을 중시하여 직접적 진술 형태를 선호하는 것이다.

그렇다면 이제 일상성과 상업성을 하위 속성으로 한 시의 대중성이 갖는 의의는 무엇인가? 첫째는 시의 대중성은 소비 사회로 진입한 변화된 현실 세계와 삶에 대한 시적 대응의 한 현상이다. 특히 소비 사회에 필연적으로 존재하는 대중문화 현상의 한 갈래로 이 현상은 포스트모더니즘 가운데 두루 포괄되고 있다. 둘째는 현대 사회의 일상성을 담론화함으로써 아도르노 식의 부정성을 매개로 당대 현실에 대한 비판적 기능을 담당한다. 물론 문화산업 형태로 생산 유통 소비되는 대중문화는 지배 이데올로기를 강화 유지하는 것이기도 하지만, 다른 한편으로는 그와 같은 문화 현상에 대한 자기 반성행위가 따르게 마련이라는 것은 주지의 사실이다. 셋째는 시를 둘러싼 문제 역시 명백한 사회적 현상이나 제도의 하나인 것을 감안할 때 대중성은 시와 독자와의 간격을 줄이는 데 일정한 기여를 할 것이다. 일부 시의 대중성이 키치화되면서 부정적인 면을 보이는 것도 사실이다. 그러나 시의 대중성은 그 나름의 변모된 시적 특성을 통하여 독자와의 강한 친화력을 이룩하고 있다. 넷째, 특히 일상성을 담지하기 위한 탈형식의 형식 모색은 모더니즘에 포괄되는 현상으로 우리 시의 시적 조사와 장치들을 변모시킬 것이다. 이는 궁극적으로 우리 시 발전의 긍정적 요인, 즉 고급문학으로서의 시가 지닌 난해성이나 형식의 폐쇄성을 완화 내지 해체하는 결과에 이를 것이다.

그런데 이상과 같은 변별성과 공유점에도 불구하고 시의 대중성을 이루고 있는 이들 두 가지 속성은 결과적으로 기존의 고급문화로서 시의 패러다임이나 틀의 변형 조정을 요구하고 있다. 말하자면 고급문화로서의 시가 그동안 보여온 전문성이나 난해성을 반성하는 계기가 될 것이다. 실제로 90년대 이후 우리 시는 '인접성의 혼란'을 운위할 정도로 시적 통사 구조에 있어 결합 원리 일변도의 변모를 보여왔다. 이 같은 시의 문체(style)의 변모는 시적 담론의 새로운 문체론적 접근마저 가능한 단계까지 진척을 보였다는 점이다. 이 같은 고급문화로서의 시에 나타난 시적 언술 양식의 변모는 대중성을 중시한 시의 한 영향으로 유추된다. 시의 대중성을 드러낸 일상성이나 상업성은 마침내 상위의 엘리트 문화인 본격시와 일정한 교호 작용을 하면서 나름대로의 방향을 추구해 나갈 것이다. 거기에는 이미 앞에서 지적한 바의 부정적 요소와 긍정적 부분들이 복합적으로 내장되어 있다. 더 나아가 90년대 들어와 본격화된 시의 대중성은 우리 시의 외연을 넓힌 것으로도 평가할 수도 있을 것이다.

5. 키치에 대하여

1) 키치의 개념

키치는 원래 19C 말엽 미술에서 나온 용어로서 독일어로는 '경박한'이라는 의미를 담고 있다. 프랑스에서는 미적 개념 없이 의미의 복합성과 유연성마저 결여된 '싸구려', '질적 빈곤'이라는 의미가 있었으며, 스페인어 역시 '사기', '자기 기만' 등의 의미를 내포하고 있다. 이 말이 생겨난 19C 사실주의 후반부는 자본주의 시장경제가 이루어지기 시작한 때인데, 키치는 이 자본주의 복제 문화와 불가분 관련을 맺고 있다. 키치가 발생한 것이 바로 이때이며 20C에 확산되었던 것을 볼 때도 그러하지만, 내용면에서도 산업사회와 결탁되어 있다. 키치의 가장 큰 특징은 원본 대신 대용품을 통해 우리에게 환상을 주는 것이다. 이 대용품은 다름 아닌 복제문화의 산물이며 대중문화와 결탁한 조악하고 천박한 자료를 소재로 쓰는 것이다. 이런 점에서 키치는 부정적인 측면을 포함하게 된다. 게다가 모조물이나 복제물을 원본인 양 착각하면서 누리는 대리충족의 환상, 복제품이란 것을 깨닫지 못한 채 환상 속에 빠져 버리는 속임수 같은 것으로 가장 질 낮은 개념까지 포괄한다. 이러한 키치가 확산된 데에는 후기산업사회로 들어오면서 모더니즘이 지니고 있던 엘리트주의에 대한 반발로써 대중성이 더욱 적극적으로 받아들여지고 진지함에 대한 패러디가 시작되면서 키치적인 요소가 더욱 무비판적으로 대중문화에 이용된 데 있다. 키치의 대부분이 부정적인 것이지만 긍정적인 면을 찾는다면 아마도 '20C에는 고유한 원본은 없다', '모든 것이 반복이고 모방이다'라는 주장으로 상업주의와 결탁해 대중의 환상과 욕망을 복제문화로나마 충족시켜준 점이다. 그러나 기만과 환상에 의한 충족인 것을 진실인 양 착각하게 되는 부정적인 측면까지 부인할 수는 없을 것이다.

2) 키치의 특징

켈리네스쿠의 이론에 의하면 키치는 스케치, 곧 초안이라는 의미를 지니고 있다. 키치가 일반인에게 수용되기 위해서는 상대적으로 값싼 것이며 미적 개념으로는 키치는 쓰레기, 고철로 간주된다는 특징을 지닌다. 그린버그는 키치란 대중적이고 상업적인 예술과 화보가 있는 문학지, 잡지의 표지, 삽화, 광고, 호화판 잡지나 선정적인 싸구려 잡지, 만화, 유행가, 탭댄스, 할리우드의 영화 등을 일컫는다. 이런 문화가 수용된 것은 도시화와 보편적 교육 수준을 성취한 산업혁명에서 연유된다. 프롤레타리아, 소부르주아들로서 도시에 이주한 농부들은 민속문화에 재미를 잃고 권태에 빠지자 그들이 소비할 새로운 문화를 갈망하게 되었기에 그런 욕구를 사회에 강요한다. 그 결과 이런 새로운 시대의 욕구를 충족시키기 위해 새로운 상품이 고안되었으며, 이 상품은 참된 가치에는 둔하며 오직 오락을 갈망하는 대중들의 욕구를 충족시키려는 목적뿐이었다. 이렇게 탄생한 키치의 특성으로 드러나는 것은 이익 추구, 문화적 전통의 이용, 기계적 제조, 민속문화의 전멸 등이다. 키치가 보여주는 이러한 특성을 역사 사회적 특성과 미적 특성으로 나누어 살펴보면 다음과 같다.

(1) 역사 사회적 특성

㉮ 키치는 기술적 현대성과 야합한다

벤야민은 기술복제 시대의 예술작품이라는 글에서 예술이 부르주아적 한계를 벗어나 우리의 존재를 형이상학적이거나 혁명적으로 재통합하기는 불가능하고 오히려 예술은 미적 현상을 보편화하는 새로운 기술의 모험과 관계된다. 기계를 수단으로 예술이 복제됨으로써 과거의 예술작품은 이른바 아우라를 상실하며 예술가의 관점에서 인식되던 천재성은 소멸한다. 미적 경험이 대중적인 복제의 영역으로 변형되자 예술의 혁명적 의미는 궁극적으로 기술적 의미로 전환된다. 현실적 의미에서 예술은 대중매체 영역의 확장에 비례하여 발전한다.

㉯ 키치는 문화산업의 산물이다

문화산업이란 용어가 대중문화를 의미했으나 대중문화란 대중 자체가 자발적으로 생산하는 것이라는 의미로 볼 때, 이런 개념은 허위라는 것을 인식하게 되면서 문화산업의 의미가 새롭게 정의된다. 문화산업이란 이 시대의 문화는 인간의 순수한 욕망의 산물이 아니라 표준화 문화적 총체의 사이비, 개별화, 촉진과 분배기술의 합리화라는 특성을 지향한다. 여기서의 예술은 기계적 복제에 의존하며 고전적 미학과 광고 미학의 거리가 말살되어 키치는 광고 미학을 원용하게 된다. 존재의 통

합이 아니라 존재의 혼합과 분산, 단순한 오락이 강조되며 목적의 무목
적이라는 특성이 환기된다.

㉰ 상업주의와 오락성

대중매체가 보여주는 상업적 오락은 유형화되고 미리 요리된 문화
적 총체의 산물에 지나지 않는다. 수동적이고 이완된 정신 상태, 무비
판적인 수용을 강요한다. 키치는 이 상업성과 오락성을 지향한다. 대중
매체가 관객들에게 주는 심리적 효과는 수동성과 동질성이어서 이런
심리적 수동 상태는 표면성과 결합되어 키치를 촉진하는 정신 상태를
낳고 이런 대중매체는 동질적 문화를 낳게 된다. 이 동질성은 나이, 지
적, 사회적 수준의 개별성을 하나의 동일한 수준으로 환기시키며 거대
하게 하나로 통합된 관객을 형성한다. 이들의 취미와 정서적 욕구는 대
중문화의 기술자들에 의해 교묘하게 조작된다. 결국 예술은 현대 기술
과 야합하면서 대중문화라는 개념을 낳는다. 나아가 이 개념은 문화사
업으로 발전하면서 상업주의와 오락성을 지향한 키치는 바로 문화산
업의 문맥 속에서 재검토되어야 한다는 점을 발견하게 된다.

(2) 키치의 미적 특성

㉮ 절충주의

20C는 서로 다른 시대, 국가, 문화이 문체론적 인습을 날조해 민든
사물들로 가득 차 있으며, 이런 절충주의를 켈리네스쿠는 미적 자살이
라 보았다. 그가 나름대로 파악한 키치의 기능은 키치가 무익한 전시라
할지라도 당대의 일상적 삶이 환기하는 무의미성과 지루함으로부터
환상적인 도피를 가능케 하며, 어떤 결합이든지 간에 키치가 노리는 것

은 휴식과 즐거움이기 때문에 키치로 간주되는 사물들이 우리를 매혹시키는 것이라 주장한다.

㉯ 의미론적 모호성

키치의 특성으로 지적될 수 있는 것은 의미의 모호성이다. 이것은 키치가 지닌 순수한 사기성 때문인데, 키치는 완벽한 날조가 보여줄 수도 있는 독창적이고 희귀한 느낌을 추방하기 위해 그것이 날조라는 사실을 암시하게 된다. 희귀성은 키치로서의 상업적 유효성과 모순되기 때문이다. 켈리네스쿠에 의하면 키치의 날조성과 다른 예술적 위조는 구별된다. 많은 예술적 위조품들은 원래의 작품과 비슷한 모습이 되고자 한다. 그것은 소수의 엘리트에게 그것을 팔기 위한 일환이다. 그러나 키치가 보여주는 날조는 원래의 작품을 있는 그대로 모방하려는 것이 아니라 모방의 흔적을 보여줌으로써 대중성을 확보하고, 나아가 반엘리트주의를 표방한다. 키치는 원래의 작품과 날조된 것 사이에는 본질적인 차이가 없다고 주장하면서 즉발적인 미(美)를 제공한다. 즉 키치의 의미의 모호성은 미적 현상과 동시에 상업적 기능을 강조한다는 데서 발생한다.

㉰ 예견 가능성

헤롤드 로젠버그에 의하면, 키치는 이미 확립된 규칙을 소유하며 청중, 효과, 보상의 측면에서 모든 예견을 가능케 하는 예술로 정의된다. 이외에도 키치는 열악한 글쓰기가 보여주는 낡은 형식에 대한 집착으로 나타난다. 여기서 우리가 만나게 되는 역설은 키치가 보여주는 열악한 취미가 결국은 고상한 취미라는 문학적 인습을 전복시키려는 의도까지 내포한다는 점이다.

3) 키치와 아방가르드

서구에서 키치가 성립되는 과정을 보면 아방가르드의 영향을 가장 많이 받은 것으로 보인다. 그러나 혁신적인 것을 받아들이고도 결과는 나쁘게 된 것이 키치가 아닌가 한다. 아방가르드의 예술과 현실을 관계시키려는 혁신적인 시선의 영향을 받으면서도 현실에 대한 입장이나 기능은 아방가르드와 대조적 모습을 보인다. 아방가르드가 기술적 현대성을 이용하면서 동시에 그런 현대성에 도전한다면 키치는 기술적 현대성과 야합한다. 그렇기 때문에 아방가르드가 문화 산업을 비판하는 양상을 보여 주는 것에 비해 후자는 문화 산업에 종속하는 양상을 보여준다.

아방가르드가 과거의 전통을 부정하고 새로움을 추구하는 모든 새로운 학파를 일컫는다는 말로 정의된다면 키치는 고상한 예술에 반기를 든 범속한 대중문화와의 접합을 시도하는 문학으로 일상 속에 파고드는 물질, 기계문명, 광고, 대중매체 등에 등장하는 이미지를 다루는 문학으로 정의한다. 이 대중들의 오락을 위한 이 속에는 아방가르드가 지향하는 부르주아적 삶의 모순을 비판할 수도 없고, 나아가 부르주아 예술의 한계를 타파하려는 의지가 없다. 아방가르드가 미적 전복성과 반어적 목적 때문에 키치에 관심을 둔다면 키치는 미적으로 보수적인 목적을 위하여 아방가르드적 창조 과정을 이용한다. 요컨대 미적 극단주의로 정의되는 아방가르드는 역사적으로는 총체적인 부르주아적인 가치 체계를 전복시키려 한다. 사회적으로는 소외된 예술가들의 욕망을 동기로 하기 때문에 키치와 관계 맺는다면 키치는 예술의 상업성과 오락성을 모방하기 위해 아방가르드적 특성을 보인다. 키치와 아방가르드는 모두 이른바 현대성이라는 중심원리를 희화화한다.

4) 키치와 우리시

　우리 문학에서 키치는 만화, 포르노물, 영화 등 대중의 오락예술을 가리키는 용어로 쓰여졌다. 특히 문학에서 키치는 90년대를 넘어서면서 새롭게 꿈틀거리고 있는 문화의 한 현상을 지칭했다. 그것은 리얼리즘의 역사주의와 모더니즘의 '성스러운 언어'로부터 멀리 떨어져서 진행되는 것이라 주장할 수 있다. 장정일, 박남철, 황지우 등의 시가 80년대 말의 사물에 대한 순진무구한 언어의 인식론적 처녀성을 던져버리고, 이미 더럽혀진 말들을 채집하거나 대중들을 물들이고 있는 자본주의의 일상적 문화 속에 출렁거리는 말들을 상대한다. 이들 외에 유 하와 진이정, 함민복, 함성호 등이 이들 속에 포함되며, 이들의 새로운 문학적 경향을 키치 문학 속에 넣게 되었다. 유하는 대중들의 일상적인 소비문화와 노자의 도가적인 사상 사이에서 이상한 탄력성을 유지하는 시적 언어들을 만들어 내었다. 이때 노자의 '도'는 자신이 매혹당한 이 도시의 스펙터클에서 깨어나기 위한 비체계적이고 비억압적인 지혜의 하나이다. 그것은 게으름과 이름 없다는 특징을 통해서 이성적 인식의 비판을 비껴간다. 유하가 노자의 잠언을 들이대면서 이 시대의 소비적 문화가 지니는 광기를 한 번에 정리하고자 한다. 그의 시집 『바람 부는 날이면 압구정동에 가야 한다』를 보면 도시의 세속적인 공간으로 여겨지는 압구정동을 배경으로 해서 손쉬운 욕망들을 아주 자유롭게 등장시켜 통속적인 문화 속에서 몸부림치는 자의 욕망을 서술하고 있다. 가수나 광고에 나오는 사람, 카페에 있는 여러 가지 이야기들을 마구 반죽하고 있다. 그의 시에는 그 이전 세대 시인들이 지니고 있던 깊은 형이상학적 고뇌나 실존주의적 주체에 대한 깊은 자의식으로부터 멀어져 가고 있는 이 시대 젊은 시인의 특징을 잘 보여주고 있다. 대중매체의 이미지를 복사한 장정일의 시를 보면 다음과 같다.

그녀는 인사를 잘한다. 안녕하세요
그녀는 미소 띠며 속삭인다.
파란 물방울 무늬 잠옷을 입고
그녀는 머리를 감아 보인다. 무지개를 실은
동글동글한 거품이 티브이 화면을 완전히
메운다. 그러면 샴푸의 요정이 속삭이는 거지
새로 나온 샴푸, 당신이 결정한 샴푸라고
향기가 좋은 샴푸, 세계인이 함께 쓰는 샴푸
아마 당신은 사랑에 빠질 거예요
라고 속삭이는 것이지

─「샴푸의 요정」 부분

　　장정일의 인용시는 광고 이미지를 그대로 묘사하고 있는 형태로 이루어져 있다. 문제는 이 경우 머리를 감는 아름다운 여인의 이미지에 있는 것이 아니라 그 여인이 티브이 광고로 나온다는 점에 있다. 이런 시를 대했을 때 문제는 이른바 상업성, 문화산업적 요소, 나아가 문화적 총체성을 어떻게 미적으로 비판할 것인가에 있다. 이들 시가 모두 대중매체의 이미지를 베낀다는 점에서 유사한 시적 특성을 보여준다. 대중매체가 이미 존재하는 현실의 이미지를 복사하는 세계에 지나지 않고, 그런 점에서 이런 이미지를 다시 복사하는 시는 이중적 복사가 환기하는 인식론적 한계로부터 자유롭지 못하다. 문제는 대중매체의 이미지를 시의 대상으로 하느냐, 그렇지 않느냐에 있는 것이라기보다 그 이미지를 시인이 어떤 시각에서 바라보느냐에 있다. 키치시는 만일 그린 용어가 가능하다면 아마도 이런 이미지에 대한 거리나 그 거리를 통한 미적 비판이 아니라 이런 이미지에 대한 화해적 태도를 보여준다는 점이다. 이런 태도는 그 형식이야 어떻든 궁극적으로는 대중의 표면적 욕구를 만족시켜 주는 대용문화의 한 형식으로 긴밀하게 작동할 것이라 믿기 때문이다.

　그러나 이러한 시들에 대한 강도 높은 비판도 상당하다. 문학평론가 박철화는 90년대 후반 대중적인 인기를 얻으면서 회자된 시인 최영미와 신현림의 시를 호되게 비판한다. 월간『현대시』8월호에「제도론의 관점에서 본 시의 대중화―최영미와 신현림의 경우」에서 그는 이들 두 시인의 시와 그 시집을 출판하고 의도적으로 확대 포장한 '창작과비평사'를 전면적으로 공격한다. 박씨는 이 글에서 순수 · 참여 논쟁의 한 축이었던 창작과비평사가 자본의 유혹 앞에 투사적 자존심을 내팽개쳤고, 상품가치에 따라 작가를 끌어들인 뒤 상품성을 높이기 위해 글을 지어 파는 매문행위까지 일삼고 있다고 혹독하게 지적했다. 박씨는 최근에 출간된 최영미의 두 번째 시집『꿈의 페달을 밟고』는 "허탈함과 씁쓸함 자체"라면서 "첫 시집에 숨어 있던 최씨의 나쁜 점이 다 들어 있는 시집"이라고 폄하했다. 거기에 창작과비평사의 주간인 문학평론가 최원식 씨가 우스꽝스럽고 장황한 해설까지 달아 주었다고 비꼬기까지 한다. 1997년에 나온 신현림의 시집『세기말 블루스』도 "최씨의 시집과 (질적으로) 다르지 않다"면서 "분석이 요구될 만한 알맹이조차 없다"고까지 폄하했다.

　두 시인의 시에는 시가 가져야 할 목소리가 결여됐고 기껏해야 신파적 넋두리에 불과하다고 지적했다. 이어 이들의 시가 한갓 잡스런 산문의 행갈이에 불과하다면서 최영미는 '도발성'을, 신현림은 '솔직성'을 구실로 자신들의 알몸을 내보이고 있다고 비판했다. 심지어 그들의 알몸 과 시에는 상업적 페미니즘의 혐의가 들어 있으며, 그런 위험을 피해 가지 않는 다면 "전사적 페미니스트의 영광은 한낱 몸을 파는 화류의 오명과 함께 전락할 것"이라고 경고했다. 시인 김정란도『창작과비평』1998년 가을호에 실린 대담에서 최영미의 시는 "여성성의 문제에서도 새롭지 않고 여전히 남성에게 사랑해 달라고 애걸하고 있다"고 일축했다.

이상과 같은 시의 대중성은 부정적 측면이 적지 않은데도 불구하고 우리 시의 외연을 넓힌 장점도 수반하므로 문학의 개념도 바뀌어야 할 것이다. 문학을 19세기 식으로 고급 독자만을 상대로 한 것으로 계속 상정하는 것은 문학의 순수주의를 고착시켜 문학을 난해성으로 몰고 갈 가능성을 지닌다. 그러나 문학은 고급 독자만을 상대하는 것이 아니라 대중을 상대로 하고 있는 것이므로, 반대중주의가 반드시 올바른 것만은 아니다. 그렇다고 돈벌이가 문학의 목표가 된다면 그 순간에, 문학은 그것이 속한 사회의 공식적 이데올로기에 수렴되어 비판의 힘을 잃어버리게 된다. 자본과 결탁하여 그 사회 속에 안주한다는 것은 그 사회의 모순에 눈을 감겠다는 생각의 발로이기 때문이다. 문학을 재규정하는 일은 그것이 속한 사회를 재규정하는 일과 맞먹는다고 할 수 있다. 그러나 좋은 대중문학과 평범한 순수문학 중에 어느 것이 더 좋을까를 구분하는 것은 바람직하지 않다. 순수 문학과 대중문학을 가르는 것은 한 사회를 구성하는 여러 계층이 자기가 속한 계층과 다른 계층 사이의 구별을 확실히 하려는 사회학적 충동의 문화적 표현이기 때문이다.

5) 의의

어원을 중심으로 할 때 키치는 스케치, 싸구려, 쓰레기라는 의미가 있다. 스케치가 암시하는 것은 키치가 미적 완벽성보다는 초벌그림 같은 특성을 보여준다는 것을 의미한다. 싸구려라는 말은 일반인들의 수용 상태를 암시하고, 쓰레기라는 말은 미적 개념을 암시한다. 키치의 미적 양식으로 드러나는 절충주의적 요소나 의미론적 모호성 등이 이런 사정을 반영한다. 또한 키치는 모더니티의 한 양상으로 인식된다. 여기서의 현대성이란 미적 현대성과 기술적 현대성의 갈등구조인데,

모더니즘이 강조하는 것은 기술적 현대성에 대립하는 미적 현대성의 옹호이다. 한편 이 옹호는 아방가르드에 오면서 기술적 현대성을 미적인 수단으로 수용하면서 극단적인 양상을 띤다. 이와 동시에 이런 아방가르드는 미적 위기를 경험하고 그 위기감이 나타난 것이 이른바 데카당스이다.

1950년이 되면서 특히 미국을 중심으로 후기산업사회가 전개되고 사회학자들은 포스트모더니즘의 사회적 토대를 검토하기 시작한다. 예술의 경우 포스트모더니즘은 모더니즘이 강조하던 미적 현대성의 개념이 와해되는 현상으로 인식된다. 이 시기가 되면서 우리가 체험하는 것은 예술과 삶의 경계가 해체되는 현상이다. 그러나 종교적 도덕적 무정부 상태에서 많은 사람들을 찾아온 것은 소비 충동, 일상적 삶의 권태로부터의 도피, 예술을 놀이와 전시적인 것으로 간주하는 키치 현상이다. 키치의 이런 사정으로 사회적 의미가 해명되는데 그 의미로는 기술적 현대성과 야합, 문화산업의 산물이라는 점, 상업주의와 오락성 등을 들 수 있다. 키치가 기술적 현대성과 야합한다는 것은 기술의 세계를 무비판적으로 수용한다는 의미와 일치한다. 이런 무비판적 수용이 아방가르드와의 차이를 암시한다. 키치가 문화산업의 산물이라는 점은 그것이 대중성을 띠지만 광고 미학이 그렇듯이 시장을 거냥한다는 목적 이외에는 어떤 궁극적 목적도 소유할 수 없다는 의미와도 같다. 키치가 부정적인 측면에서 상업성과 오락성을 지향한다는 것은 대중매체와의 관계를 염두에 두고 하는 목적의 무목적의 성향 때문이다.

키치의 미적 특성으로는 문체론적 절충주의, 의미론적 모호성, 예견 가능성 등을 들 수 있다. 절충주의는 시대, 문화, 지성의 차이에 관계없이 미적 대상들을 동시에 한 공간에 모아놓는 기법을 의미한다. 의미론적으로 모호한 것은 키치로 간주되는 사물들이 미적 현상과 동시에 상업적 기능을 강조하기 때문이다. 예견 가능성이란 관객의 입장, 예술적 효과, 상품적 가치에 있어서 키치가 어떤 효과를 주며 어떻게 수용될 것인가에 대한 추측이 가능하다는 태도이다. 키치가 아직 본격적으로 연구되지는 않았지만 이들에 대한 기성세대들의 비판은 경박하다거나 비속하고 고급한 인식론적 고민도 없고 현실에 대한 철저한 고민도 없다는 것이다. 특히나 우리 시에 나타나는 키치 현상은 대중적 오락을 위한 대용문화에 지나지 않는다고 평가가 절하될 수도 있다. 우리 시에서 중요한 것은 대중매체의 이미지를 소재로 한다거나, 그런 이미지의 세계를 형상화한다는 사실에 있는 것이 아니라 그 이미지를 어떠한 태도로 바라보는가에 있다. 그런 의미에서 우리가 키치를 연구할 때에는 문화 현상과 관련지어 고구할 수밖에 없다.

6. 마무리

지난 90년대 이후 시의 대중성은 우리 시의 한 두드러진 특징으로서 자리잡기 시작하였다. 현실 사회주의권의 붕괴와 민주화의 이행이라는 대내외적인 정세 변화는 우리 문학에서 변혁 논리나 운동성을 탈각하도록 만들었다. 대신 이성중심주의의 해체를 내세운 포스트모더니즘이 문화 논리로서 우리 사회에 뿌리를 내렸다. 그리고 이와 함께 문학의 상업주의 현상이 폭넓게 팽배하면서 이에 관한 논란이 본격화되기 시작하였다. 특히, 지적 유행으로 풍미하기 시작한 포스트모더니즘과 페미니즘은 후기자본주의 대중문화 현상에 포괄되는 것으로서 우리 문학의 대중성을 비평 담론의 중심에 떠오르게 만들었다. 한편 급속한 PC 보급과 갖가지 공중망(net-work)의 확충, 비디오를 비롯한 전자 영상 매체의 획기적 발달은 인쇄 문화의 위기와 전자 문화 시대의 도래를 직감하였다.

결국 이 모든 정황과 문제들은 문학의 위기 내지 죽음이라는 비관적 전망까지 불러일으킨다. 그런데도 불구하고, 대중문화 내지 문학의 대중화 현상에 대한 우리 문학권의 지속적인 관심과 점검은 그와 같은 비관적 전망을 극복하려는 노력의 소산일 것이다. 이 글은 우리 시의 대중성을 일상성과 상업성으로 개념화하여 실제 시집과 작품들을 분석하고 그 결과들을 검토하였다. 그 결과 다음과 같은 4가지 특성으로 간명하게 정리할 수 있다.

첫째, 90년대 우리 시에서 두드러지게 나타난 일상성은 특정 상품이나 영화, 요리, 시사만화와 같은 시적 대상의 파편화에서 확인된다. 이것은 고급문화로서의 시가 그동안 보여준 내용과는 상당한 거리를 지닌 것이다. 그리고 이 같은 시적 대상의 일상화는 탈형식의 형식 추구를 동반하고 있다. 시어의 혁신이라고 할 비속어나 시사만화의 삽입은 물론 기성품의 활용에까지 이르고 있는 것이다. 특히 기성품의 활용은 그간의 시적 개념을 완전히 낯설게 만드는 효과를 거두고 있다.

둘째, 시의 상업성은 주로 키치화 현상으로 나타난다. 곧 시가 일상의 긴장 해소와 오락이라는 일회적 소비품으로 전락하면서 자기기만의 형식을 지니게 된 것이다. 특히 사랑, 고독, 이별과 만남 등 주로 일상적 차원의 범주에서 언술 형태로 만들어 내고 있다. 주로 베스트셀러라고 알려진 비전문 시인들의 시집에서 확인되는 내용들이다. 이와 같은 대중들의 일상 감정을 담론화하는 일은 시를 상품화하여 이윤 추구를 목적으로 삼는 것이었지만, 이는 고급문화로서의 시가 지닌 전문성이나 난해성을 완화 내지 해체하는 기대 밖의 효과를 거두기도 하였다.

셋째, 시의 대중성은 시적 수사나 문체에서도 여러 변화 과정을 거치고 있다. 곧 은유, 상징보다는 인유, 패러디, 제유나 환유 등이 주된 수사법으로 자리잡게 된 것이다. 뿐만 아니라 통사 구문에 있어서도 생략이나 압축보다는 직설적이며 설명적인 진술 위주로 나아가고 있다.

넷째, 이와 같은 시의 대중성은 탈형식의 형식화를 통하여 모더니즘·포스트모더니즘에 수렴되면서 그 의의를 드러낸다. 곧 시의 아방가르드화를 이룩하면서 우리 시의 다양한 가능성을 탐색하는 노력으로 자리잡게 되었다. 또한 기존의 고급문화로서의 시와도 일정한 교호 관계를 이룩하면서 고급 본격시들의 패러다임을 상당 부분 재조정하도록 충격을 주고 있다는 점이다.

주지하는 바와 같이, 대중문화는 자본주의 사회의 필연적인 문화 형태이다. 그 문화는 문화산업이라는 상업성을 근간으로 하고 있는 것, 곧 문화와 예술은 상품화되고 그 상품들은 거짓 욕망에 의하여 소비되고 있는 것이다. 이 경우 거짓 욕망은 자본주의 사회의 고유한 소비 방식이라고 할 것이다. 또한 이러한 문화산업은 자본주의 체제를 공고히 하는 이데올로기의 형태로서 기능하기도 한다. 따라서 대중문화의 영역 속으로 이동하면서 기존의 엘리트 중심의 고급문화 내지 예술 역시 일정한 변모를 겪고 많은 문제들을 파생시켜 오고 있다. 이 같은 문제의 배경 속에서 우리 시가 90년대 이후 현재에 이르기까지 쟁점이 되고 있는 대중성의 양상과 그 의미를 살펴본 것은 매우 의미 있는 일이라 여겨진다.

제2부

꿈의 거울

매혹과 유혹, 자존의 에로티시즘
신체의 분절과 자기 검열의 환타지
강과 나무, 새의 이미지와 상상력
어느 무정부주의자의 실존적 비애미
엄격한 자유인의 초상

매혹과 유혹, 자존의 에로티시즘
— 김선태 시의 사회학적 상상력에 대하여

1. 노출증, 일그러진 매혹의 에로스

에로티시즘(eroticism)은 색정적(色情的)인 이미지를 의식적 또는 무의식적으로 환기하는 경향이다. 여기서 이즘(ism)이란 어떤 이념이나 가치를 인식과 행위의 보편적 원리로서 표방하는 하나의 통합적 인식 체계이자 행위 방식을 일컫는다. 스스로 표방하는 이념과 가치의 토대 위에서 성립하는 에로스는 우리에게 하나의 신으로 이해되고 있다. 그러나 아직 신격을 갖추기 이전 호메로스가 사용한 그 말의 용례를 보면, 에로스는 보통명사로서 주로 강렬한 육체적 욕구, 그중에서도 특히 여성에 대한 강한 성적 욕구를 의미한다.

호메로스의 서사시 『일리아드』에서 파리스가 헬렌에게 매혹되고 제우스가 헤라에게 끌리게 된 원동력이 바로 에로스였던 것이다. 현대의 에로스는 어떤 모습일까? 프로이트가 언급하듯이 고대에서 현대에 이르기까지 에로스는 인간의 기본적인 두 가지 충동, 즉 삶에 대한 충동과 죽음에 대한 충동 중 전자와 관련이 깊다. 에로스는 분명 인간에게 삶을 열정적으로 살도록 추동해 주는 근원적 인자다. 그러나 현대의 시인들의 작품에서 에로스는 단지 매혹적이고 치명적인 사랑의 메신저로만 그려지지 않는다는 점에서 비극적 요소를 내포한다.

어쩌면 사랑의 다른 측면이라고도 감지되는 불안, 우울, 슬픔, 고통, 고독과 같은 여러 모습으로서의 에로스가 등장한다. 게다가 현대의 에로스는 단지 현실 속에 내장된 어떤 잠재적인 에너지일 뿐만이 아니다. 인터넷 문화세대인 젊은 시인들에게 에로스는 가상의 어떤 힘으로 등장하기도 하며, 나아가서는 인간의 충동을 부채질하는 환상 속에서 외설, 엽기, 도발의 모습으로도 출몰하기도 한다. 그러나 우리 시단의 중견인 김선태의 에로스 대상은 인간이 아닌 바다 생물, 그중에서도 상품성(자본)과 교환가치를 중시하는 어패류라는 알레고리의 캐릭터들을 내세워 관심을 환기한다.

우화적 수법으로 능청을 떠는 시인이 창조한 이 캐릭터들이 구현하는 에로스는, 일차적으로는 걸쭉한 육담의 형태로 나타난다. 그리고 자기애를 거느린 채 자본과 결탁하여 소비자를 블랙홀 속으로 유혹하는 노출증의 대명사로서 자연스럽게 변형된다. 현실 속에 잠재된 에로스는 여전히 그 치명적인 매혹 속으로 독자를 빨아들인다. 과거의 시가 미학적으로 현실 세계의 재현에 가치를 두었다면, 이제는 새로운 상상의 세계, 마치 인간의 성적 리비도가 현실에 기생하거나 현실을 대리하고 있는 형국이다.

전복은 귀하고 값이 비싸 조개들의 여왕이라고들 하지요. 하지만 껍데기가 외짝이어서 먹으면 사랑에 실패한대서 서양 사람들은 꺼려 한다나요. 어물전을 지나치다 가만 들여다보면 무에 그리 자랑스러운지 아니면 헤픈 건지 다들 보아라, 아예 맨살을 척 드러내고 있어요. 그도 모자라 이리저리 몸을 뒤틀며 요동까지 치지요. 질펀하고 거무튀튀한 게 어쩜 오십

대 아줌마의 거시기와 똑 닮았는지요. 그러니 값을 홍정하던 아줌마들도
민망스러워 차마 고갤 돌리곤 하지요. 그래도 노릇노릇 구운 속살을 썰어
먹는 고소한 맛은 일품입니다. 게다가 화려한 속옷 차림에 영롱한 진주까
지 두르고 수라상에 올라 임금을 입맛을 희롱한 것들도 있었으니 여왕이
라는 말이 그저 빈말만은 아닌 듯도 하지요. 그런데 최근엔 대량 양식으로
서민들의 술상에도 흔히 오르니 어쩔거나, 여왕조개의 체면도 많이 구겨
졌다니까요 글쎄.

—「조개 야담·3 — 전복」 전문

프랑스 사회학자 조르쥬 바타이유는『에로티즘』이란 책의 서두에서
"에로티즘, 그것은 죽음을 파고드는 삶이다"라고 말한다. 이 말은 그간
개인의 자유와 선택의 문제로 가장 사적인 영역이었던 성에 관한 부분
이 이제는 인간의 존재 조건과, 사회의 억압, 모순을 읽어내는 주요 담
론으로 치환되었다는 의미다. 그가 말하고 있는 금기와 위반의 의미에
서의 '성'은 소크라테스 이후로 우리의 성의식을 지배해 오던 강력한
도덕률에서 벗어난다. 삶과 죽음의 문제, 나아가서는 자본의 교환가치
의 수단으로 전락한 인간을 구원하려는 요소로써 작동하기 때문이다.

인용시에서 '전복'은 귀하고 값이 비싸 일명 "조개들의 여왕"이란 명
칭으로 회자되는데, 이는 자본주의 상품성과 관련된다는 점에서 물신
적 사유의 산물이다. 성이 상품화되어 "화려한 속옷 차림에 영롱한 진
주까지 두르고 수라상에 올라 임금을 입맛을 희롱한 것"들은 속악한 현
실의 암유로 기능하기에 충분하다. 더욱이 그 행위는 단순히 그것이 주
는 사용 목직의 차원을 넘어서 상품을 통한 평등사회의 구현이라는 후
기산업사회의 소비 논리가 깊숙이 침투해 있는 국면이다. 이러한 본격
적 대중소비사회가 출현한 이후 인간의 행위는 그것 자체로는 어떤 질
적 가치도 거세되었으며, 그것이 '이용'될 수 있는 경우에만 가치를 얻
게 되었다는 사실과 일맥상통한다.

그런데 최근엔 "대량 양식으로 서민들의 술상에도 흔히 오르"니 "여왕조개의 체면도 많이 구겨졌다"고 내심 비위를 꼬는 화자의 속내는 무엇일까? 그것은 인간의 가치가 상품의 근대 이전의 가치 체계와 같이 절대적 평가에 준하는 것이 아니라, 수요와 공급의 법칙에 좌우되는 현실을 우롱하기 위한 화자의 언술 전략이다. 따라서 "무에 그리 자랑스러운지 아니면 헤픈 건지 다들 보아라, 아예 맨살을 척 드러내"고 그도 모자라 "이리저리 몸을 뒤틀며 요동까지 치"는 정황은 도덕성과 인간성을 아예 유기하고 파기해 버린 속악한 자본주의의 일그러진 얼굴로까지 읽힌다. 자본주의 상품 세계에서는 인간들조차도 모두 독립적인 '존재'와 본래적 가치를 상실한 채 상품적 가치를 위한 도구가 되어버린 것이다.

> 홍합은 많이 먹으면 예뻐진다 하여 예로부터 중국에선 동해부인(東海夫人)이라 불려왔지요. 삶을 때 우러나는 뽀얗고 시원한 국물과 담백하고도 쫄깃한 육질은 그만이지요. 게다가 벌어진 가랑이 사이로 드러나는 발그레한 명기(名器)와 예봉(銳鋒)에 털까지 수북하게 돋아 있으니 뭇 사내들이 군침을 흘릴 수밖에요. 이따금씩 단골 술집엘 가면 속살을 말려 안주로 내놓기도 하는데, 세상에나 이만큼한 고급 술안주가 또 어디 있겠어요.
>
> 그런데 청상과부 같은 이 조개를 날것으로 먹기란 쉽지 않지요. 강제로 칼로 쪼개거나 깨뜨리지 않는 이상 죽어도 몸을 열지 않습니다. 열을 받아야만 순순히 벌어지지요. 그래서 뭔가를 제대로 먹으려면 굽거나 삶는 거 아니겠어요?

—「조개 야담·1 — 홍합」전문

인용시의 화자는 '동해부인'이라 불리는 '홍합'을 바라보며 "벌어진 가랑이 사이로 드러나는 발그레한 명기(名器)와 예봉(銳鋒)에 털까지 수

북하게 돌아 있"어 "뭇 사내들이 군침"을 흘린다고 진술한다. 미셸 푸코에 의하면, 성은 인간의 본질이라는 추상적 의미와 성행위라는 구체적 사실을 함께 지칭한다. 그의 저작 『성의 역사』에서 그는 통제와 조절의 담론적 구조를 성의 사회화 작업을 통해 밝혀낸다. 그가 말하는 쾌락과 권력의 관계는 현대인의 억눌린 욕망을 다루는 예술 전반에 있어서 예술가의 표현의 자유와, 이것을 검열하는 사회 권력 사이의 헤게모니를 읽어내는 하나의 지침으로 작용한다.

화자가 맺어놓은 홍합(여성, 상품)과 뭇 사내(남성, 자본)의 관계는 인간의 기본 욕망을 다루는 쾌락과 권력을 서로 무효화하거나 서로에게 등을 돌리는 게 아니란 사실이다. 그들은 서로 찾고, 서로 중복되고, 서로를 강압한다. 그들은 자극과 격려의 복잡한 매커니즘과 장치를 통해 상호 연결된다는 이율배반적인 논리다. 따라서 화자는 이 조개는 '뭇 사내들'을 유혹의 늪으로 빠뜨리는 존재이면서도 "날것으로 먹기란 쉽지 않"다는 사실을 강조한다. 다시 말해서, 화자는 "강제로 칼로 쪼개거나 깨뜨리지 않는 이상 죽어도 몸을 열지 않"는다는 난관에 봉착한 것이다.

권력과 자본, 인간과 문명, 지배자와 피지배자, 여성과 남성 등 기존의 대립적 관계망에 얽혀 있는 존재들에게 폭력 장치란 이미 파열을 겪은 지 오래되었다. 폭력을 행사하기보다는 오히려 외부적 요인에 의해 "열을 받아야만 순순히 벌어"진다는 논리는, 현실의 질서가 바로 자본에 의한 형식으로써 재편된 권력 구조를 반영한다. "그래서 뭔가를 제대로 먹으려면 굽거나 삶는 거 아니겠어요?"라고 당위성을 역설하는 건 당면한 현실의 문제로 귀착된다. 즉, 성을 하나의 정치적 영역에 놓을 때, 현실을 풍자(allegory)하는 시는 그 시대의 삶을 구체적으로 재현한다. 성은 과거에서부터 권력을 행사하는 검열 집단과 그 시대의 도덕률을 읽을 수 있는 사회·문화적 잣대로 기능하기 때문이다.

2. 나르시시즘, 쾌락과 죽음의 에로스

들뢰즈가 라캉 등의 프로이트 학파들과 달리 원초적 충동(Id)을 성적
으로만 해석해서는 곤란하다고 한 주장에도 일리가 있다. 인간의 의식
은 근원적으로 생존, 자기를 돌보는 자기애, 타인과 연관된 애정 등의
차원이 중첩된다. 거꾸로, 생존 자체가 타인과의 관련되지 않고는 불가
능하다고 보는 점에서 성적 관심보다 모태에 대한 회귀 의식이 더 강렬
할지도 모른다는 태도다. 남자와 여자의 기본적인 생물학적 차원은 배
제할 수 없지만, 대체적으로 다수의 학자들은 성이 조직을 통해 존재할
수 있는 사회적 구성물이라는 점에는 동의한다.

가부장제가 양산한 성은 그들이 강제한 언표에서도 드러난다. 즉, 이
시에서도 화자는 "홍건한 피와 함께 주로 날것으로 먹어야 제맛"(「조개
야담 · 2-피조개」)이라는 여성 비하적인 폭력적 언사를 서슴지 않는
다. 이러한 남성들의 의식 양태는 그들이 "몰래 손가락을 집어넣으면
금세 꽉 물고 놓질 않"는 여성들의 도착적 편집증이나 왜곡된 정의에
지대한 영향을 미친다. 성이란 신체 구조와 사회 구조, 사회 규범과 특
정 제도의 복합적인 상호작용에 의해 영향을 받는 특성으로 양식화되
기 일쑤다. 따라서 자칫하면 "비브리오 패혈증"을 유발하기도 하는데,
그것은 그 사회의 억압의 강도와 성적 수용의 범위에 따라 폭과 깊이가
달라지게 마련이다.

남해안 바닷가 횟집엘 가면 요상하게도 생긴 횟감이 있지요. 얼른 보면
큰 지렁이 같기도 하고 무슨 동물의 창자 같기도 한 이놈의 이름은 개불.
개의 불알처럼 생겼다고 하여 붙여진 이름인데, 자세히 보면 개좆같이 생
겼다고 해야 더 어울린다고나 할까요.

개불은 주로 연안의 모래흙탕 속에 U자형 구멍을 파고 사는데, 수축력
이 워낙 뛰어나 몸을 늘였다 줄였다 하며 움직입니다. 큰 놈의 몸길이는
30센티, 항문 부근에 10개쯤 센털도 나 있지요. 이놈의 몸속은 바닷물로
가득 차 있어 평소엔 잔뜩 부풀어 있다가도, 물을 빼고 나면 형편없이 줄아
들어 쪼글쪼글해지고 마니, 거참 영락없이 사정 후 뭣 같지 않습니까.

여자들에게 처음 개불을 먹어보라 하면 에구머니나, 망측하고 징그럽
다고 기겁을 하며 내숭을 떨지만 일단 한번 먹어본 뒤에는 고 달착지근하
고 오돌오돌 씹히는 맛에 그만 홀딱 반해서 나중엔 남편까지 내팽개치고
즈이들끼리 횟집 구석에 둘러앉아 뭐라뭐라 하염없이 키들거리며 개불을
씹는다니, 하여튼 하느님의 섭리는 어쩔 수 없나 봅니다.

―「개불」 전문

가부장 사회는 남성의 성본능을 중시하고 그 생리적 해소에 치중하
는 성습관이나 남성의 우월주의와 맞물려 있다. 여성학자들의 지적처
럼 가부장제는 여성의 성적 잠재 능력을 파괴하고 왜곡했으며, 여성의
성을 남자의 필요와 쾌락을 위한 수단으로 제공하도록 변질시켰다. 상
기 인용시가 함의한 바와 같이 인간의 성은 단순히 동물적인 본능에 의
해 나타나는 것이라기보다는 사회 구조 내에서 창조되며 통제된다. 이
와 같은 젠더(gender)의 개념에는 불평등하고 차별적인 현실을 극복해야
한다는 문제의식이 내재되어 있다.

성규범과 가치 체계는 그 사회의 정치, 경제 사회의 흐름에 따라 변
화하며 지배층이 권력을 반영한다. 인용시의 화자가 제시한 '개불'은
남성중심세계의 메커니즘을 향유한다. 따라서 화자는 '여자들'에게 "처
음 개불을 먹어보라 하면 에구머니나, 망측하고 징그럽다고 기겁을 하
며 내숭"을 떤다고 비꼰다. 미셸 푸코가 지적하듯이, 남성 권력에게 성
은 쾌락을 생산하는 도구이며, 권력과 융합하여 발생하는 에너지를 통

해 여성과 사회 전반을 통제하는 무의식적 기제로 활용한 결과다.

　그러나 현대적 여성은 "고 달착지근하고 오돌오돌 씹히는 맛에 그만 홀딱 반해서 나중엔 남편까지 내팽개치고 즈이들끼리 횟집 구석에 둘러앉아 뭐라뭐라 하염없이 키들거리며 개불을 씹"는다. 여기에서의 여성은 젠더의 관점에서 남성의 성을 엿보고 까발리면서 자유롭게 자기애와 여성의 정체성을 확인하는 경향으로까지 나아간다. 여성의 성 정체성이 생물학적 속성 이외에 자기 방어적 속성을 야기한다는 방점이다. 사회적 구성물로서 성은 여성의 생활 방식에 따라 말로 표현되고 형상화되며 자기애(narcissism)의 환상으로 그려지는 속성을 함유하기 때문이다.

횟집에서
우럭회를 시켜 먹다 보면
뼈만 남은 우럭이 까만 눈망울을 끔벅거리며
사람들이 제 살점을 집어다 잘근잘근 씹는 광경을
빤히 쳐다볼 때가 있다.

헉, 저런 오싹한 맛!

게다가 어쩔 땐
최후의 발악이라도 하는 양 온몸을 파닥거리며
우럭,
제 남은 살점을
스스로 털어버릴 때도 있다.

큭, 저런 지독한 자존!

―「우럭」 전문

인용시에서 '우럭'으로 암유된 젠더 의식은, 프로이트가 언급한 '자기 보존의 성적 에너지'(생의 충동)를 의미하는 에로스와는 대립된다. 오히려 그 대립의 짝으로서 구분된 타나토스(Thanatos)라는 '죽음 충동'과 관련을 맺는다. 그리스어로 죽음을 의미하는 이 기제는 자기 파괴의 경향성이나 내부로 향하는 자기애로 번역 전환될 수 있다. 죽음의 충동에서 화자는 긴장을 회피하고자 하며, 결국에는 비유기체적 상태로 되돌아가고자 하는 의식이 기저에 깔려 있다. 누구나 흔히 횟집에서 우럭회를 시켜 먹을 때, 살이 발려 앙상한 뼈만 드러낸 채 머리통만 남아 "까만 눈망울을 끔벅거리"는 섬뜩한 광경을 목도한 적 있을 것이다.

'인간'(남성)이라는 권력의 칼날 앞에서 낱낱이 해체되어 죽음을 앞둔 '우럭'(여성)의 실존은 가히 비애미의 정서를 자아내기에 충분하다. 죽음조차 두려워하지 않고 무감하게 "사람들이 제 살점을 집어다 잘근잘근 씹는 광경을 / 빤히 쳐다볼" 뿐이다. 이러한 비유기체적 의식은 에로스와는 상치되는 타나토스적 충동과 긴밀한 관련을 맺는다. 인용시를 면밀히 살펴볼 때, 자연스럽게 '우럭'(Super ego, 도덕)과 '인간'(Id, 쾌락)의 관계라는 도식이 그려진다. 그러나 죽음과의 실존적 대면에는 그 안에 어떤 강렬한 삶에 대한 원초적 충동을 포함하고 있지 않다는 점에서 "오싹한 맛"이라는 아주 특별한 의미망이 형성된다.

현대 자아의 쾌락 원칙은 억눌린 욕망과, 사회 전반을 포괄하며 자아 정체성을 환기하는 표현의 자유와 밀착된다. 나아가 자기애와 이것을 검열하는 사회 권력 사이의 헤게모니를 넘나든다. 인간의 욕망을 다루는 쾌락과 권력은 서로 무효화하거나 서로에게 등을 돌리는 게 아니라 서로 찾고, 서로 중복되고, 서로를 강압한다. 따라서 '우럭'은 "최후의 발악이라도 하는 양 온몸을 파닥거리며" "제 남은 살점을 / 스스로 털어버릴 때도 있"는 것이다. 이 시에서 죽음의 의의는 단지 존재가 파괴되고 소멸되는 것에만 있는 것이 아니다. 거기에는 새로운 존재, 새로운 방식의 삶을 향한 욕망이 뒤틀린 채 "지독한 자존"이라는 나르시시즘의 형태로 표명된다.

이와 같이 김선태 시인이 우화적 기법으로 창조한 어패류의 캐릭터 속에 내장된 에로스는 죽음과 생명, 여성과 남성, 쾌락과 권력 등 대립적인 갈등 구조를 형성한다. 나아가 성 정체성에 대한 강렬한 욕구를 자기애로 반사하면서 지독한 '자존의 힘'으로 응결하는 특장을 선보인다. 그러한 에로스에게는 무슨 잠재된 욕망이 도사리고 있는 것일까? 그 파괴적인 에너지의 분출, 독립적이고 저항적이며 심지어 도발적인 모습들은 바로 여성을 포함한 모든 현대적 자아들이 나아가고 있는 방향을 암시한다. 현대의 에로스는 육체성마저 벗어던지는 자기 파괴적인 모습으로 현현되지만, 자기애가 강한 존재이므로 죽음의 깊은 잠에 빠지기를 거부한다. 그것은 가열한 '생명'의 충동을 분사하기 위해 화자가 '죽음'과의 불온한 관계를 유지하기 때문이다.

신체의 분절과 자기 검열의 환타지
─ 최휘웅 시의 색채와 성적 상징의 윤리학

　실험시를 읽어내는 일차적인 방법은 읽는 이의 관념을 벗어 던지고 그 시인의 사유 속으로 깊이 침잠하는 일이다. 이차적으로는 그 시인의 창작 방식을 읽어내야 하고, 나아가 마지막 단계에서는 창작 기법과 사유와의 관계 자장을 마련하는 일이다. 그런데도 불구하고 최휘웅 시인의 시를 읽었을 때, 처음부터 해독 불가해한 난관에 봉착했다는 점부터 고백해야겠다. 따라서 창작자의 입장에서 고민도 해보고, 독자의 입장에서 궁구도 해본 결과 환상성을 표면화한 시적 전략 때문이라는 결론에 도달했다. 따라서 시인이 제목에서부터 명징하게 내세운 색채 상징과 프로이트가 제기한 꿈의 해석, 나아가 흄스와 들뢰즈의 신체 언어적 특성들을 고려하여 나름대로 최휘웅 시의 특질과 무의식의 심층에 대해 견고를 요량이다.

　시란 원래가 사회 전반에 걸친 자아의 문제라는 점에서 인간의 반응에 의해 침전된 감정의 부산물이다. 색채에 관한 의식도 역사 · 사회적인 인식과 접근을 통한 발전과 더불어 인간 생활과 밀접한 관계성을 유지한다. 색채의 상징성은 정서적 반응과는 달리 일종의 사회적 규범이나 언어적 기능과도 긴밀하게 연관된다. 따라서 여기에 관련된 상징에 의한 꿈의 해석도 권력과 무의식 간의 긴밀한 사회적 역학관계를 보완하는 짝이다. 심리학자들이 행한 꿈의 분석이 대부분 상징에 의존하고 있기 때문이다. 프로이트가 지적하고 있듯이, "상징 관계의 본질은 비교"이고 인간은 꿈에 나타난 형상들을 실제 세계에서 외형적 유사성, 혹은 정서적 유사성을 지닌 요소들로 해석하게 마련이다.

상징 관계에 대한 언급은 연상에 의한 해석과 상징에 의한 해석이 분명 다르다. 무엇보다도 연상에 의한 해석법이 자유연상을 통해 확정된 의미로 드러나기까지는 상당히 지연되는 데 반해서, 상징 관계는 "꿈─요소와 그의 번역 사이"에 "항상적 관계", 즉 번역확정성, 의미확정성의 관계에 놓이기 때문이다. 그러나 홉스의 '기관 없는 신체'라는 개념 안에 다양한 욕망의 현전과 재현을 담게 된다면, 이제 그런 욕망 가운데 바람직한 욕망을 창출하기 위한 신체와 신체, 신체와 욕망 사이의 특정한 결합 관계가 긴절한 문제로 대두된다. 최휘웅의 시는 어떤 신체 간의 결합, 어떤 욕망과의 결합이 가장 온전한 욕망의 원형으로 현전할 수 있는가에 대해 심각한 의문을 제기하고 있어 관심을 환기한다.

최휘웅의 시는 색채와 신체 언어들이 성적 상징과 맞물려 그로테스크한 파편적인 이미지를 양산한다. 이러한 이미지는 자연스럽게 연관되어 드러나는데, 우선 검은색의 이미지인 「검은 화면」이란 시도 분위기를 만들고, 관념을 상징하고, 개인의 욕망을 표현하기 위해 차용된다. 화면에 칠해진 색채는 구체적인 대상을 재현하고 있지 않더라도 이미 그 자체로 분위기나 느낌을 전달한다. 나아가 파편적으로 존재하는 시적 오브제들은 성적 욕망을 구체적으로 함의하는 도구적인 신체 언어에 가깝다.

찍히는 자막
검은 깃발의 위병들이 진시황의 무덤에서 나왔다

창에 와 부딪히며 낙하하는 꽃들의 간드러진 비명
엄숙한 발자국이 고비사막을 넘어 막 문 앞에 섰다.

만리장성 갓 넘은 낙엽 위로 바람이 눈을 부릅뜬다.
긴 칼자국이 긴 그림자 끌고 사선死線을 넘는다.

공포의 춤을 추는 나뭇가지에서 피아노의 하얀 손이
백치의 초승달처럼 휘어지게 웃다가 딸꾹질을 한다.

건반은 마디 없이 흐느끼고, 물결치는 머리카락의 저주.
죽은 자가 무덤에서 나오리. 검은 예언이 문밖까지 왔다.

형광등은 실크 옷을 벗었다. 벗은 여인이여 고개를 들라.
음산한 동굴의 메아리. 하얀 메스가 날개를 폈다.

미친놈이에요, 잡아줘요. 앙칼지다
나는 엎드린 도끼다. 나는 창고 못에 매달린 낫이다.

골목을 빠져나가는 회오리바람
고층 빌딩 사이로 비행하는 목 없는 얼굴
기병들의 창검이 우수수 번쩍번쩍 허공을 날았다.

예수여, 비나이다.
침묵하는 베드로의 낫을, 겁먹은 어린 도끼들을
용서하고 또 용서하소서.

무섭게 질주하고 있는 고속도로 위에서

은하계의 깊은 숨소리는 반짝 한동안 빛을 잃었다.

자막, 역사는 진시황의 무덤으로 다시 들어갔다.

─「검은 화면」 전문

최휘웅의 시는 지독한 악몽에서 깨어났거나, 환타지 영화를 보고 난 직후 감정의 편린들이 동시다발적으로 배설된 듯한 몽환적인 감각을 보여준다. 여기에서 "검은 깃발"(남근 상징)은 태양의 열과 온도의 영향권에서 벗어난 북쪽에 해당하며, 그늘이며 혹독하도록 추운 죽음의 기운에 휩싸여 있다. 빛이 사라진 어두운 세계에서 '위병(衛兵)'들은 그들의 임무인 부대나 숙영지 따위의 경비와 순찰을 강화하기 위해 "진시황의 무덤"에서 걸어 나온다. 대궐, 능, 관아, 군영 따위에서 목(木)의 기운을 준비하는 겨울은 흑(黑)의 기운으로 가득하다. 그러나 연속적인 순환의 고리에서 볼 때, 봄이 생동하는 것은 "피아노의 하얀 손"과 대비된 흑색의 힘이 내적으로 작용한 결과의 구조로 현전한다.

노드롭 프라이에 의하면 흑색은 고요한 가운데서 느껴지는 숨겨진 에너지(energy), 즉 겨울의 미토스인 풍자와 아이러니의 원형이다. 이와 같은 겨울(남성, 문명과 권력)과 봄(여성, 자연과 생산)의 관계는 꿈이란 측면에서 볼 때도 유사하다. 프로이트는 '외연적 꿈─내용'과 '잠재적 꿈─사고'는 다음과 같은 관계에 놓여 있다고 설명한다. 전자는 후자의 구성 요소이기도 하지만, 후자의 왜곡된 대체물이기도 하다고 부연한다. 주지하다시피 이 왜곡이 바로 '꿈─작업'이고, 왜곡의 일환으로 '꿈─검열'이 있다는 말과 상통한다. 이 말을 넓게 보면, 그 외연은 오히려 왜곡보다 커지거나 아니면 적어도 일치한다. 그는 이 검열이 전체 '꿈─작업'을 관장하는 기제와 다를 바 없다고 주장한다.

프로이트는 분명 검열을 왜곡의 하위범주로 정위시키면서도 이 왜곡 작업 속에 검열 외에도 압축, 전치, 그리고 상징을 부가한다. 검열을 좁은 의미로 쓴다면, 인용시 분석에서도 별 무리가 없을 듯싶다. 예를 들어 기능적인 유사성 측면에서 "창, 칼, 메스, 도끼, 못, 낫, 검" 등은 남성 성기의 표징인 데 반해 "무덤, 꽃, 사선(死線), 동굴, 초승달" 등은 여성의 성기를 상징한다. 전자가 흑색으로 명명되는 가학 이미지(문명의 역사)라면 후자는 흰색으로 대척점을 이루는 피학 이미지(자연의 원형)라 할 수 있다. 인간 의식 속에서의 흑색은 모든 우주만물이 생겨나는 데 힘이 되는 음(陰)의 기운을 의미한다. 검은색은 근본적으로 빛과 어둠이라는 이분법적 사고에서 비롯되기 때문이다.

인용시에서 여성의 음기를 예거하면 "무덤, 낙하, 비명, 사선(死線), 공포, 저주, 동굴" 등이다. 이와 같은 음험한 하강의 기운은 빛을 잃으면서 보이는 색이 아니다. 오히려 빛의 자극이 있거나, 여러 가지 다른 색 사이에서 검게 보이는 관계상의 변별점이 흑색이다. 이러한 점은 동트기 직전에는 만상의 채도가 검게 인지되는 특징과도 긴밀하게 관련된다. 따라서 흑색은 생명을 품기 위한 준비의 과정을 대변하는 색이며, 숨겨진 에너지이다. 가지각색의 모든 색이 흡수된 흑색은 색이 없는 현상으로 비쳐지지만, 실제는 모든 색이 모여진 힘의 원천이다. 따라서 봄을 표징하는 "나뭇가지, 건반, 실크 옷, 메스의 하얀 날개, 은하계의 깊은 숨소리" 등은 희극과 광상곡의 원형을 예비하기 위한 영웅 탄생의 미토스로 기능하기 위한 지반을 형성하게 된다.

> S라인의 길 위에
> 젖은 유방이 떨어져 있다.
> 봉분 같은 엉덩이 뒹굴고
> 짙은 안개 스며들어 와서
> 깊은 숲속, 우울을 깨운다.

우수의 녹색 날개들이

길 위에 가득 쌓여 있고

그 위를 자동차 바퀴가 굴러간다.

자동차여,

너의 유리창 너머로

스치듯 지나가는 부끄러움을

감추고 싶어서 여미고 또 여민 속살,

여리고 여린 은밀한 녹색 성감대

비경秘境의 문을 열고 싶어서

바퀴는 구르고 또 굴러가는데

이미 무성하게 자란 슬픈 억새들이

너의 둔덕 위로 기어오르고 있다.

아직 오부능선쯤 달려온 것 같은데

벌써 S라인의 꼭지점에 서서

다시 시동을 걸지만

아득한 부끄러움이 발밑

절벽 아래서

푸른 가지를 흔들고 있다

— 「녹색 화면」 전문

　원형상징에서 녹색은 대자연의 색으로서 신(神)이나 성장을 의미하
지만, 인간으로 표상되면 미숙함을 나타내기도 한다. 일반적으로는 주
로 평화와 안전의 표상으로 쓰이는 것은 녹색이 눈에 가장 편안한 질감
을 형성하는 색이기 때문이다. 나아가 녹색은 사람과 가장 친한 색이면
서도 소유색이 아닌 공유색의 특성을 지닌다. 즉 빨간색이나 청색, 혹
은 노란색 계통에 비해 녹색으로 된 각종 소지품이나 의상에는 흔하지
가 않다. 녹색을 싫어하는 사람은 드물지만 아무래도 녹색은 자연의 색
으로 고정되어 인간의 몸과는 어울리지 않는다는 의식에서 기인한 듯

하다. 근래 자연환경에 대한 관심이 높아지며 가장 인지도가 높은 색 가운데 하나로 분류된다. 그러나 특이하게도 인용시의 화자는 녹색의 상징들이 "깊은 숲속, 우울"에 빠져 있는 신경증적 정황에 포커스를 맞추고 있다.

인용시에서는 서로 유기적으로 한몸을 구성해야 할 신체들도 육체 간의 소통 능력을 상실 한 채 파편적으로 해체되어 있다. 시의 화자는 "S라인의 길 위"에 떨어져 있는 "젖은 유방"과 "봉분 같은 엉덩이"가 뒹굴고 있다고 묘사한 뒤 "짙은 안개"가 스며들고 있는 정황을 제시한다. 신체가 '조각난 부분'들로 주어져 있으므로 신체 외부에 있는 인공두뇌라는 중심에 의해 유기적으로 조직될 수 없는 불구의 몸인 것이다. 그것은 "우수의 녹색 날개들"이 "길 위에 가득 쌓여 있"다는 연상으로 이어져 "그 위를 자동차 바퀴가 굴러간"다고 도착적으로 묘사한다. 홉스에 의하면, 이러한 육체의 상태는 권력으로 작동하는 '자기보존욕구', 즉 코나투스(conatus)가 손상되어 외부 요인에 대해 주체성을 상실한 수동적 반응이다.

화자의 "자동차 바퀴"는 욕망하는 기계로 전락한 인간의 '기관 없는 신체'와 다를 바 없이 "구르고 또 굴러"간다. 육체는 이미 슬픔에 사로잡혀 있으며, 더 이상 외부와의 소통 능력이란 존재하지 않는 형국이다. 따라서 화자는 "감추고 싶어서 여미고 또 여민 속살"과 "여리고 여린 은밀한 녹색 성감대"라 상징된 "비경秘境의 문을 열고 싶"다는 욕망에 시달린다. 인간이라면 누구나 신체가 외부 세계에서 자극받는 방식의 관념은 인간 신체의 본성과 동시에 외부의 본성을 모두 포함해야 한다고 믿기 때문이다. 즉, 신체가 외부 세계와 만나 능동적으로 변용되는 것은 자발적이고 능동적인 조성 능력을 지니고 있다는 전제에서 비롯된다. 화자도 신체에 대한 변용을 통해서 외부 세계와 신체의 본성

둘 다 포함된 공통 관념의 주소지를 찾는 존재이기 때문이다.

나아가 시인들이 선택한 색의 관념 또한 그들이 처한 세계의 사건들로부터 결코 자유롭지가 않다. 관념을 상징할 수 있는 색채의 힘을 그들의 시에서 강력한 수단이 된다는 면에서 더더욱 그러하다. 색은 은유를 풍부하게 하며, 작품의 의미와 내용을 더 강력하게 만들어 주는 특장을 지닌다. 여기서의 "녹색 성감대, 녹색 날개, 푸른 가지" 등은 신체언어와 관련되어 안전과 평화를 보증할 계약관계에서 영구적인 평화를 보장받을 수 있다고 믿는 의식의 일환이다. 자동화된 후기산업사회에서 자기변용능력이라 지칭되는 '합성과 소통의 과정'으로서의 '날개'가 없으며, 단지 '바퀴'라는 계약적 제도만이 있을 뿐이다. 따라서 인간에게 신체의 '자기−결정'이란 불가능하며, 늘 결정의 능력은 신체 외부에 있다는 타자로서의 윤리학이 정위되는 순간이다.

가자. 손이 손을 잡는다. 달콤한 사라의 입술은 거대한 포문. 순식간에 요
람을 흔든다. 거울바다엔 구명보트가 없다. 어느 외계인이 떨어뜨리고 간
슬픈 포도주 빛깔만 물 위에 뜬 잔해처럼 떠돌고, 무정부주의자의 혁명가
는 확성기 안에서 결국 나오지 못한다. 나는 도망치고 싶다. 지하의 분수대
주변에 모여 있는 노인들의 무표정한 허공, 그것이 은유하는 저승의 향기
에 취하여 시의 무덤으로 들어간다.

―「회색 화면」 부분

　회색은 검은색과 흰색이 섞인 무채색으로서 채도에 따라 색상이 구
분된다는 특성을 지닌다. 다양한 명도에 따라 자신의 존재로서의 음영
을 달리하는 까닭에 우울한 느낌을 자아낸다. 따라서 노드롭 프라이의
분류에 의하면, 가을의 이미지와 동일한 신과 영웅의 사망에 관한 신화,
즉 비극과 엘레지의 원형과 일치한다. 미하엘 엔데의 책 모모에서는 회
색 인간이 사람들의 시간을 훔치는 시간 도둑으로 나오기까지 한다. 인
용시에 의하면 화자의 심리는 "검은 대리석"의 "속을 알 수 없는 투명함
때문"에 "회색 도시, 불 꺼진 고층의 지하"에 갇혀 떨고 있다고 표명된
다. 화자에게는 환타지의 세계에서조차 상반된 명암에 따라 비쳐지는
도시에 대한 환멸감과 괴기스러운 공포 분위기가 도처에 산재한다. 그
렇다면 화자의 도시에 대한 환멸감은 어디에서 연유하는 것일까?
　들뢰즈에게 두 신체가 만나 슬픈 정념은 야기하는 것은 신체의 자기
보존욕구를 감소시키는 것으로서 다양한 변용 양태들을 생산할 수 없
게끔 훼손된 상태를 의미한다. 즉, 그것은 화자가 "헤드라이트에 덜미
가 잡혀서 그 자리에 주저앉아 버린 꽃망울들은 부지기수"라고 하거나
"더듬이를 잃은 채, 방황하다가 파라다이스호텔 로비의 거울 속으로 들
어간다"고 언급한 데서도 확인된다. 그의 다른 시 「아프리카」에서는
"앙상한 목뼈, 꺾인 손가락, 검은 뼈다귀, 빠진 치타의 발톱" 등 신체가

외부적 대상이나 세계에 능동적인 작용을 미칠 수 없을 정도로 능력을 박탈당한 상태로써 존재한다. 신체는 사회 유기체로서 일정한 주체로 규정되고, 소통하고 변용될 때만이 유효하다. 들뢰즈가 언급한 '자유인'은 구조결정론에 속박된 '텅 빈 신체'가 아니라 사랑과 소통의 변용 역량을 발휘하며, 수평적으로도 '연결−접속'하는 창조적인 욕망으로 충만한 신체를 지칭한다.

들뢰즈는 분자의 직접적이고 능동적인 소통을 강조하면서 삶에서 분리된 이원론적 대의제를 거부한다. 다시 말해서 다중의 직접적인 행동과 소통의 네트워크를 통해서 기존에 주어진 질서 모두를 파기하고, 늘 새로운 관계를 생성하는 태도를 강조한다. 그러나 화자에 의하면, "무정부주의자의 혁명가는 확성기 안에서 결국 나오지 못"하기 때문에 불가능의 영역으로 명시된다. 또한 그간의 관념에서 볼 때, 혁명이란 기존의 질서를 한순간에 뒤집는 일과 다르지 않다. 혁명이 흑색도 흰색도 아닌 '회색의 혁명'이란 점에서 여타의 시와는 변별되는 지점이다. 따라서 화자는 "도망치고 싶다"는 강박증에 시달리며 "지하의 분수대 주변에 모여 있는 노인들의 무표정한 허공, 그것이 은유하는 저승의 향기에 취하여 시의 무덤으로 들어"가면서 자기 검열로서의 환타지를 완성해야 하는 비극성을 내포한다.

전술한 바와 같이 최휘웅의 시는 인간의 신체가 자기보존욕구로서 존재하는 한 외부 자극의 반발로서 야기되는 성적 반응과 "존재와 이름 사이, 뿌리를 더듬으며 / 깊은 물밑을 끝없이 잠수하지만 / 한 번도 바닥에 닿아본 적이 없"(「나는 모른다」)는 자의 편력이다. 나아가 그의 시는 각 신체의 부분이나 전체에 똑같이 있는 관념도 정신 안에서 비틀려 있는 형태로 구조화된다. 그가 '결여로서의 신체'를 표면화한 것은 자본주의의 욕망이 욕망을 생산하는 '욕망하는 생산'의 본질일 뿐 인간 전체의 본질적인 구조가 아니라는 태도의 산물이다. 라캉이 '타자의 부재'로 파악한 공백의 공간은 새로운 세계로 도약하고자 하는 무한한 생성의 욕망이 자연발생적으로 들끓는 장소다. 즉, 최휘웅이 투사한 파편화된 신체는 존재의 결핍이라는 부정적인 상태가 아니라 무한한 생성을 발현하려는 언어의 원점이다. 최휘웅의 시가 주목되는 것은 자기 욕망을 요구나 필요로 환원하는 무엇, 즉 욕망이 파열한 것이라는 사실을 분절된 신체 언어로써 환기하기 때문일 것이다.

강과 나무, 새의 이미지와 상상력
― 위선환 시의 공시적 연대기

1. 들머리

어떤 시인을 막론하고 시에 차용한 이미지는 실제의 대상과 다른 것이며, 시인의 주관적 감정에 따라 선택된다. 이미지의 선택은 자의적인 것이 아니라, 시인이 표현하고자 하는 주관적 정서에 좌우된다. 따라서 작품 내의 이미지들은 시인이 의도한 특수한 정서를 환기한다. 어느 경우라도 시는 시인의 대상에 대한 의식을 표현한 것이다. 그 대상이 사물이든, 아니면 현실적 또는 상상적 체험이든 간에 그것이 문학적 장치를 빌어 형상화될 때, 거기에는 반드시 시인의 의식이 표출되기 마련이다.

그러나 같은 대상에 대한 것일지라도, 그 의식은 시인에 따라 각기 다른 반응의 결과로 나타나 고유한 정신세계를 이루게 된다. 시가 결국 시인과 세계와의 관계 속에서 드러내는 생활의 세계, 또는 개인적 경험의 의식적 재구성이라고 한다면, 거기에는 시인의 삶의 과정에 따라 각기 상이한 정신세계가 투영되기 때문이다. 또 이 과정에서 지속적으로 나타나는 관념과 정서, 그리고 상상 등이 하나의 지배적 양태로 통합된다. 여기에서 시적 이미지가 시의식의 지향성과 긴밀하게 관련된다는 사실이 확인된다.

이때의 '지향성'이란 브렌타노에 의해 현대철학에 도입된 개념으로서, 이것은 내면의 의식을 대상과의 관계에서 해명하고 파악하려는 관점이다. 어떤 것에 대한 의식을 전제로 하여 모든 의식은 어떤 방식으로든 그 무엇을 향해 있으며 "인간과 대상과의 관계 속에 있는 모든 지적 감성적 체험을 특징지우는 것"이기 때문이다. 훗설에 의하면, 지향이란 인식 체험은 "그것의 본질에 속하는 것으로서 어떤 것을 생각하고 이러저러한 방식으로 대상성과 관계한다는 것"을 의미한다.

위선환의 시에 나타난 자아가 대상을 통해 현실적인 영역으로 지향하려 하는 것을 설명하기 위해 훗설의 이상과 같은 견해를 원용하면, 결국 내면으로 인식한 체험은 대상인 현실과 관계하지 않을 수 없다는 사실이 해명된다. 여러 가지 방식으로 대상성과 관계하는 상징어를 분석하는 것은 내면화된 인식 체험의 지향성을 감지하는 일도 된다. 위선환의 시에서 주목되는 '나무'와 '물', '새'의 이미지를 살펴본다는 것은 시인이 지닌 상상력의 특질과 의식 지향성의 요체를 밝히는 방법도 된다고 믿기 때문이다.

2. 나무의 '뻗침'과 '버림'의 무의식

위선환의 시가 자연의 대상을 언어로써 반영한다는 것은 시가 그것을 생산하는 시인이 처한 실제적인 현실의 공간을 간과해도 된다는 말이 아니다. 그렇다면 그가 시작 과정에서 인간사의 국면이나 실상을 최소화하면서 자연사의 개체를 우위에 두려는 까닭은 무엇일까? 그것은 결국 심미적 세계 인식이 윤리적 세계 인식으로 확산되지 못한 것이라기보다는 자신의 의도를 객관화하기 위한 형이상학적 인식의 결과라여겨진다. 다시 말해서 시인의 정서적 반향을 행동적 표현으로 구체화하는 리얼리즘 방식보다는 정신적 가치를 중시하는 직관적 인식을 중시하기 때문일 것이다.

위선환의 시가 리얼리티를 앞세우기보다는 묘사적 이미지를 축으로 하여 내면적인 시적 공간 속에 깊이 침전해 있다고 소급되는 것도 바로 그 때문이다. 이와 같은 시인의 태도는 일상적 세계의 외압에 눌려 30여 년간 시작 활동을 접은 내면적인 억압의 자아를 각인한 의식의 결과로 짐작된다. 이때 자아는 윤리적 존재로서의 현실 인식과 연관되면서 비극적 현실에서 견디기 위한 자기 방어기제를 동원한다. 따라서 시의 내면 공간이 표층적으로 실제 세계와는 거리감을 인식하지만, 무의식의 심층 속에서는 구체적이고도 강렬한 관념 지향성이 지배소로 등장한다.

뻗친 것이라 한다
나무가 뻗쳐서 가지가, 이파리가 되고
사람이 뻗쳐서 그리움이 된다 한다
어떤 사람은 뻗쳐서 나무에, 하늘에 닿는가
어떻게
사람과 나무가 한 몸이 되어 하늘로 뻗치고
하늘이 되고
온 하늘에 뻗친 가지가 되고
하늘의 가지에다 온갖 별자리를 매다는가
어떤 그리움이 뻗쳐서
그리 많은 별빛들을 켜는가
하늘은 어떻게 길을 내주고
한 사람은 공중에서 길을 비치며

　　모든 별빛을 데리고
　　지상으로 내려오는가

─「뻗침에 대하여」전문

위선환의 시에서 '하늘'과 짝을 이룬 '나무'의 이미지는 그의 시세계의 주선율을 관통하는 의식이 내장되어 있다. 나무의 속성은 '가지'가 함의하는 상승 의식과, 이와는 역으로 "모든 별빛을 데리고 / 지상으로 내려오는" 하강 의지가 맞닥뜨리는 역설의 구조로 이루어져 있다. 즉, '하늘'이 나타내는 수직 상승 이미지와 '별빛'이 나타내는 수직 하강 이미지, 그리고 '나무'의 속성이 내포하는 상승 지향과 '사람'이 내포하는 하강 지향의 속성이 이원적으로 대립된 구조적 형태를 띠고 있다. 또한 "사람과 나무가 한 몸"이라는 구절은 시의 전체 구도에 긴밀하게 영향력을 미치는 구절이다.

이 시행은 시의 전체를 매개하는 중반부에 자리잡고 있을 뿐만 아니라 전반부의 내면세계와 후반부의 외부세계와 긴밀하게 결합하는 매개항으로 존재한다. "사람이 뻗쳐서 그리움이 된다"고 하는 자아의 내면과 후반부의 "어떤 그리움이 뻗쳐서 / 그리 많은 별빛들을 켜"는 외부세계를 통찰하는 한 계기가 된다는 점이다. 이러한 공간 의식에 의한 '나무'의 상상력은 8~9행의 "온 하늘에 뻗친 가지가 되고 / 하늘의 가지에다 온갖 별자리를 매다는가"에서 드러나듯이, 모든 세계의 통일, 혹은 사물들의 일체화를 지향한다. 즉 '나무'의 뻗침은 하늘의 '별'을 지상으로 데리고 내려오기 위한 행위의 양식이기 때문이다.

나무가 뻗친다는 역동적 상상력은 "하늘은 어떻게 길을 내주고 / 한 사람은 공중에서 길을 비치"는 과정에 대해 깊이 궁구하는 시인의 내면과 긴밀한 유착관계를 형성한다. '나무'가 힘차게 뻗치는 만큼 시인의 의식은 '하늘'을 지향하지만, 그만큼 "어떤 사람은 뻗쳐서 나무에, 하늘

제2부 꿈의 거울　137

에 닿"는 상호작용을 만들어 낸다는 점이다. '나무'가 일차적으로는 상승의 속성을 내포하고 있지만, 궁극적으로는 지상에 뿌리를 둔 인간과 다를 바 없기 때문이다. "뻗친다"라는 수직적 상승의 상상력은 '지상'이라는 수직적 하강의 상상력과 결합하여 모순된 현상을 통찰하는 계기가 부여된다.

여기에서 나아가 '그리움'이라는 내면 정서가 현상의 존재를 통찰하며 공간에 대한 인식에 관여하는 속성을 띤다. 이러한 시적 정서에는 인간의 세계를 자연의 세계로 환원하려는 동시에 새로운 소통 구조를 마련하여 추인하려는 시인의 의지가 깔려 있다. 다시 말해서 인용시는 '나무'(사람)와 '하늘'(자연)의 이항대립 구조를 전제로 하여 "별빛을 데리고 / 지상으로 내려오"는 진리의 모순율을 완성하고 있는 셈이다. 인용시가 '나무'를 통해 상승과 하강의 변증적 구조라면, 「하늘빛이 되는」이란 시는 하강의 상상력에 주안점을 두고 있으면서도 동적인 비약을 이루는 반어적 구조로 이루어져 있다.

오직 아낌없이 버리기 위하여 나무들은
그리 많은 이파리를 매달았던 것인지
이 한나절의 잎 지는 소리를 듣기 위하여 벌레들은
찬 바닥에 배를 대고 엎드려서
길게 기다리며
얼마나 숱한 울음을 참았던 것인지
사람들은 또 몇 해째나
잎에 묻힌 길 위에다 길을 내며 걸은 것이고
길이 다시 묻히는 가을 끝에 이르러서야 겨우
한 그루 조용한 나무 밑에 닿는 것인지
문득 쳐다본 머리 위 가지는 벌써
하늘에 젖어 있다

어쩔 것인가 나무가 맨몸으로
서리 내린 공중에서 잎을 벗는 일이나
벌레들이 흙 속에 엎드리며 숨을 묻는 일이나
사람이 외지고 먼 길을 오래 걷고 야위는 일들이, 다
하늘에 닿는 일인 것을
닿아서는 깊어지며 푸르러지며 마침내
하늘빛이 되는, 바로
그 일인 것을

—「하늘빛이 되는」 전문

상기 인용시에서 '나무'는 현실의 암유인 '벌레들'과 병치되어 시인의 자아를 '하늘'로 이끄는 이미지를 생성한다. 이것은 인간의 욕망을 '하늘빛'으로 일깨워 자아가 부재하는 현실의 공간에서 생명이 넘치는 시원의 공간으로 복원하고자 하는 무의식의 소산이다. 이때 시적 자아는 '이파리', '울음'을 인식하면서, 어떻게 해야 "한 그루 조용한 나무 밑에 닿는 것인지"에 대해 묻고 있다. 시인의 자아는 "아낌없이 버리기 위"한 의식의 한 방편으로서 '나무'를 매개로 하여 소란한 세계가 고요한 세계로, 부정의 세계가 긍정의 세계로 바뀌는 질서를 가감 없이 보여주고 있다.

'하늘빛'은 모든 부정적 상황을 물리치고 긍정적이고도 밝은 세계를 지향하는 본원적인 힘이다. 이에 반해 "그리 많은 이파리"는 자아를 억압하는 욕망이며, 하늘의 빛을 가로막는 부정적 이미지이다. 그렇기 때문에 "하늘에 닿는 일"을 염원한 시적 자아가 "길이 다시 묻히는 가을 끝에 이르러서"야 문득 올려다 본 "머리 위 가지는 벌써 / 하늘에 젖어 있다"는 정황을 목도한다. 그것은 '가을'의 시간과 '가지'의 공간이 만나 우주적 교응을 이루는 가장 조화로운 세계의 원형이기 때문이다.

위선환의 시에서 '나무'는 '하늘'을 지향하는 대상으로서 존재하며,

그 "조용한 나무 밑"의 존재들은 생명의 충일감을 열망한다. 즉 "찬 바닥에 배를 대고 엎드"린 현실에서 충만한 세계를 그리워하는 것이다. '나무'는 지상에 뿌리를 둔 시적 자아의 투사적 상관물이자 이상적 존재의 원형이다. 따라서 시적 자아는 "벌레들이 흙 속에 엎드리며 숨을 묻는 일이나 / 사람이 외지고 먼 길을 오래 걷고 야위는 일들이, 다 / 하늘에 닿는 일인 것"이란 반어적 진리를 깨닫는다. 이렇게 아낌없는 버림의 과정에서 '하늘빛'을 인지하지만, 현재의 삶에서는 부재하므로 시적 자아의 그리움은 더더욱 배가된다.

이와 같은 의식은 '나무'의 공간성을 자기 생명 내부의 근거로 삼는 태도의 발현이다. 이를 시간현상학으로 말하면 '하늘'이라는 외적 공간을 '사람'(자아)이라는 내적 근거로 삼는 행위 양식이다. 이때의 자연은 정신과의 관계에서 수동적·종속적이며 밖을 향하고 있지만, 정신 활동의 능동적 근거로도 작용한다. 독일의 현상학자 큠멜에 의하면, 이때 신체는 자유 의지에 의해서 맹목적이고 무의식적인 것이 통합되고 양자가 함께 분열하지 않는 생명으로 나타난다. 따라서 이 시에서 '하늘'은 시적 자아의 무의식이 투영된 이미지로서 온전한 버림을 통해서만 "닿아서는 깊어지며 푸르러지는" 아이러니한 세계의 질서를 상징한다.

3. 물의 '흐름'과 '정지'의 반작용

위선환의 시에서 '물'은 '나무'와 더불어 시적 자아의 내면에 존재하는 근원적인 이미지로 상존한다. '물'을 기저로 한 그의 상상력은 시적 자아의 어둔 내면을 치유하는 대상으로 자아화하기에 이른다. 그는 자연 대상 중에서도 '강'과 '바다', '비' 등을 즐겨 차용했는데, 그 중에서도

'강'은 가장 주목해야 할 공간이다. 한 시인의 작품군에서 반복적으로 유용되는 동일어구나 유사 이미지 추출은 개인의 무의식 근원을 파헤치는 진원이 된다. 이제 그는 어두운 번민의 과거사에서 한 걸음 더 나아가 일체를 포용하는 공간으로서의 '강'을 상정하기에 이른다.

그의 시에 주로 등장하는 '강'은 자유와 유토피아를 함의하는 자아의 반성적 자각이 이루어지는 장소이다. '물'의 이미지에서 그가 흐름의 상상력을 동원할 경우 현실적 자아의 새로운 각성을 담지하는 동인으로 기능한다. 그러나 정지의 상상력으로 변환될 경우에는 지상적 실존성에서 벗어나 깊이 침잠하려는 의식을 투사한다. 그가 '강'을 상징화한 것은 무의식적 태도로서 그가 성장한 고향이 전남 장흥 탐진강 부근이라는 사실과도 무관하지 않다. 그리하여 그의 '강'은 그가 성장했던 고향 바다를 배경으로 한 공간이었기에 아름답고 평화로운 화해 공간으로서 부드럽고 잔잔한 정적 이미지를 동반한다.

읍에 가서 예양리의, 가파르고 비좁고 이리저리 굽은 골목길을 걸어 내려간다 길의 끝에는 강이다

모난 모퉁이에 부딪쳐 나뒹굴고 굽은 굽이를 돌며 휘어지고 튀어나온 처맛날에 눈썰미가 잘리기도 하는 이 길을 누구의 한 生이라 이름 지어 부를 것인지, 염려한다

한때는 강을 끌어다가 내 가까이에 매어두었다 징검돌을 딛고 물길 저 너머로 조약돌을 팔매질하던, 그때는 강을 건너며 발을 적시지 않았다

지금은 강에 닿아 다만 강을 본다 먼 길을 흘러와 잠깐 닿은 강이 길을 내며 더 멀리 흘러가는 것 본다 강에 닿은 사람이 멈추지 못하고 걸어서 물 속으로 들어가는 것 본다

발바닥 젖고 발목 잠기고 무릎 안에 고이고 가슴 가득 차오르고

강 건너에서 누구인가 오래전에 잊었던 내 이름을 부른다 강에 안개 짙다

―「탐진강 19」 전문

인용시는 시적 자아가 흐름의 상상력인 '강'의 이미지를 차용하여 자신의 '이름'을 찾아가는 여정을 가시화한다. '나무'의 이미지에서 자주 발견된 그늘진 풍경이 여기서는 흐르는 강물을 받아들이기 위해 일단 부정되고 있다. '강'은 부드러운 치유의 힘으로 자아와 생을 동시에 통일하는 넓고 거대한 우주적 이미지이다. 나아가 시적 세계에서는 형식적 존재이기에 앞서 물질이며, 꿈꾸는 사람에게 스며드는 하나의 흐름으로 동화되는 특질을 지니고 있다. 시적 자아는 자신의 고향인 예양리의 "가파르고 비좁고 이리저리 굽은 골목길"을 걸어 내려가며 "길의 끝에는 강"이란 사실을 발견한다.

'길'이 실제적인 인간의 삶을 암시한다면, '강'은 시적 자아의 내면적인 고투의 흔적을 환기한다. '강'과 동일화된 시적 자아가 "이 길을 누구의 한 生이라 이름 지어 부를 것인지, 염려한다"는 말과 맥락이 일치되는 부분이다. 나아가 시적 자아는 한때 "강을 끌어다가 내 가까이에 매어두었다"고 말하면서 "그때는 강을 건너며 발을 적시지 않았다"고 힘주어 강조한다. 인위적 힘으로 우주의 흐름을 거스르는 일이란, 인식의 오류인 동시에 인간의 삶을 향해 던지는 부정의 메시지와 다를 바 없다. 우주와 소통 불가능한 폐쇄적 공간에 있는 자아의 반성적 자각이 이루어지는 지점인 것이다.

위선환 시에서의 '강'은 어둠의 현실 공간을 밝고 부드러운 속성으로 차오르는 내적인 동력이며, 시적 자아의 새로운 견성을 예비하는 동인이다. 그렇기 때문에 시적 자아는 "먼 길을 흘러와 잠깐 닿은 강이 길을

내며 더 멀리 흘러가는 것"을 초점화하는 것도 이미 정해진 수순이다. 강에 닿은 사람만이 흐름을 멈추지 못하고 동화되어 "물속으로 들어가는 것"을 목도하는 것도 여기에서 비롯된다. 시적 자아의 "발바닥을 적시고 발목을 잠그고 무릎 안에 고이고, 나아가 가슴 가득 차오르는 순간에만 '강'은 비로소 "누구인가 오래전에 잊었던 내 이름을 부"르는 우주적 실재로 현현하기 때문이다.

> 산에는 산맥이 차고, 들에는 들판이 찼다. 빈 땅이라곤 없었다 산이나 들에는 그래서 못 묻고 물속에라도 묻기로 했다. 안아들고 들어가서 바닥 골라 뉘고 바윗돌 한 덩이 매달아놓았다. 물속은 과연 조용하고 죽은 몸뚱이야 숨을 비운 뒤이므로 물살을 잠재우는 일이 순서였다.
>
> 일을 마치고 나니 하루가 조용하다. 산그늘이 눕고 들녘이 저무는 때에 이르러 내 안이 깊고 서늘하다. 조용한 물이 흘러들어 고이고 차오르더니 어느새 내가 깜빡 잠겼고, 지금은 바닥 모르게 가라앉는 중이다. 다 잠긴 뒤로도 한참이나 가라앉는, 내 키보다는 늘 깊은 깊이가 있다.

—「水葬」 전문

위선환의 시에서 '물'은 시적 자아의 내면을 '차고' '잠기게 하고' '가라앉아' '깊이'를 만들어 주는 정지의 힘으로 표상되기도 한다. 여기에서 감지되는 '물'의 감각은 죽은 자아로 표상되는 시인의 내면을 조용하게 차오르게 하는 생명의 원천이다. 시의 자아가 인지하는 '물'과 상대되는 실존의 '땅'은 "산에는 산맥이 차고, 들에는 들판이 찼다"에서 확인할 수 있듯이 "빈 땅이라곤 없"는 부박한 이미지로 드러난다. 그 대척점에 존재하는 '물속'은 "과연 조용하고 죽은 몸뚱이야 숨을 비운 뒤이므로 물살을 잠재우는 일이 순서"라는 사실에서 착안할 때, 시적 자아의 무의식층에 내재한 공간이다.

인용시에서 '물'은 구체적 현실의 세계라기보다는 비현실적이며 관념적 공간이다. 자아로부터 멀리 떨어진 유토피아의 세계로서 그의 원초적 자아가 꿈꾸는 생명력이 충일한 세계인 것이다. 흐름의 상상력으로써 자아와 세계가 동화되기를 갈구하며 시적 자아가 생명의 원천으로 삼았던 '물'의 지향태가 이제는 "산그늘이 눕고 들녘이 저무는 때에 이르러 내 안이 깊고 서늘"한 정신의 깊이를 얻는 대목이다. 다시 말해서 "흘러들어 고이고 차오르더니 어느새 내가 깜빡 잠겼고, 지금은 바닥 모르게 가라앉"는 정지의 '물'인 것이다. 여기에는 지상적 실존성에서 벗어나 '물속'으로 깊이 침잠하려는 시적 자아의 의지가 투영되어 있다.

위선환의 시에서 '물속'은 자족적이고 충만한 생명력의 세계를 그리워하는 자아에게 에너지를 불어 넣어주는 공간이며, 현실적 세계의 외곽에 있는 절대 공간이다. 따라서 시적 자아가 "다 잠긴 뒤로도 한참이나 가라앉는, 내 키보다는 늘 깊은 깊이가 있다"고 말하는 '물속'은 자아가 어두운 실존의 공간에서 빠져 나와 자기 정체성을 확인하고자 하는 원초적 거소이다. 여기가 바로 "제,발,바,닥,밖,으,로,는,한,걸,음,도,내,딛,지,못,했"(「발자국」 전문)던 과거의 기억 때문에 시적 자아가 '물속'의 부드럽고도 아늑한 "깊은 깊이"의 품속으로 투신하고자 하는 생생한 의식의 향방을 보여주는 대목이다.

4. 새의 '비상'과 '하강'의 틈입력

무생물의 수직적 상승과 하강, 수평적 흐름의 인식에 주력했던 위선환이 자유에 대한 희구로써 구상화한 또 하나의 대상은 '새'이다. 현실에 귀속된 자아의 내면에서 끊임없이 되풀이되는 실존적 인식은 '새'를 통해 틈입의 원리에 입각한 생명의 공간을 점유하는 지향성으로 표출된다. 이 경우 지향성이란, 인간이 경험하지 못한 그 어떤 세계를 의미한다. 즉, 위선환은 도달할 수 없는 세계에 대한 갈망을 '새'를 통해 상징화한 것이다. 그의 시에 등장하는 '새'는 시간과 공간이 결합되어 본래적 원형으로 회귀하는 의식을 드러낸다는 점에서 인간의 현실을 역동적인 공간으로 변용하는 매재로 등장한다.

위선환의 시에서 '새'는 의식을 무한정 확장하기도 하고, 무의식의 공간으로의 이행을 통해 무(無)의 세계에 닿기도 한다. 이와 같이 새가 난다는 것은 상징을 대표할 뿐 아니라 해방을 증거하는 어떤 강력한 운동을 대표하는 논리와 상통한다. 이러한 측면에서 '새'는 폐쇄 공간에 갇힌 시인의 갈등과 비애를 넘어서 새로운 세계를 개진하는 정신의 해방을 의미한다. 나아가 그는 '새'의 역동적 이미지를 통해 인간사에 상존하는 이원대립의 세계와 파열하는 의식을 선보이면서 발상의 전환을 요구하기도 한다. 그리하여 그에게 '새'의 비상과 충돌은 지상의 속박에서 자아의 한계를 극복하기 위한 내부의 동력이 된다는 점에서 가장 중요한 상징적 질서에 해당한다.

> 비 내리고 공중에 뜬 새가 새다. 긴 눈빛과 긴 날개가 새다. 지상에 웅크린 작은 새가 새다. 가는 발목에 빗방울이 맺히다. 내가 새다 가슴바닥에 물이 고이더니 먼저 종아리뼈가 잠기다.
> 공중과 지상과 새와 나 사이에 비 내리고, 떨어져 있는 것,과 것,들은 새다.
>
> ―「새다」 전문

위선환은 이 시에서 의도적으로 '새'의 의미를 말놀이(pun)의 효과로써 읽을 수 있게끔 의도적으로 배열해 놓은 독특한 문맥 구조를 선보인다. 일차적으로는 '새(鳥)'로 읽히지만 두 번째 문장을 읽어나가는 순간

‘사이’(틈)이란 이차적 의미까지도 감지하는 입체적인 의미망이 구축된다. 이러한 섬세한 언어적 배열은 시적 긴장감을 유발해 내면서 행간과 의미의 유기적인 연관성을 극대화하기 위한 시적 장치다. 이 시에서 ‘새’가 드러내는 상승 이미지와 ‘물’이 드러내는 하강 이미지 등은 수직 구조를 형성하여 “공중과 지상”이라는 틈입의 원리에 입각한 생명적 공간을 점유하게 된다.

「새다」란 제목에서도 암시하듯이, 인용시는 시적 자아가 ‘공중’과 ‘지상’으로 이분화된 세계에 틈입하고자 하는 의식이 얼마나 강한지를 단적으로 보여준다. 그러나 그것은 틈입자 의식을 통해 드러날 뿐 구체적인 의미로써 표방하지는 않는다. 바로 그러한 점이 그가 드러낸 시의식의 진원지를 가늠해 보는 하나의 척도가 된다. 이 시는 두 번째 문장까지는 ‘공중’과 ‘날개’의 상승 이미지가 ‘지상과 ’발목’으로 제시된 네 번째 문장에 와서는 상승 이미지로 대비되어 “내가 새다”라는 가장 핵심적인 말놀이의 효과를 창출해 낸다. 여기에서 ‘새다’란 말은 일차적으로는 틈입자의 모습인 ‘새(鳥)’로 읽히지만, 이차적으로는 ‘~이 새다’, 즉 ‘누수’라는 새로운 의미로 읽힌다는 점이다.

이와 같은 독법은 바로 그 다음에 이어진 “가슴바닥에 물이 고이더니 먼저 종아리뼈가 잠기다”라는 문장에서 확인된다. 나아가 시적 자아는 상승(나는 새, 공중)과 하강의 이미지(~이 새다, 지상)를 통해 지상적 한계 상황에 직면한 ‘나’(자아)와 천상의 존재로 표상된다. 나아가 시적 자아는 ‘새’ 사이에 “비 내리는” 상황을 드러낼 정도로까지 공간에 대한 틈입의 현상을 전경화한다. 이러한 열망은 시적 자아로 하여금 생명을 지닌 역동적 힘으로서의 ‘사이’를 인식한 결과로 여겨진다. 그러한 점이 「새떼를 베끼다」에서는 서로를 관통하는 ‘공중’의 역동적인 이미지를 실현하고 있어 관심을 환기한다.

새떼가 오가는 철이라고 쓴다. 새떼 하나는 날아오고 새떼 하나는 날아
간다고, 거기가 공중이다, 라고 쓴다

두 새떼가 마주보고 날아서, 곧장 맞부닥뜨려서, 부리를, 이마를, 가슴
뼈를, 죽지를, 부딪친다고 쓴다

맞부딪친 새들끼리 관통해서, 새가 새에게 뚫린다고 쓴다

새떼는 새떼끼리 관통한다고 쓴다 이미 뚫고 나갔다고, 날아가는 새떼
끼리는 서로 돌아다본다고 쓴다

새도 새떼도 고스란하다고, 구멍 난 새 한 마리 없고, 살점 하나, 잔뼈 한
조각, 날갯깃 한 개, 떨어지지 않았다고 쓴다

공중에서는 새의 몸이 빈다고, 새떼도 큰 몸이 빈다고, 빈 몸들끼리 뚫
렸다고, 그러므로 空中이다, 라고 쓴다

─「새떼를 베끼다」 전문

상기 인용시는 내용적으로는 서정시의 정석인 투사의 기법을 활용
하면서도 형식적인 측면에서는 단정적 언술을 회피하는 방식을 취하
고 있어 주목된다. 시적 자아는 '새떼'가 "날아가고" "날아오는" 대립적
인 상황을 '공중'의 이미지로 수렴하면서 "두 새떼가 마주보고 날아서,
곧장 맞부닥뜨려서, 부리를, 이마를, 가슴뼈를, 죽지를, 부딪친다"는 정
황으로 확대해 나간다. 이 '새떼'는 "맞부딪친 새들끼리 관통해서, 새가
새에게 뚫린다"는 충격적인 사건과 맞물리면서 인간사에 상존하는 이
원대립의 세계와 파열하는 의식의 전환에 성공하고 있다.

이 '새떼'는 위선환 시인에게는 고단한 실존적 현실에 대응하는 상징
이미지인 동시에 인간 존재에 대한 근원을 깨닫도록 하는 내적 이미지

이다. 시적 자아는 "두 새떼"의 이미지를 축으로 하여 "오는 새떼"와 "가는 새떼"가 "곧장 맞부닥뜨"리면서 관통하여 뚫리는 낯선 사유를 보여준다. 그러면서도 "구멍 난 새 한 마리 없고, 살점 하나, 잔뼈 한 조각, 날갯짓 한 개, 떨어지지 않"은 채 "고스란"한 것은 시 마지막 행에서 "새의 몸이 빈다고, 새떼도 큰 몸이 빈다"는 전제가 있었기에 가능한 인식이다. 시적 자아가 "빈 몸들끼리 뚫렸다고, 그러므로 空中이다"라고 쓰는 까닭이 바로 여기에 있다.

'새떼'가 기존의 완강한 질서에 틈입하여 이성적 세계의 대립축을 일거에 무너뜨리며 '공중'의 실재를 드러내고 있는 경이로운 순간이다. 위선환 시인의 새롭고도 충격적인 형이상학적 사유는 매너리즘에 빠져 있는 한국 시단의 서정시에서는 좀체로 만나기 어려운 사례로 기억될 것이다. 더구나 앞서 거론했듯이 서정시와는 다소 낯선 어법을 즐겨 사용하는 점도 관심을 끌기에 충분하다. 예를 들면 "~라고 쓴다"라는 방식인데, 이는 기존 서정시의 언표적 강권을 탈피하고자 하는 새로운 고민의 산물이다. 서정시는 "일인칭 주관적 시점으로 읽는 순간 진리가 되는 언술 방식을 취해야 한다"는 밀란 쿤데라의 말에 대한 반발로 추정된다.

이와 같은 방식은 위선환 시인의 사유가 자연 대상을 대리적 표상물로 삼고는 있지만, 지극히 실존적인 토대에 뿌리를 두고 있기 때문에 가능한 어법일 것이다. 그의 시편 중에서는 "~라고 말한다"(「속도가 허물을 벗는다」), "~한 다음 말인데", "~을 말하겠다"(「섬에서 내다보다」), "~라고 말하고 있다"(「중심」), "~이라 한다"(「뻗침에 대하여」) 등에서 종종 산견된다. 이러한 특징적인 어법은 형이상학적 진리를 구현하기 위해 불가피한 작품의 경우에 주로 쓰인다는 점에서 시인의 지적인 의식과 결부된다. 다양한 관점과 각도에 따라 장단점이 야기될 수도 있겠지만, 시인이 깨달은 진리를 불특정다수를 겨냥하기 위한 차원에서 보면 아주 효과적인 기능을 수행하고 있다고 여겨진다.

이와 같이 드러난 다양한 새들의 상징 공간에서처럼 위선환도 새로운 세계로의 개진을 위해 지난한 고통과 좌절의 시간을 겪었던 것이다. 그것은 우주의 원리를 자아의 생명적 근거로 삼은 결과로 드러나는 가동성의 세계다. '새'들이 늘 무한을 위해 솟구쳐 오르듯이, 상상의 날개가 아무리 연약하다 해도 비상의 몽상은 우리에게 한 세계를 열어준다는 점에서 볼 때 위선환 시인은 상상을 통해서 실존적 현실을 벗어나고자 했다. 그가 현실에 틈입하기 위한 방법으로 인식의 커다란 열림, 넓은 열림을 지향했던 것은 그것을 통해서만이 현실의 복원이 가능하다고 믿었기 때문일 것이다.

5. 갈무리

위선환의 시에서 상상력의 근간은 무엇보다도 '나무'와 '물', 그리고 '새'의 상징을 통한 이미지의 현상 방식이라는 사실이다. 그의 대상에 대한 형이상학적 의식을 밝힌다는 것 자체가 이미지가 어떤 지각 방식으로 어떻게 드러내고 있는가가 관건이었기 때문이다. 그는 그 사물들의 위치와 방향, 그리고 의식 상태에 따라 대상을 각기 다르게 인식하여 자신만의 고유한 정신세계의 한 극점에 보여준 시인이다. 특히 그가 형상한 이미지는 시의식을 파악하는 중요한 단초가 된다는 데 의의가 있다.

일차적으로 '나무'를 모티프로 하는 위선환의 시는 시간과 공간에 의한 이원대립 구조가 시적 상상력의 골격을 이루고 있다. '나무'의 속성인 상승 지향성과 '별', '하늘빛' 등이 드러내는 하강 지향성이 맞물려 그의 시는 수직과 수평, 상승과 하강, 천상과 지상의 한계를 통일하는 구조적 토대를 마련한다. 이러한 '나무'의 상상력은 그의 시에서 시공을 직관하는 무의식의 힘으로 작용하여 원형으로의 환원을 시도하는 진리의 모순율을 완성한다.

'물'의 상상력을 기저로 한 위선환 시편들의 이미지는 어둠의 현실 공간을 밝고 부드러운 속성으로 치유하는 시인의 내적인 동력으로 작동한다. 흐름의 상상력인 경우 고단한 현실적 자아의 반성적 자각이 이루어지는 지점이면서 새로운 견성을 예비하는 기능을 수행한다. 이에 비해 정지의 상상력의 경우에는 지상적 실존성에서 벗어나 깊이 침잠하려는 의식의 발현이다. 이와 같이 '물'은 자아에게 에너지를 불어 넣어주는 공간이며, 현실적 세계의 외곽에 있는 절대 공간인 셈이다.

위선환이 자유에 대한 희구로써 드러낸 또 하나의 대상은 '새'였다. 그의 시편에서 '새'의 이미지는 수직 구조를 형성하여 '공중'과 '지상'이라는 틈입의 원리에 입각한 생명적 공간을 점유한다. 그는 '새'의 역동적 이미지를 통해 인간사에 상존하는 이원대립의 세계와 파열하는 의식의 전환에 성공하고 있다. '새'가 기존의 완강한 질서에 틈입하여 이성적 세계의 대립축을 일거에 무너뜨리며 '공중'의 실재를 드러내는 경이로운 순간이다

이상에서 살핀 바와 같이 위선환의 시는 형이상학적 미학을 구현하면서 비루한 현실과 길항하는 지적 의식의 산물이다. 그가 상징적 기제들을 동원하여 지향한 의식은 현실로부터 도피나 퇴행이 아닌 새로운 삶, 새로운 세계를 향한 힘의 분출이란 점에서 인간사의 표층과 심층을 동시에 아우르는 폭과 깊이를 지니고 있다. 그가 선택한 시적 이미지는 개인적 정서의 표출에 그 기저를 두고 있지만, 이를 포괄적으로 결집해 보면 인간사의 현실에 맞서는 외적 응전의 표지로 기능하기 때문이다.

어느 무정부주의자의 실존적 비애미
― 전기철 시인의 심리적 응전 방식

'무정부주의'(아나키즘, anarchism)란 일체의 정치적 권력이나 공공화된 강제의 필요성을 부정하고 개인의 자유를 최상의 가치로 내세우는 사상적 기조를 전제로 한다. 조직화된 정치적 계급투쟁뿐 아니라 일반적으로 국가의 권력기관이나 정치적 조직 등에서 파생하는 규율, 권위를 거부하고 자유와 평등, 정의, 형제애를 실현하고자 하는 유토피아적 이데올로기 운동이다. 국가나 정부 기구는 본질적으로 해악을 끼치기 때문에 인간은 그러한 조직이나 기구의 철폐를 통해 올바르고 조화로운 삶을 지향할 수 있다는 신념이 내재한다. 고대 그리스어인 'an archos', 즉 '주인 없는 배'라는 의미에서 파생한 이 말은 정부나 통치의 부재를 뜻하는 혁명적인 의미로 정착하기에 이른다.

무정부주의자들은 인간이 창안한 법규를 불인하고 재산을 압제의 수단으로 간주하는 까닭에 죄란 사유재산과 권력에 따르는 사회적 산물일 뿐이라고 치부한다. 그들은 만약 인간이 법과 사회 체계의 멍에로부터 벗어나 상호부조의 원리를 실천하게 된다면, 사회성과 타고난 기질의 자유로운 발전에 기인하는 진정한 의미의 정의에 도달할 수 있을 것이라고 단언한다. 무정부주의의 내용은 사상가에 따라 각양각색이지만 주요한 차이는 첫째, 이상사회에서 집단의 권위를 어느 정도 인정할 것인가. 둘째, 사적 소유를 긍정할 것인가, 부정할 것인가. 셋째, 이상사회 실현을 위한 수단으로 폭력을 용인할 것인가, 말 것인가의 세가지 관점에서 발생한다.

영국의 철학자인 고드윈은 사회계약설을 주창하는 학자들을 비판한다. 역사상 사회계약의 실질적 증거가 없다고 주장하는 반면 사회계약론자들은 아주 오래전부터 인간들이 자연 상태를 벗어나기 위해 서로 사회계약을 하였기 때문에 그 뒤에 탄생하는 인간들도 당연히 앞선 인간들이 만든 사회에 소속되어야 하며, 따라서 당연히 사회계약에 동의해야 한다고 말한다. 그러나 고드윈은 비록 오래전의 인간들이 사회계약이라는 것을 했다 해도 후에 태어나는 사람들이 이것을 받아들일 의무는 없다고 주장한다. 그는 사회계약론자들이 말하는 사회계약을 통한 입법이란 가난한 사람에게는 언제나 불리한 것이고, 입법의 정신부터가 비열한 부정이라고 일축한다.

최근 스스로가 무정부주의자라는 사실을 자처하며 발표한 전기철의 신작시 5편에는 모두 아나키즘을 주창하는 사유의 흔적들이 가득하다. 예를 들면 조르쥬 바타이유는 반파시즘을 제창하며『Acephale』을 창간했다는 사실을 전제로 하여 후기산업사회의 자본과 권력, 종교권위 등 근대적 체계에 대한 대반란을 예비한다. "제웅처럼 목이 걸려 있"(「無頭人」)는 근대적 자아의 죽음을 통해 재현되는 현대적 권력의 제도와 전면전을 치르는 화자는 '머리 없는 사람'에 형상의 초점을 맞추고 있다. 그의 시에서 아나키즘은 완강하게 억압의 구조로 체계화된 제도와 싸우다가 목 잘린 경우(중국 신화 속 인물 형천(形天))와 체제의 수뇌부의 목을 자르고 싶은 의식(머리 없는 부처)으로 상징되어 있기도 하다.

　　어린 여자가 내 성기를 만지면서 성기도 나이를 먹네요, 라고 속삭일 때 나는 저렴한 물고기이야, 라고 변명한다.
　　시장에서 죽은 척 누워 있는 고등어를 보고 온 후로 시체놀이를 즐기는 내 성기에게 나는 신의 아흔아홉 번째 이름을 붙여주었다.

　　어린 여자의 입에서 아내 얘기가 나오기도 전에 내가 먼저, 여왕개미는 테라피룸에 있어, 하다가 다시, 어느 제품으로 바꿔 끼어야 할까, 나조차 대담해지면
　　어린 여자는, 시체 가방 보셨어요. 자크는 잘 열리지 않고 썩은 내는 진동하죠. 영양제를 너무 먹으면 중력을 배반할 수 없어요.

　　어둠 속에서 잃어버린 쪽지 하나 둥둥 떠다니데
　　아흔아홉 번째 이름이 울음소리도 내지 못하고 쪼그리고 있는
　　처연한 광경 속에서
　　불쑥, 나는 무정부주의자야, 라고 선언해 버린다.

　　어린 여자는 영양제를 너무 먹지 마세요, 몽상은 몸을 상하게 해요. 백 번째 이름을 생각하기 전에 자지러지고 말 거예요.

　　신에게 기도하지도 않고 영양제만 먹고 자란 인형은 시체놀이에 재미를 붙였다.
　　몽상을 즐기는 바람의 시체 가방을 닫는 자크 소리가 들린다.
　　　　　　　　　　　　　　　　　　　　　　　　─「신(神)의 아흔아홉 번째 이름」 전문

전기철의 인용시는 영국의 경험론 철학자 베이컨이 주창한 첫 번째 분류법인 '동굴우상', 즉 선입견적인 편견이나 망상을 우상이라 보는 특질과 상통한다. 여기서 동굴우상이란 자신만의 동굴 속에 틀어박혀 옳다고 고집하는 취미, 성격, 환경의 영향으로 인한 편견을 의미하는데, '무정부주의자'의 속성인 '몽상'과 동일하다. 아나키즘 사상은 근대적 산물이자 근대성을 넘으려 하는 정신으로서 근대 자본주의 발달과 인간 이성의 믿음에 바탕을 둔 이념이다. 근대 자연권 사상과 서구 휴머니즘 전통 및 유토피아 전통과 맞물려 생성된 것이라는 점에서 근대적 사유의 결과물인 셈이다. 아나키즘이 완전한 터전을 닦은 것은 19세기 후반 과학 부흥 이후의 일이고, 아나키즘은 자연과학의 귀납·연역 방법에 의하여 얻어진 종합을 인간의 여러 가지 제도의 평가에 적용하려는 일종의 기도(企圖)였다.

러시아 혁명가 크로포트킨의 말에 의하면, 무정부주의란 인간 사회의 각 단위에 대하여 최대량의 행복을 확보하기 위하여 자유, 평등, 우애의 정신을 지향하려는 인류의 청사진과 다를 바 없다. 따라서 인용시의 화자도 자본주의적 욕망을 상징하는 '성기'를 "저렴한 물고기"로 치환하면서 "누워 있는 고등어"와 동일화하는 전략을 수립한다. 생명의 원형을 대체하는 "어린 여자"에 의해 "성기도 나이를 먹네요"라는 불행한 근대적 비전을 추출해 내는 과정을 선보인다. 아나키즘이 자연과학의 권위에 의존해서 대자연과 인간의 본성을 규명하는 근대성의 바탕 위에 존재한다는 사실도 확인된다. "영양제를 너무 먹으면 중력을 배반할 수 없어요"라는 진술에서도 '중력'이란 도구주의적인 과학을 의미하는 의식의 차원이 아니다. 화자가 문명이 주는 공포와 과중한 억압의 공포로부터 인간을 해방하는 '몽상'의 허구적인 측면을 강조하기 위해 차용한 시어로 유추된다.

시의 화자가 "신에게 기도하지도 않고 영양제만 먹고 자란 인형은 시체놀이에 재미를 붙였다"고 말한 저의에는 자본주의적 문명에 물화된 인간의 마지막 존재 형식에 관한 비극적 의식이 깔려 있다. '성기'에게조차 이름을 붙이고 "무슨 제품으로 빠꿔 끼울까"를 고민하는 욕망의 형식은 현대문학의 종언과 다르지 않은 언명이다. 성경에서 차용한 불특정다수를 지칭하는 양의 이미지, 즉 "아흔아홉 번째 이름"이 "울음소리도 내지 못하고 쪼그리고 있는 / 처연한 광경 속에서 / 불쑥, 나는 무정부주의자야, 라고 선언해 버"리는 데는 실존성을 박탈당한 현대인의 비애감이 겹쳐진다. 다수를 부정하고 소수자에 의해 권력화된 현대사회의 권력구조와 긴밀하게 연루되면서도 "몽상을 즐기는 바람의 시체 가방을 닫는 자크 소리가 들"리는 것은 아나키스트들의 전망부재라는 현존 의식과 필연적으로 결부된다.

배우 옥소리가 간통으로 고소를 당했다. 나는 도쿄로 도망쳐야 한다고 생각했다.

이웃집 형은 직장을 잃고 개 사냥꾼으로 나섰고 친구 동생은 서른 살이 넘었는데도 장난감이나 들고 다니며 공원에서 하루를 보내고 왔다.

우리 동네 풍경은 더 이상 숨 쉴 곳이 없어 새들도 아침이면 와서 울지 않는다. 나는 도쿄로 도망 갈 날짜만을 달력에다 계속 바꿔 단다.

오늘은 선배를 따라 한강으로 갈 생각이다. 선배는 또 다른 세상을 찾을 수 있을 것 같다며 눈이 휘둥그레질 돌을 발에 묶고 강바닥으로 내려간단다.

나는 곧 도쿄로 가야 한다고 변명한다.

아침이면 해는 샛노랗게 떠오르고 담쟁이가 우울한 한 밤을 풀어헤치기라도 하려는 듯 담장에서 고개를 살랑거리지만

개를 한 마리도 잡지 못한 형이 정육점으로 기름 덩어리를 얻으러 가는 소리가 또 다시 들리고

친구 동생이 골목에서 장난감을 굴리는 소리가 하루를 두드린다.

나이가 들었는데도 앳된 옥소리는 카랑카랑하다. 나는 다음 주에는 꼭 도쿄로 도망치리라 다짐하면서

선배가 돌멩이를 발에 묶고 강바닥으로 내려가서 올라올 수 있을지 아니면 새로운 세상을 찾을지 궁금해서 창문을 소리 나게 열어본다.

하늘은 금세라도 무슨 말을 뱉을 듯하다.

—「샤도우 문」 전문

상기 인용시는 베이컨이 두 번째로 구분한 '극장우상'이란 용어의 맥락과 서로 밀착되면서 배반하는 모순된 국면을 보여준다. 극장우상이란 말이 무대 위에서 조명 받는 배우의 연기를 현실로 받아들이는 것처럼 전통 역사 권위를 무비판적으로 믿는 편견과는 상대적 관점을 유지하면서 작동한다. "배우 옥소리가 간통으로 고소를 당"한 사건에서 야기된 화자의 서사는 무정부주의에서 주장하는 사회계약론과 법에 대한 터무니없는 맹점을 짚어낸다. '간통죄'에 대한 혐의는 현대 법치사회에서 공공연한 진실로 받아들인다. 하지만 개인의 자유를 소중히 생각하는 무정부주의 사상은 인종이나 계급, 또는 성이나 국적으로 차별받고 여러 가지 권력집단에게 희생당하는 사람들이 지구상에 아직도 존재한다는 것에 착안한다면 우리 세계를 다시금 환기하게 하는 데 큰 의의를 지닌다.

법가에서는 인간에게 이기심이 있기 때문에 인간 사회를 조정하기 위해서는 반드시 법이라는 제도적 장치가 필요하다고 역설한다. 그러나 사람들은 '간통죄'가 윤리적인 측면에서는 공공연하게 옳다고 인정하면서도 개인의 자유를 억압하는 부정적인 측면이 있다는 묵계까지 용인한다. 이러한 이유로 진나라가 스스로의 결함으로 무너지는 사태까지 봉착한 예를 든다면, 과연 인간은 법가의 주장처럼 법이 있어야만 존재할 수 있는 존재일까? 아니면 무정부주의자들의 주장처럼 법이라

는 제도로 인간을 조정하는 것은 인간의 자유를 침해하는 악덕일까에 대해 인용시는 의문점을 제기한다. 나이가 들었는데도 불구하고 카랑카랑하고도 앳된 목소리로 당당하게 등장한 '옥소리의 간통'과 화자인 '나의 간통'을 동일시하는 데는 화자가 무정부주의자를 선언한 동기와 긴밀한 역학 관계를 맺는다.

인용시에 등장하는 '이웃집 형'은 직장을 잃고 개 사냥꾼으로 나섰고 '친구 동생'은 서른이 넘었는데도 장난감이나 들고 다니는 비루하고도 지리멸렬한 일상을 사는 소시민들이다. 크로포트킨은 정치·군사적인 권력으로서의 국가 및 근대정부의 사법과 교회 및 자본주의를 인민에 대한 지배 권력과 빈민의 착취를 각자가 보장하기 위한 제도로써 파악하고 이를 부정한다. 시의 화자 또한 "동네 풍경은 더 이상 숨 쉴 곳이 없어 새들도 아침이면 와서 울지 않는다"고 말할 정도로 현대의 법 체제에 대한 환멸 의식을 드러낸다. 따라서 '옥소리'와 동일화된 화자는 "도쿄로 도망 갈 날짜만을 달력에다 계속 바꿔 단"다. 이와 마찬가지로 화자의 '선배'는 "또 다른 세상"(무정부주의)을 찾기 위한 방편으로 "돌을 발에 묶고 강바닥으로 내려간"다고 말할 정도로 도착적 의식을 노정하는 실재의 국면을 생생하게 초점화하고 있다.

나는 절대 기도하지 않기로 마음먹었다. 6월 33일이었다. 갈릴레이가 '권위의 지혜'에 못 이겨 거짓 맹세를 하는 날이었다.

골목에서 사람들은 돈지갑 속 돈을 세고 있었고 잘 훈련된 개들은 어슬렁거리며 아무데서나 불쑥불쑥 눈을 흘겼다.

나는 마을을 둘러싸고 있는 거울을 건너 세상의 끝으로 가려고 용을 썼다. 어머니는 귀신이 들렸다며 촛불을 거울 위에 무수히 켜 놓고 내 사지를 철사로 묶어 못질을 했다.

그래도 나는 기도하지 않았다. 그날은 갈릴레이가 더러운 맹세를 반복하는 6월 33일이었다.

세상에 너무 일찍 나온 것인가. 내 영혼이 어머니 몰래 거리를 어슬렁거렸고 개들의 눈은 벌겋게 달아올라 있었다.

또 하나의 촛불인 양 영혼이 훌쩍이며 거울가를 맴돈다. 세상의 끝에서 자라는 식물이 거울 너머에서 손짓을 한다.

나는 정말 귀신들린 것처럼 방언을 중얼거리며 권위의 지혜에 항변한다. 어머니는 개 짖는 소리 사이로 못 하나를 더 박아 놓는다.

육신을 찾지 못한 내 영혼은 까무러치며 거울가를 내내 배회한다.

—「스토커」 전문

시인이 주장하는 아나키즘이 상기 인용시에서는 베이컨의 세 번째 분류법인 '종족우상'과 동일하다. 시의 화자는 모든 사물을 있는 그대로 보지 않고 맹목적인 습관, 감정, 신앙에서 오는 편견을 거부하는 의식을 조명한다. 크로포트킨은 건전한 이성에 바탕을 둔 무정부주의적 관점에서 종교적 권위와 과학의 방법으로 자본주의적 착취의 부당함을 설명하려 했다. 그는 궁극적으로 이성과 과학의 발달로 인간사의 진보가 가능하다 믿었기 때문이다. 이러한 관점은 전기철 시인이 직시하는 방법론과 동일한 맥락을 형성하는데, 그가 과학과 이성을 강조한 이면에는 당시의 형이상학적 철학에 대한 비판 의식이 자리 잡고 있었던 것이다. 단일국가 형성은 근대성의 특징 중 하나인데 이것의 부정은 곧 근대성의 부정을 의미한다. 크로포트킨이 자연과학적 태도로 제도와 권력의 모순점을 갈파한다면 전기철 시인은 자기 체험 서사라는 감성적 태도로써 인간들을 억압하는 부당한 권위와 권력에 대항하고 있는 셈이다.

인용시의 화자가 "절대 기도하지 않기로 마음먹"은 날은 "6월 33일"이었는데, 이는 '갈릴레이'가 "'권위의 지혜'에 못 이겨 거짓 맹세를 하는 날"과 일치한다. 여기에서의 '33'이란 숫자는 현실에서는 부재하는 예수가 십자가에 못 박혀 죽은 나이와 일치한다. 따라서 화자는 흉흉한 마을을 둘러싸고 있는 "거울"을 건너 "세상의 끝"으로 가려고 용을 쓴다. 화자는 '어머니'가 "귀신이 들렸다며 촛불을 거울 위에 무수히 켜놓고 내 사지를 철사로 묶어 못질을 했다"는 정황을 제시한다. 여기서의 '못질'은 십자가에 박힌 예수의 모습과 국가의 체제와 근엄한 권력과 권위에 못 박힌 화자가 겹쳐지는 부분이다. 따라서 화자는 "방언을 중얼거리며 권위의 지혜"에 항변하지만, '어머니'는 "개 짖는 소리 사이로 못 하나를 더 박아 놓는"다. 여기에는 시인의 무정부주의는 타락한 종교의 권위가 인류의 가장 무서운 적이라는 전제가 깔려 있다. 인간의 관념을 좌지우지하며 지속적으로 야기되는 관념의 집산지가 다름 아닌 바로 종교라는 제도이기 때문이다. 결국 "육신을 찾지 못한 내 영혼은 까무러치며 거울가를 내내 배회한다"며 무정부주의의 당위성을 토로하는 고투의 과정만을 예각적으로 보여줄 뿐이다.

이와 같은 아나키즘의 이론의 근거는 첫째, 인간은 원래 선한 존재이나, 인위적인 법, 관습, 권력에 의해 타락한 것이다. 둘째, 인간은 본래의 자연 본능대로 무리를 짓고 살아가는 것이 가장 좋으며, 강제적으로 집단을 이루고 법으로 인민을 통제하는 국가는 해체되어 마땅한 존재이다. 셋째, 인간이 타락하는 가장 큰 이유는 사유재산 때문이다. 따라서 사유재산과 같이 개인의 욕망이 더해질 수 있는 요소는 제거해야 한다. 넷째, 이러한 사회 억압적 요소를 제거하기 위해서는 혁명이 필요한데, 이 혁명은 조직적으로 이루어지는 것보다는 민중들에 의해 자연스레 일어나야 한다. 다섯째, 산업과 같은 기계 중심 문화보다 인간이 우선되는 인간 중심 문화가 이루어져야 한다는 대명제를 제시한다.

시인 스스로 무정부주의자라고 힘주어 말하는 전기철의 신작 시편들은 그간 중시했던 함축적 은유나 상징, 알레고리의 형태를 벗어나 전면적인 서사 구조를 바탕으로 이루어진다. 그가 서사를 차용한 이면에는 타락한 권력과 교조적 권위, 파시즘적 체계 등은 인류의 가장 무서운 적이라고 부정하기 위한 일환으로 판단된다. 그는 "청색 얼굴의 잔인한 밀고자의 본능"(「악어들의 수다」)으로 지속적으로 가해지는 불평등과 폭력이 횡행하는 인간사회의 부조리한 상황에 대해 폭로한다. 그것은 화자가 권위의 힘으로 소급된 '아버지'가 저지른 일, 즉 "일기장에도 적을 수 없을 정도로 소름끼치도록 비밀스런 무늬들"(앞의 시)을 목도했기 때문이다. 그는 고드윈과 마찬가지로 이 세상에 존재하는 어느 누구도 사회계약에 서명한 적이 없다는 사실을 시로써 방증하고 있는 셈이다. 고드윈도 그의 저서 말미에서 다음과 같은 경구를 제시한다. "어떤 경우에도 한 인간이 지상의 어떤 다른 인간, 또는 어떤 인간의 무리에 복종할 의무는 없다는 것보다 더 단순한 진리는 있을 수 없다"고 무정부주의의 존립 기반을 제시하는 까닭을 다시금 고구해볼 필요성이 제기되는 시점이다.

엄격한 자유인의 초상
─ 김영석 시인의 시적 편력을 찾아서

김영석 시인의 생과 시를 펼쳐보면, 아주 자연스럽게 '자유인', '엄격성', '따뜻함', '악동', '도인', '천재성', '새로움' 등의 이미지가 겹쳐지며 넘나든다. 그만큼 그는 일상의 삶을 주유할 땐 거리낄 것 없이 자유자재롭지만, 글에 대해서는 가히 병적이라 여겨질 정도로 엄격하게 응축되어 있다. 하지만 인간적인 측면에서는 다정다감하고 아주 감성적인 내면의 무늬를 지닌 따뜻한 사람이다. 술자리에서는 그가 지니고 있는 끼와 만화경적 상상력, 서늘한 비판의 칼날로 좌중을 압도하는 악동이자 주역에 관통하여 도에 이른 사상가이기도 하다.

나아가 동양 사상에 관통한 까닭이겠지만, 서양 이론가들의 책도 한두 권 읽고 장점과 단점 한계까지도 한순간에 간파해 내는 천재성과 책을 상자할 때마다 누구도 가 닿지 못한 새로운 길을 개척하는 도발적인 상상력의 소유자이기도 하다. 그에 관한 수사는 아주 이질적인 단어들의 병치에서도 느껴지듯이, 그야말로 다양하면서도 굴곡진 스펙트럼을 형성하고 있다. 따라서 그의 삶과 문학은 정진규 시인이 평가한 바대로 '무섭다'란 한 단어로 집약해 볼 밖에 별다른 묘안이 떠오르지 않는다.

한마디로 요약할 때 그의 시가 무섭다면, 그것의 이면을 관여하는 말의 진원지를 가늠해보는 절차를 거쳐야 한다. 감히 추측건대 그는 일찍이 고교 시절부터 고독과 폭력에 굴절된 그리 간단치 않은 내면의 삶을 살았던 듯싶다. 이미 청소년 시절부터 질긴 질풍노도와 홍역을 치르는 통과의례의 시기를 누구보다도 엄혹하게 치러낸 것으로 보인다.

1961년 전주고교 2년 시절에 학생들 사이의 폭력사건에 연루되어 도피 생활을 하다가 붙잡혀 전주형무소에 미결수로 입감되기도 한다. 거기서 그는, 교원의 인권과 권익을 보호하기 위한 투쟁을 빌미로 피포된 당시 전주고 은사인 신석정 선생을 상면한다. 그 차디찬 감옥에서 무릎을 꿇고 1주일 간 그분을 모시면서 자신의 내부를 들여다보았으리라. 폭력의 기제를 사이에 둔 사적 가해자와 공적 피해자의 이 운명적인 만남, 이것은 이미 예정된 시인으로서의 길을 튼 숙명적인 표지는 아니었을까?

감옥에서 불기소 출소 후 그는 전북 부안군 마포 앞 바다의 원불교 수양소인 하도에서 이듬해 복학할 때까지 독거 생활에 들어간다. 섬에 기거하는 사람이라곤 스님 한 분과 보살님이라 부르는 할머니와 아주머니, 그리고 밭일을 거두는 젊은 처사 한 분밖에는 없는 곳이었다. 그리하여 그의 생활도 자연히 세차게 몰려드는 자기 고독과 대면하며 내면 성찰로 이어지는 수도자의 길로 접어들게 된다. 문학에 관심을 두기 시작한 것도 바로 이 무렵부터의 일이었다고 그는 술회한다.

그로부터 8년 뒤, 경희대 문과대학 국문과를 졸업한 이듬해에 그는 동아일보 신춘문예를 통하여 시「放火」로 데뷔하게 되는데, 그때 그의 시를 적극 밀었던 김현승과 처음 인연을 맺게 된다. 그리고 다시 한 번 그는, 1974년 한국일보 신춘문예에 각기 두 사람의 가명으로 「斷食」과 「숯」을 동시에 응모하여 본인의 작품끼리 최종심에서 겨루는 헤프닝을 자아낸다.

　결국 「숯」을 밀었던 서정주가 양보하여 최종적으로 「斷食」이 당선의 영예를 차지하는데, 이 당선작을 밀었던 사람이 바로 김현승이었기에 다시 한번 기이한 인연의 굴레를 체감한다. 그 뒤에 다시 『월간문학』(1981)에 평론 「도덕의식의 사물화」가 당선되어 본격적인 비평가로서의 절차도 밟는다. 그런데 그 작품론 대상 시인이 바로 다형 김현승이었으니, 이는 아무래도 운명적 기연이라 거명할 밖에 다른 방도가 없다.

죽음 곁에서 물을 마신다
잠든 세상의 끝
마른 땅 위에
全身의 어둠을 쓰러뜨리고
無垢한 물을 마신다

너희들의 빵을 들지 않고
너희들의 옷을 입지 않고
너희들의 허망한 불빛에 눈 뜨지 않고
주춧돌만 남은 자리
다 버린 뼈로 지켜 서서
피와 살을 말리고
그러나 끝내
빈 손이 쥐는 뿌리의 藥

바람이 분다
無垢한 물도 마르고

씨앗처럼
소금만 하얗게 남는다

―「斷食」 전문

　이 시는 신춘문예 본심 대상 작품 중에서 "시적 박력과 간결과 정선에 있어 이론의 여지없이 단연 뛰어났다"는 김현승의 평가에서도 알 수 있듯이, 아주 의지적인 정신의 핵(核)만을 하얗게 드러내고 있어 소름이 끼칠 정도다. 무거운 소재 자체에 짓눌리지 않고 아주 상징적으로 독자를 압도하면서 강렬한 시적 형상을 구축해 내고 있다. 이렇게 지나치게 짧은 단시가 신춘문예에 당선을 한 것도, 당시에는 화려한 수사와 장광의 포즈를 취한 상투적인 신춘문예류의 관념을 깬 최초의 사건으로 회자되기도 했다.

　경희대 대학원에서 박사 학위를 취득하고 배재대 교수로 부임한 뒤 등단 23년 만에 상재한 그의 처녀 시집 『썩지 않는 슬픔』(창작과비평사, 1992)에는 역설적인 감옥의 이미지가 주류를 형성한다. 이 시집은 '무섭다'는 시단의 평가처럼 그로테스크한 상상력으로 누구도 범접할 수 없는 언어의 진경과, 누구나 기억할 만한 새로운 의식의 지평을 열어 보여주고 있다. 고교 시절에 겪은 굴절 과정의 파장에서였는지 그는, 수십여 년 동안 각고의 창작 과정을 겪은 어느 시인도 쉽게 추출할 수 없는 사리와도 같은 시정신의 결정(結晶)을 전취한다.

　그의 시는 "가볍게 분노하거나 서투르게 절규하지 않"고 "강인한 시정신으로 읽는 자를 압도"(김현, 「극기와 훈련」 부분)한다. 너무도 젊은 나이에 그는 절제의 미학을 구현했다는 사실이다. 정호승도 그의 시를 읽으면 마치 "사리(舍利)를 보거나 만지는 것 같다"고 비유할 만큼 그의 시는 "정련된 시정신의 결정체로만 이루어진 시"였던 셈이다.

가슴 깊이
별을 지닌 사람들은
모두 감옥에 갇힌다
별 향한 창틀 하나 달린
감옥 속에

—「감옥」 부분

무기수들이 창을 닦는다
탈옥을 꿈꾸며 창을 닦는다
밤하늘 잔별만큼이나 많은
이 세상 낱말의 수만큼 많은
창문을 하나씩 붙들고
오늘도 무기수들이 창을 내다본다

—「창」 부분

그의 시에서 특징적인 '감옥'의 이미지는 여타의 시와는 다르게 대부분 '별'과 짝을 이루면서 비약적인 개인상징으로 등장한다. 감옥이라는 내적 억압에서 별이라는 외적 자유의 이미지로 나아가는 것이 아니라 그의 시적 화자는 오히려 이 비정한 실존 조건의 양 극단을 가감 없이 보여주려는 데 초점이 있다. 아이러니하게도 "가슴 깊이 / 별을 지닌 사람들"만이 갇히는 감옥과 탈옥을 꿈꾸는 무기수들이 "밤하늘 잔별만큼이나 많"은 "창문을 하나씩 붙"든 채 가는 인생이란 기실 얼마나 비정하고 참혹한 운명의 형식인가. 여기서 비장미를 전경화한 그의 강인한 시정신이 어떤 현실에서 배태되었는가에 대한 그 일단을 엿볼 수 있다.

그가 사는 세계에서 그의 몸은 "이미 거덜난지 오래지만 / 아직도 튼튼한 이빨 하나로 / 겨우 버티고 있는 그가 / 이빨은 소용없으니 세우지 말라고 / 조용조용히 일러주는 / 물렁물렁한 두부를 / 고개 수그리고 묵

묵히 먹"(「이빨」부분)는 깨달음이 환기하는 세계, 이 한 컷의 장면에서 자발적이고도 적극적인 자기방어기제마저도 무력한 세계의 냉혹함과 비정함을 그는 이미 고교 시절에 몸소 체득했던 것을 확인할 수 있다. 남진우의 평가에서도 알 수 있듯이, 그는 이미 젊은 나이에 "세월의 장벽을 뛰어넘어 일찌감치 출발의 순간부터 완숙한 기량을 선보이는 시인"(남진우, 「별과 감옥의 상상세계」 부분)이었던 것이다.

한 걸음 더 나아가 그는 여기에서 머무르지 않고 「두 개의 하늘」, 「지리산에서」, 「독백」, 「마음아, 너는 거름이 되어」 등에서 원고지 20~30매 내외의 형이상학적인 이야기 구조와 시를 결합하여 드러낸 독특한 시 형식을 조심스럽게 선보이며 두 번째 시집의 궤적을 가늠해 보게 한다. 그의 사유의 크기와 넓이를 감안할 때, 기존의 형식으로써는 담아낼 수 없는 곤혹스러움에 의한 자연스런 귀결로서 새로운 세계를 향한 가열한 행보라 여겨진다. 그리고 이러한 글의 형식은 어느 글에서 밝힌 것이 아니라 사담하는 자리에서 '사설시(辭說詩)'라 명명한다고 들은 적이 있는데, 두 번째 시집 『나는 거기에 없었다』(시와시학사, 1999)에서는 이 원고 분량도 30~120매 내외로 확대된 사설시의 양식이 본격화되기 시작한다.

현행 시단에서 시와 소설이 결합된 양식이라 하여 '시설(詩說)'이라고 부르기도 하는데, 그것은 비로소 2000년도 중반에 들어서야 개진된 일이다. 90년대 초에 시발된 그의 작업은, 불행하게도 문학사적으로 볼 때 최초의 시도이면서도 그 평가를 정확하게 받고 있지 못하는 실정이다. 그의 사설시는 기존의 시를 극대화하기 위한 장치의 하나로서 삼국유사의 향가나 고려가요, 서사무가 등은 물론 가장 오래된 문헌인 수메르 신화나 전설에서 그 모티프를 얻어낸 것으로 짐작된다.

그의 시세계가 폭이 넓은 점을 감안해볼 때, 이야기와 시가가 통합된 양식의 구축이 무엇보다도 그에게는 급선무였을 것이다. 자신의 시세계를 자유롭게 펼칠 만한 구조를 이미 그 시절에 섭수하고 실행에 옮겼던 것이다. 그러나 월간 『현대시』에서 다룬 '시설 특집'에서는 시설의 구조에 감히 근접도 못한 어느 시인의 산문시가 시설이라고 거명되는 촌극을 연출하기도 한다. 그러면서도 정작 김영석의 '사설시'는 거론조차 하지 않고 있으니, 개인사적으로나 우리 시단의 차원에서 볼 때에도 지극히 불행한 일이다.

그는 "저 광대한 허공을 내다보는 것은 / 내 속의 허공을 들여다보는 일"(「알껍질」 부분)이라고 말하면서 "바람도 흔들지 못하는 / 극지의 고요"(「극지(極地)」 부분)를 찾아 누구도 넘볼 수 없는 자신만의 "거대한 적멸의 집"(「바람의 뼈」 부분)을 짓고 있었던 것이다. 그가 세상의 어떤 시류와 시단의 흐름에도 무감하고 초연했던 만큼 고전 전통시가의 전거를 고도의 형이상학적 상징 이미지로 끌어올리는 개가를 올린다. 따라서 그의 사설시는 염결의 정신에서 출발하여 고독한 자기 갱신의 몸부림으로 구획된 아무도 쉽게 흉내낼 수 없는 자신만의 고유한 양식인 셈이다.

애초에 거울이 없었다면 나는 <나>를 알 수도 없고 볼 수도 없었으리라. 알 수도 없고 볼 수도 없는 것은 존재하지 않는 것이나 마찬가지다. 그렇다면 거울을 보기 전에는 <내>가 존재하지 않았다는 말인가. 꼭 그렇다고만은 말할 수 없을 것 같다. 거울을 통해서 <나>를 분명히 보고 알 수 있을 때까지 <나>는 일테면 미문되어 혼농한 손재 가능성으로 남아 있었다고 해야 옳을 것 같다. 그러니까 그 존재 가능성은 부재와 존재의 경계에서 아지랑이처럼 파동치고 있는 것이다. 그 파동은 부단히 부재의 영역으로 잠기기도 하고 존재의 영역으로 솟아오르기도 한다. 즉 파동은 존재와 부재가 서로 마주보면서 한없이 은밀하게 주고받음의 관계를 지속하고 있는 모습이라 할 것이다. 거울은 바로 존재와 부재가 맞닿아 있는 경계

에 있으면서 그 주고받음의 생성 관계를 드러내고 맺어주는 것이리라. 거
울을 바라볼 때 그래서 비로소 거울 속의 <나>를 볼 수 있을 때 그 혼몽
한 존재 가능성은 존재의 영역으로 현상되어 나온다. 따라서 거울 속의
<나>를 보기 전에 나는 나를 알 수가 없을 뿐더러 <나>는 존재하지 않
는다. 그러니까 내가 있은 다음에 <거울 속의 나>가 있는 게 아니라 <거
울 속의 나>가 먼저 있고 나서야 그것을 바라보는 <나>가 파생한다.

―「거울 속 모래나라」 부분

무작위적으로 뽑아놓은 이 사설시의 단락에서도 볼 수 있듯이, 시인
은 '존재론적 형이상학'이라 불릴 만한 세계에 깊이 천착해 있다. '나'와
타자, 자아와 세계, 존재와 언어의 분열과 대립, 존재의 이면과 실체를
궁구하는 시인의 인식이 '거울'이라는 이미지를 통해 모호한 세계의 모
습이 실상의 몸으로 현상되고 있다. 이 시집의 서문에서 시인은 시 쓰
기를 "말과 사물이 미묘하게 어긋난 틈으로 들어가는 일"이며 "말의 의
미에만 매달리지 않고 자유롭게 살게 하는 일"이라고 말하면서, "있음
의 없음"의 영역을 정관하는 것이 현대 사회가 대립적으로 구축한 이성
의 의미망으로부터 벗어날 수 있는 유일한 방식이라고 조심스럽게 언
급한다.

이와 같은 인식 위에서 창작된 사설시는 존재와 부재, 그리고 이데아
를 파헤치는 해부학적 사유의 이미지들이 거미줄처럼 얽혀 있어 기존
의 비평적 안목으로는 재단할 수 없는 새로운 해석을 요구한다. 이 사
설시의 마지막 부분에서는 화자가 첨예한 사유의 결과를 통해 거울의
이면을 등지고 거울 밖으로 나와 거울 속에서 만났던 여자를 다시 목도
하는 형이상학적 고뇌만 놓고 보더라도 카프카의 「변신」을 능가하는
위치를 점유한다. 「매사니와 게사니」에서도 '그림자'의 허상이 주체가
되어 '실상'의 세계를 위협하고 전복하는 현상들을 전면화해서 보여주

고 있다. 실체와 허상을 뒤집어 놓는 역발상적인 추론 사유는, 그간 철학에서 개진했던 사유의 틀을 해체해야만 가 닿을 수 있는 새로운 판짜기를 요구한다.

두 번째 시집과 같은 해에 그의 학위 논문이자 필생의 역저인「한국현대시의 생성이론 연구」(1984)가 『道의 시학』(민음사, 1998)이란 제명으로 빛을 보게 된다. 그후 학계의 관심의 대상이 되었다가 품절이 되었는데, 독자들의 구입 문의가 조금씩 늘어가는 추이에 맞추어 다시 증보판을 계획하게 된다. 몇 가지 성글고 매끄럽지 못한 부분들을 수정·보완하여『새로운 道의 시학(증보판)』(국학자료원, 2006)으로 거듭나게 된 것이다. 이 책의 서문에서 그는 "무엇에 대하여 내가 쓴 것이라기보다 정체를 알 수 없는 거대한 그 무엇과 운명적으로 맞닥뜨려 싸우면서 얻은 내 상처의 기록"이라고 밝히고 있다.

시 창작에만 뜻을 두고 있다가 뒤늦게 학문의 길에 들어선 그의 곤혹스런 회의는, 선학들이 바로 우리의 논리를 정립하지 못했다는 철저한 자각에서 비롯된다. 그는 그간 우리 학계가 관행적으로 서구 이론을 무차별적으로 수용·적용하는 과정에서 빚어진 문맥의 간극을 감지하기에 이른다. 이러한 차이는 자신이나 저자의 우둔함과 미욱함이 아닌 문학적 전통과 토양의 차이 때문이란 사실을 그는 몸소 체득했던 것이다. 따라서 그는 정체불명인 미지의 대상과 싸우면서 "한국적 보편성으로 서구적 보편성을 포괄"할 수 있는 새로운 문학이론을 정립해야 하는 난제에 스스로 봉착한다.

마침내 그는 이미 20여 년 전에 역경(易經)을 근간으로 도(道), 태극, 역리, 음양오행 등의 원리를 이론적인 토대와 분석의 틀까지 만들어 서구의 문학 방법론과 대비하면서 현대시를 조명하는 전대미문의 파격적인 학위 논문을 발표하게 된다. 처음 이 논문이 발표되었을 때, 이 논문의 심사위원 중 한 사람이었던 정한모의 난감한 충격에 저촉된 에피소드를 여기에 그대로 옮겨본다.

> 김 선생, 솔직히 말하면 나는 이 글을 읽기도 전에 목차에 나오는 '도 태극 음양오행' 등의 용어를 보고, 참 별 미친놈도 다 있구나, 하고 생각하면서 그만 덮어버렸습니다. 그런데 며칠 뒤 논문을 읽어보다가 시를 분석하면서 전개하는 논리가 아주 합당할 뿐만 아니라 참신하다는 생각을 여러 번 하면서 끝까지 읽을 수 있었습니다. 미개지를 개척하는 큰 일을 해냈습니다.
>
> ─『새로운 道의 시학』'서문' 부분

그가 증보판 서문에서 밝힌 이와 같은 정한모의 충격적인 발언과 고무적인 격려의 메시지를 상기할 때, 그때는 공부가 얕든 깊든 아무도 밟아보지 못했던 미개지를 질러간 그의 모습이 타성에 젖은 학계에 실로 소중한 귀감으로 작용한 듯하다. 오늘날 논문에서나 평문에서 동양 사상의 여러 개념들이 자연스럽게 학제 간의 벽을 허물며 동서 철학을 하나로 아우르려는 여러 논의들이 개진되고 있는 것은 그의 선구적인 발자취가 있었기에 가능했을 것이다. 그러나 근자에 이르도록 국문학계보다 철학계에서 오히려 본격적인 연구 성과가 나오고 있으니 실로 안타까운 일이다.

그후 그는 이례적으로 불과 4년 만에『모든 돌은 한때 새였다』(시와 시학사, 2003)라는 세 번째 시집을 세상에 내놓는다. 여기에서도 그의 도발적인 상상력과 세계의 통념을 조롱하며 뒤집는 기인의 기질이 유감없이 발현된다. 시집의 첫 장을 펼치면, 독자들은 관념의 벽이 깨지며 사상 초유로 여겨질 만한 80매 분량의 저자 '서문'과 직면하게 된다. 「세설암을 찾아서」라는 제목이 달린 이 서문은 사설시의 형식을 갖추고 있는데, 유의할 사항은 글에 찔리지 않도록 독자들은 어떤 형태로든 미적 거리를 유지해야 한다는 점이다.

누구나 익히 알고 있듯이, 서문 형식이라면 자신이 직접 체험한 것이나 자신의 세계관, 그리고 여타의 창작 과정의 소회를 진실하게 밝히는 것으로 되어 있으나, 여기에서 그것을 적용해서는 낭패를 보기 십상이다. 100퍼센트 허구로 이루어져 있으며, 실재하는 지명(경북 상주군 화남면 동관리 절골)이 나오기는 하지만, 그 서문의 세설대사의 전설도 그 지방에 떠도는 가설항담이 아니라 시인이 오롯이 꾸며낸 허구였다는 사실이다. 그 글을 읽은 몇몇 고전문학자들은 그 이야기를 채록하기 위해 직접 현지까지 방문했다니 이 얼마나 유쾌한 예술적 농락인가.

필자도 그런 사실을 스승인 시인에게 직접 귀동냥하고 나서는 둔기에 뒤통수를 맞은 듯 한동안 멍한 느낌이었다. 나아가 세설대사가 지었다는 게송도 정작 본인이 직접 창작했다는 말인데, 이 노래는 기존의 선시풍을 뒤집는 인식론적 전환을 야기한다. 서문 형식으로 쓴 「세설암을 찾아서」에 나오는 이 게송에는, 어처구니없게도 자신이 번역했다는 각주도 붙어 있다. 그 게송의 전문을 옮겨보면 다음과 같다.

온갖 이름과 모양을 따라
늘 새로 태어나는 마음의 거울이여

거울도 거울 속 세상도
다 같이 고요의 결인 것을

만 가지 흐름을 따라
꽃 피는 걸 보건마는

처음부터 고요는 볼 수 없나니
어드메 그꽃 찾아볼 수 있으리

그는 본문에서 이 게송의 기구와 승구는 "다른 선사들의 게송에서 흔히 볼 수 있는 발상과 표현"이지만, 전구와 결구는 "흔히 볼 수 없는 멋들어진 표현"이라고 감탄하면서 "깨달음의 미묘한 향기를 숨결 따라 느끼게 해 주는 그런 것"이라고 서술한다. 이 같은 인식은 최근에 발간된 제4시집 『외눈이 마을 그 짐승』(문학동네, 2007)의 3부에 나오는 관상시(觀象詩)의 영역으로 확장되어 드러난다. 이 시집에는 1, 2부는 전통적인 서정시, 3부는 관상시, 4부는 사설시 등 그간 그가 했던 작업들에다 새로운 관상시의 영역까지 창작의 전 과정이 총체적으로 망라되어 있다.

관상시는 '直觀'의 觀과 '氣象'의 象이 결합된 조어로서 '상을 직관한다'는 뜻인데, 주역(周易)의 방법론이기도 하다. 흔히 주역 철학을 관상 철학이라고도 하며, 이는 동양의 시적 전통과 그 맥락의 궤를 함께 한다. 동양 선인들은 시를 평가할 때 긍정적인 차원에서는 '기상(氣象)이 늠연하다'고 하지만, 부정적으로 평가할 때는 '기상이 보이지 않는다'고 한 데서도 이를 직·간접적으로 확인할 수 있다. 즉 기상이란 것은 동양에서 시는 의미 위주의 맥락에서 벗어난 느낌 위주의 시적 전통을 가리키는 핵심적인 개념이 되었다. 그는 시집 말미에 '부록'으로 달린 「관상시에 대하여」에서 이를 다음과 같이 간명하고 명쾌하게 풀어놓고 있다.

> 관상시란 눈에 보이는 것이나 의미만을 가지고 너무 생각하지 말고 눈에 보이는 것 너머의 그리고 의미 이전의 보이지 않고 개념화되지 않는 움직임, 즉 상을 느껴보자는 것이다. 상은 느낄 수밖에 없는 것이고 느낌이야말로 개념과 달리 모호하지만 가장 확실한 앎이기 때문이다. 또한 동시에 인식론적 측면을 떠나서라도 시적 감동은 물론이고 모든 예술적 감동에 있어서 그 〈감동(感動)〉이란 결국 감각-직관의 느낌과 섞여져 있는 미분된 감정에 불과하기 때문이다.

동양의 철학과 시가 상을 직관하는 언어로, 미분되기 이전의 느낌의 세계를 중시하는 전통이 있다면 서양의 철학과 시는 조작적으로 의미를 생산하는 경향이 농후하다. 전자는 직관이라는 원형의 길을 택하고 후자는 상상력이라는 사고의 길을 중시한다. 상과 직관은 일차적이고 자연적인 본성의 뿌리를 드러낸 것인 데 비해 의미와 사고는 이차적이고 문화적인 이데올로기를 생산한다. 이러한 맥락은 성과 속의 세계처럼 일여적으로 우리의 삶에 관여를 하는데, 외화된 지적 사유가 앞설 경우 의미의 시(隱喩)가 되고, 직관이 앞설 경우 의미를 버린 내감의 언어(氣象)가 그 위치를 점유하게 된다. 이러한 시적 전통은 왕유나 도연명, 이백의 시나 당시, 한시에서도 얼마든지 체현된다.

나지막한 돌담 너머
낡은 기와집 한 채가
인기척 없이 고즈넉하다

가을볕이 잘 드는 툇마루에
보자기만하게 널려서
고실고실 마르는 산나물
그리고 노오란 탱자 몇 알

아무도 없는데

마당귀에선 듯
잎 떨군 오동나무 가지에선 듯
맑고 투명한 햇살에 실려 오는
자꾸 비질하는 소리

돌아서면 문득

장독대께에서 들려오는
신발 끄으는
적막한 소리

아무도 없는데

—「비질 소리—기상도(氣象圖) 14」 전문

    기존의 시 형식이 아니라 조금 의아해 보일 수도 있는 이 관상시에서 가장 먼저 느껴지는 건 시적 화자가 상당히 수동적이고도 소극적인 자세를 취한다는 점이다. 언어 의미의 뿌리가 상(象)이기 때문에 사고의 움직임이 거의 보이지 않는다. 가치 평가 이전의 순수한 상, 저절로 그렇게 된 느낌의 결만이 조요롭게 묘사되고 있는 것이다. 의미 위주의 해석에 명민한 독자라면 고요한 명상을 통해 직관하고 느끼는 힘을 길러야 할 것이다. 구체적 언어 의미로 정착하기 이전으로 돌아간 순백의 세계를 가감 없이 보여주기 때문이다. 지나치게 생각하지 말고 "아무도 없는데"도 살아서 "투명하게 실려오"는 '부재의 존재 영역'을 소리의 이미지로써 감각하는 것만이 이 시의 숨결과 바로 대면하는 길이리라.

    생각은 조작(operation)을 근본으로 하는 사유 개념으로서 인위적이고 기계적이다. 이에 비해 느낌은 자연발생적(spontaneously) 기(氣)로써 이루어진 생명 현상이다. 인간이 생각하는 한 치밀한 사유 구조로써 구축한 문화나 이데올로기도 필요하지만, 때때로 순수한 자연의 상태, 생명의 상태로 돌아가 다시 생신(生新)하는 법도 알아야 한다. 인간은 우주와 현실, 자연을 직관하여 무엇보다도 행복한 안락의 에너지를 얻어냈을 때 "순수한 마음의 고향"으로 돌아갈 수 있기 때문이다.

    지금까지 큰 산과도 같은 높이와 깊이를 내장한 김영석 시인의 시와 학문적 세계의 지평을 어눌하고 조악한 글로써 얼기설기 가늠하고 조감해 보느라 참으로 힘에 부쳤다. 자신이 우러르며 두려워하는 스승의 글을 평가하고 진단해 본다는 것이 얼마나 힘들고 고통스러운 일인지를 이번 작업을 통해서야 비로소 깨달았다. 더구나 너른 지평과 심층을 포괄하는 글쓰기였기에 그 고통과 진통은 더더욱 배가될 수밖에 없었다. 위대한 문학 작품은 언제나 그렇듯이, 그 예술적 가치가 빼어나면 빼어날수록 해석의 잣대를 거부하는 성향이 농후하기 때문이다. 앞으로 이 글이 그의 시세계를 조망하거나 학문적 성취도를 평가할 때 어떠한 걸림돌이 되지 않기만을 간절히 바랄 뿐이다.

제3부
몽상의 집

시간여행, 욕망과 고독의 회
아버지의 고독과 죽음의 윤리학
착종된 자아, 불온한 몽상의 언어
무서운 폭력, 혹은 무모한 탄주
즐거운 시니피앙과 슬픈 시니피에의 간극

시간여행, 욕망과 고독의 幻

─ 김옥성의 시간과 언어 의식의 이면

일반적 관점에서 '시간'이란 과거로부터 현재를 통해 미래로 움직이는 비(非)공간적인 연속체를 의미한다. 수수께끼 같은 시간의 개념은 일견 선형적인 형태로 보이지만, 그 진행은 이해하기 힘든 속성을 내포한다. 예로부터 시간은 관측 가능한 3차원과 따로 분리하여 생각했으나, 오늘날의 현대 양자물리학의 이론은 시간과 공간을 시·공간 연속체라고 하는 단일한 양으로 통합한다. 현재까지 다양한 첨단과학기술을 습득한 인간도 우주 전체의 시각에서 보면 아직까지 미약한 존재에 불과하다. 그러기에 인간은 무한한 우주의 비밀을 밝혀내기 위해 지금까지 다양한 노력을 개진해 왔다. 이런 우주의 논의에서 빼 질 수 없는 것이 바로 '시간'이란 개념이다. 인류가 시간이라는 불가사의를 완전히 해독할 수 있다면, 이것은 인류 역사상 가장 위대한 업적 중의 하나가 될 것이다. 그것은 시간의 시작과 끝은 우주의 시작과 끝을 의미하고, 나아가서 시간의 문제를 해명한다는 것은 미래나 과거로의 여행을 가능케

하는 획기적인 시발점 구실을 하기 때문일 것이다.

시간의 의미에 대한 여러 갈래의 폭넓은 시각이 존재하기 때문에 논쟁의 여지가 없는 명확한 시간의 정의를 제공하기는 어렵다. 김옥성의 신작 시편들은 아인슈타인의 양자물리학과 관련된 시간의식과 언어, 문명과 자아의 문제에 대해 깊이 천착하고 있는 의식의 양태를 보여준다. 그의 시는 "양자의 바다에 거센 중력풍이 출렁인다"고 언급하면서 "확률과 실재와 부재와 가상과 영혼으로 이루어진 우주에는 타인의 얼굴이 가득하다"(「여행자—평행우주」)는 문제의식에서 출발한다. 여기서 그가 제기하고 있는 시간의식은 문명의 폐해로 대두된 후기산업사회의 사회적 가치로서도 중요한 쟁점을 야기한다. 그간 시간의 단위는 사건들 사이의 간격과 그 지속 기간에 대한 양으로 분절해 왔다. 따라서 김옥성의 시는 양자의 폭풍에 "흩어지는 활자들"을 바로잡아 "입자와 입자를 잇는 가느다란 끈들의 암호"(「여행자—磁氣暴風」)를 풀기 위환 과정으로 요약된다. 환언하면 주기적인 태양이나 달의 변화 등을 단위로 환산한 시간의 불합리한 허구를 탐구한다.

나의 문장은 사원과 사막과 성곽과 지도에 없는 길을 건너갈 것이다 그리하여 나의 문장에는 고독이 가득하다 지구의 육체를 갈아입고 시간을 항해하는 가이아를 타고서, 인간의 혈통 속에서 번식하는 DNA를 이끌고서, 빅뱅 이전의 우주와 백만년 뒤의 우주에서 나는 떠내려 왔다

다시 우주의 가을이라고 한다

나는 내가 거주하는 땅의 대동여지도를 다시 작성하고자 맨발로 걷고 있다 나뭇잎은 떨어지며 고요한 허공에 弔鐘을 울린다 나의 모든 문장은 弔辭이다

기둥 하나가 보인다 몰락한 왕국의 신전이 있던 자리이다 허블 망원경 속에서 별들은 끊임없이 늙어서 죽고 다시 태어나고 있다 별들의 일대기를 읽으며 별들이 낳아놓은 잿더미와 핏덩이에서 새로 돋아나는 幻을 본다

　　나의 침묵을 모함하는 자들의 이름은 무엇인가 가장 위대한 문장들은
도서관의 어둠 속에서 은둔하고 있다 언제가 글자들은 페이지를 펼치고
찬란한 天으로 날아오를 것이다
　　나의 안식을 무참히 짓밟은 짐승들의 흙발과, 악몽 속에서 날마다 내 손
을 잡아끄는 검고 억센 손아귀와, 탐욕으로 가득 채워진 노예들의 이름과,
억지와 야비와 교활과 비열과, 지옥에서 보낸 한 철을 폐허에 파묻고 왔다
　　그렇지 않다면 어찌 내가
　　백만년 동안의 고독을 견딜 수 있겠는가
　　빛의 무리들도 폐허의 발맡에 머리를 조아린다 나의 弔辭는 찬가이자
송가가 되어 가을 밖의 가을로 퍼져나갈 것이다
　　백만년 뒤나 혹은 백만년 전의 내가 여전히 걷고 있는

—「여행자 — 백만년 동안의 고독」 전문

　　인용시는 화자의 "안식을 무참히 짓밟"은 외부 대상들과 관련을 맺
고 있어 "지옥에서 보낸 한철"을 "폐허에 파묻"고 자유에 이르고자 하
는 시간의식을 보여주고 있다. 양자역학에서는 공간적 인간과 그에 교
응하는 시간의 문제를 춤의 관계로 설명한다. 화자는 타자의 손을 맞잡
고 있으므로 타자의 모습을 자세히 관찰할 수 없으며, 화자(존재)가 몸
을 움직이면 타자(시간)도 함께 몸을 움직인다고 착각한다는 것이다.
실제 물리 현상에서는 관찰자와 대상을 연결하는 가시적인 끈이 존재
하지 않지만, 엔트로피 법칙에서 증명한 우주의 심연은 모든 생명 존재
와 사물들이 유기적인 관계망에 포섭되어 있다는 사실과도 관련된다.
따라서 화자는 "나의 문장은 사원과 사막과 성곽과 지도에 없는 길을
건너갈 것이다"라고 단언명제를 제시한다. 그것은 화자의 '문장'에는
"고독이 가득하다"는 사실에서 추인된 인식의 산물이다. "지구의 육체"
로 갈아입고 "가이아"를 타고서 "DNA"를 이끌고서 "빅뱅 이전의 우주
와 백만년 뒤의 우주"에서 떠내려 왔다고 고백하는 소인이 바로 여기에
있다.

제3부 몽상의 집 181

화자가 관찰하는 대상의 신비를 완전하게 파악한다는 것은 불가능한 노릇이다. 이것은 존재하는 모든 것에 대한 존엄성 선언과 크게 다를 바 없다. 그 대상을 완전히 파악할 수 없으므로 완전히 지배할 수 없다는 말과 동일하다. 그렇다면 그 대상의 존엄성을 인정해 주어야 하듯이, 화자 또한 여타 존재의 관점에서도 존귀하다는 의미다. 시간 여행자인 화자는 우주 시·공간 속의 '별'들이 끊임없이 죽고 다시 태어나는 "별들의 일대기"를 읽으며 "별들이 낳아놓은 잿더미와 핏덩이에서 새로 돋아나는 幻"을 본다. 따라서 그가 쓰는 "모든 문장은 弔辭"와 크게 다르지 않은 것이다. 시의 화자는, 그의 '弔辭'가 '찬가'이자 '송가'가 되어 "가을 밖의 가을"로 퍼져나갈 때, 시는 주술의 언어로써 "페이지를 펼치고 찬란한 天竺을 날아오를 것"이라 믿고 있다. 레비-스트로스는 이와 같은 야생 사고의 특질을 시간이 소거된 무시간성에서 발견한다. 그가 궁구한 야생의 사고의 목적이 세계를 하나의 통시적, 공시적 전체로 파악하려는 태도에서 기인한다는 주장이 설득력을 발하는 대목이다.

알타이 고원 우코크 언덕에는 늪이 묻혀 있다 고원의 바람 속에는 성난 파도가 산다 야생의 염소와 구름과 표범과 사슴이 울부짖고 있다 고대의 정신이 흩날린다 봉인된 시간 속에서 나는 나의 주검을 들여다 볼 수도 있다

전사이자 사제이며 시간여행자인 내가 이 얼음궁전의 주인이다 이제 나는 신성한 문서이니 나를 해독하라 누가 내 살갗에 새겨진 묵시의 말들을 낭독할 것인가

그리하여 석양은 황금산을 온통 금빛으로 물들였다 영구동결층 아래로 알타이의 위대한 혈통이 흐른다고 한다 바람은 육체 없이 사는 것들의 거처인지라 소리로 가득하다

햇살가루 쏟아지는 소리, 구름이 산마루를 스치는 소리, 자작나무 이파
리 바람의 결을 쓰다듬는 소리, 영구동결층 갈라지는 소리, 빙하가 무너지
는 소리, 죽은 심장이 다시 뛰는 소리……
　　이천년 전의 소리들이 살아나고, 소리는 향기로 다시 태어난다

　　누가 봉인된 시간을 흔들어 깨웠는가 고원에서 흘러오는 바람에서 시
간의 무늬는 고개를 수그리고 향기를 마신다 뇌수와 창자를 꺼낸 그의 육
체에는 짐승과 파도와 천둥의 문양이 가득하다 시간의 別宮에서 나는 만
년설이다 나는 향기로 태어날 것이다

—「여행자 ― 氷宮」 전문

　　중앙아시아 내륙지방의 고원지대에 알타이산이 솟아 있으며, 알타
이 산맥이 동서(東西)로 가로질러 있다. 이 지역에 살고 있는 카자흐인,
퉁구스인, 브리야트인, 에벤키인, 야쿠트인, 몽골인 등이 넓은 의미의
알타이족들이다. 이들의 각종 언어는 모두 알타이어족에 속하며 한국
어 일본어와도 깊은 친연관계에 있다. 인용시의 화자는 "알타이 고원
우코크 언덕"에는 宮이 묻혀" 있고 "고원의 바람 속에는 성난 파도가
산다"는 말을 전제로 시간여행의 서막을 연다. 여기는 야생의 '염소'와
'구름', '표범'과 '사슴'이 울부짖고 있으며 "고대의 정신이 흩날"리는
"봉인된 시간"의 공간이므로 화자가 자신의 '주검'을 들여다볼 수도 있
는 곳이기도 하다. 화자는 스스로 '전사'이자 '사제'이며 '시간여행자'
인 자신을 "이 얼음궁전의 주인"이라고 단언한다. 나아가 "신성한 문
서"인 자신을 "해독하라"는 화두를 던지지만, 누가 화자의 살갗에 새
겨진 "묵시의 말들을 낭독"할 것인가에 대해서는 깊은 회의에 빠지기
도 한다. 그러나 화자는 전언체 형식으로써 이 '황금산'의 "영구동결층
아래로 알타이의 위대한 혈통이 흐른다"는 모국어에 대한 믿음을 저버
리지 않는다.

알타이 산맥에는 모두 800여 줄기, 약 600km^{2}에 이르는 면적의 빙하가 있는 것으로 알려져 있다. 시간여행자인 화자는 '바람'과 마찬가지로 "육체 없이 사는 것들의 거처"인지라 '소리'로써 자신을 증명하는 존재로 표명된다. 화자가 거주하는 곳은 다름 아닌 '햇살'과 '구름', '자작나무 이파리'는 바람을 결을 쓰다듬고, '영구동결층'과 '빙하'는 갈라지며 무너지며, "죽은 심장"이 "다시 뛰는 소리"를 듣는 생명의 에로스가 충일한 신화의 세계다. 다시 말해서 "이천년 전의 소리들이 살아나고, 소리는 향기로 다시 태어"나는 문자 이전의 공간이기도 하다. 여기가 바로 "이천년 전의 소리들이 살아나고, 소리는 향기로 다시 태어"나는 시·공간이 무화된 언어의 집이란 사실이다. 인용시에서는 누가 봉인된 시간을 흔들어 깨웠는지는 제시되지 않는다. 이 알타이 산맥은 "고원에서 흘러오는 바람에서 시간의 무늬"가 향기를 마시는 곳이며, "뇌수와 창자"를 꺼낸 누군가의 '육체'에는 "짐승과 파도와 천둥의 문양"이 가득한 금단의 성지다. 이 같은 인식은 "시간의 別宮"에 거주하는 화자가 '만년설'로서 "향기로 태어날" 불립문자를 탐하기 때문에 가능하다.

누가 내 몸속에 발을 담그는가
내 안에는 내가 잃어버린 자들이 서식하고 있다 구천 하늘을 검게 뒤덮었던 衆生의 혼과 백은 지금 어디에서 떠돌고 있는가 내가 잃어버린 미래와 우울과 분노와 기억은 어디에 있는가 그리고 나의 환희는.
나는 디지털이다
네가 나를 검색하듯 내가 너를 검색할 때에, 나는 너의 영혼 안쪽에서 부유하고 있다 환영 속에 거주하는 자들이어! 욕망으로 프로그램된 노예들이어! 의지는 욕망을 밀어내며 영혼을 맑게 하라 암호와 정보와 전자 기호들이 너를 침범하고 있다 이제 나는 너의 뇌를 읽을 수 있다 내가 너의 환상 속에 거주할 때에, 네가 나의 뇌를 파먹어 들어갈 때에

너는 디지털이다
나는 출렁거리고 있다 내가 난파한 별자리는 나의 좌표에 없으므로
낯선 시간 속에서 나는
나의 이름을 검색하고 있다

―「여행자 ― 디지털 메모리즈」 전문

현대의 문명이 아날로그 방식에서 디지털의 출현은 인류의 새로운 글쓰기 방식의 등장을 의미한다. 20세기 들어 영상본체론에 관한 논의는 끊이지 않았고, 오늘날 새로운 디지털 영상은 현실과 픽션에 관한 담론을 지배하고 있다. "환영 속에 거주"하며 "욕망으로 프로그램된 노예들"이 혼선을 빚으며 뒤엉켜 있는 게 당면한 현실이다. 이와 마찬가지로 시적 언어의 세계도 마음의 스크린 위에 실제의 사실을 상상의 빛으로 영사하는 그림자의 세계이다. 이 환영은 만질 수 있는 현실 자체는 아니지만, 그렇다고 해서 현실과 완전히 다른 허상도 아니다. 이러한 사유 방식은 화자인 "내가 너를 검색할 때에, 나는 너의 영혼 안쪽에서 부유하고 있다"는 디지털적 토대 위에서만이 가능하다. 이미 후기산업사회는 "암호와 정보와 전자 기호들"의 압력에 의해 자아마저 해체되기 시작했다. 자아가 타자성에 의해 지배받는 것이 공공연한 현상이 되어 버린 것이다.

자아와 타자가 모두 '디지털'인 무기질 세계에서 "잃어버린 미래와 우울과 분노와 기억은 어디에 있"는지 모를 지경이 되어버린 형세다. 시간의식의 관점에서 볼 때도 과거를 기억하고 있는 세대와 개인들의 경험적 기억이 조금씩 미분되어 있기 십상이다. 그러나 디지털 메모리즈는 과거의 사실을 굴절하고 윤색하여 새로운 이미지의 형태로 계속해서 재생산해 내고 있다. 대부분의 사람들이 경험하지 못한 과거 기억은 역사책의 한 귀퉁이에서 지식 차원으로 존재하기보다는 자본주의

적 관점에서 영상 매체가 재현하는 하이퍼 리얼리티(hyper-reality)를 실재라고 착각하기 때문이다. 따라서 화자는 스스로가 "난파한 별자리에는 '좌표'에 없"으므로 "낯선 시간 속"에서 자신의 이름이나 '검색'하고 있다는 파편화된 시간과 자아의 의식을 보여주고 있다. 인간의 역사 이래 줄곧 시간과 자아란 주제가 난제인데도 불구하고 끊임없이 제기되어 온 것은 참으로 시간이라는 것이 얼마나 중요한 주제인가를 보여주는 결구인 셈이다.

시간은 사물의 변화를 인식하기 위한 개념이므로 시간에 대한 이해를 시도하는 것은 오랫동안 철학자와 과학자들의 주된 관심사였다. 근세 이후 현대물리학과 철학의 발전과 함께 시간은 하나의 핵심적인 담론의 주체가 되다시피했다. 시간이란 주제의 영역은 철학 이상으로 세계의 본질을 해석하는 주요 기능까지 담당해 왔다. 즉 시간은 이제 철학적 담론을 넘어 자연과학의 고차원적인 주제로 기능한다. 이제 시간의 존재성 여부는 존재에 대한 인식론적 문제뿐만 아니라 시간 그 자체에 관한 화두 같은 성격으로 말미암아 포괄성을 띤다. 그래서 현대에서 시간은 과학의 발달과 함께 새로운 의미 형성의 객체로서 부각되고 있는 것이다. 그렇다면 김옥성이 신작 시편을 통해 제기하고 고구하는 시간이란 과연 무엇인가? 그는 존재와 존재자, 타자성과 그에 대한 자아의 문제, 시적 언어에 관한 실존적 사유, 그리고 문명 자체에 대한 회의적인 시각까지 수렴한다. 이같이 김옥성은 시간과 관련한 존재성에 대한 문제가 현대 문명에까지 영향을 미치는 해석의 언어를 부정한다.

인간의 사유는 자연발생적 파생한다는 관념을 전제로 하여 김옥성 시인은 "콘크리트 더미 속에서 잠드는 자들이어! 짐승 아닌 인간이 어디 있겠는가! 또한 사랑 아닌 인간이 어디 있겠는가!"(「여행자─평행우주」)라는 의미심장한 전언을 내세운다. 이를 통해 그는 문명사회에서 인간이 겪는 존재론적 질문에 대한 인문학적인 비전을 제시한다.

나아가 시인은 존재에 대한 해석을 감행하면서 자신만의 언어의 집을 짓고 싶어 한다. 이성적인 해석의 세계에 고착된 인간은 항상 무시간성의 세계는 진입하지 못한 채 계량화된 시간 속에서 거주하는 비극성에 직면한다. 그래서 마치 금단의 영역과도 같은 에덴의 시·공간을 넘나들며 기존의 질서를 위반하는 시인이 바로 김옥성이다. 그는 스스로 우주가 되어 "자기폭풍 속에는 혈흔과 DNA와 타액과 지문이 섞여 있다"(「여행자—磁氣暴風」)는 인식에까지 도달한다. 더욱이 그는 어딘가에 있을 이 무시간성의 세계, 초월의 공간, 에덴의 향기를 찾아 시간여행을 떠났다. 그런 행위의 이면에는 바로 거기가 자신이 나온 원초적 거소란 사실을 끊임없이 그의 영혼이 상기해 주기 때문일 것이다.

아버지의 고독과 죽음의 윤리학
— 오자성 시의 해체 의식과 동일화의 기제

가족 해체란 일반적으로 가족 구성원들 사이의 가치와 규범이 상이하여 각자의 역할이나 가족 전체의 기능을 적절하게 수행하지 못하는 상태를 일컫는다. 별거나 이혼을 비롯하여 가족이 분산되는 등 가족 조직의 균열로 인해 와해되는 현상을 지칭한다. 오자성 시의 "저리 널브러지게 흔한 가족이 그리 그리운 때 있었다"(「바깥이 아름답다」)고 언표화된 가족 해체 현상은 전통적인 대가족 제도보다는 부부 중심의 핵가족 제도에서 발현될 가능성이 농후하다. 더욱이 자본이 권력이 되는 후기산업사회의 구조와 체제 내에서는 여러 가지 대사회적인 문제의 사안을 제공하기도 한다. 무엇보다도 가족 내부의 정신적인 유대감 약화에 따른 정서적 불안정과 소외의 문제, 가족 부양 체계의 약화로 인한 노인 문제와 자녀의 교육 문제, 가정교육의 약화에 따른 청소년 비행 문제 등이 대두하기에 이른다. 현대 문학의 주제로 종종 차용되는 가족 해체의 문제도 산업화 · 도시화 등의 사회 변동과 맞물린다.

가족 해체의 문제는 문화 지체·문화 갈등으로 인한 문화 변동의 지점과도 일치하는 경우가 많다. 특히 시에서는 억압의 강도에 비례하여 본인의 실제 체험에 의해 얻어지는 경우가 거의 대부분을 차지한다. 그결과 시인들은 가정 해체에 따른 정신적 육체적 상흔으로 인해 가족 본래의 기능이 원활하게 수행되지 못하는 지점을 형상화한다. "작은 안테나 맞대고 속삭이는 개미 가족들"로 구체화되던 전통적 가정 규범은 해체되고, 조직의 구조가 세분화될수록 가족원에 대한 통제력이 약화 일로를 걷게 되었다. 따라서 가족 구성원들은 "그리움 뺑뺑 구멍 나며 줄어들던 때"를 기점으로 가정과 사회에 적응하지 못하거나 불균형적인 공황 상태에 빠지게 된다. 이러한 현상의 예를 들면, 사회 변동에 관련되는 것으로는 여권신장으로 인한 아버지 역할의 갈등이나 모성 기능의 상실 등이 있으며, 문화 변동에 관련되는 것으로서는 고부간의 갈등, 노인 문제 등이 대표적이다.

온 몸이 입을 받쳐주고 있다
촉수를 사이렌 음악처럼 하늘하늘 흔들며
입은 열심히 먹이 사냥을 한다
바위를 단단히 움켜쥔 발
이목구비이자 항문인 입
바다 아네모네에 맞는 예쁜 꿈이나 목표도 없는
절구통 몸통의 몸부림, 식구 늘어
살림이 빡빡해 산호초 아파트 떠난다
어떤 놈은 집게등 올라타고 노점 행상하고
어떤 놈은 해변에 여관을 열어
흰동가리나 숨바꼭질새우를 숙박한다
불운하게 불가사리나 밤고둥에 습격당해
비명횡사하기도 한다
동그랗게 오므렸던 원이 풀린다

몸에 붙어있던 말미잘 폴립처럼
아내와 딸들이 서해 지나 상해 처제 집으로 떠난 후
아파트 방바닥에 말미잘처럼 꽉 붙어
홀로된 입을 쭉 빼들고
먼저 인신공양하고 떠난 소 뼈국밥을 떠 넣는다
산호 뼈가 모여 지은 바다 산호보초처럼
아파트 단지는 희게 도열해 있다
말미잘 군체들이 덕지덕지 입을 벌리고 붙어 있다
벌름거리는 입은 무슨 소음을 내며
접시안테나처럼
두리번두리번 눈먼 슬픔을 돌린다

—「말미잘」 전문

　상기 인용시는 '말미잘'을 통해 고단한 아버지의 일상사를 다면화하여 보여주면서 기러기 아빠로서의 애환을 생생하게 포착하고 있다. 처음부터 아버지는 부권사회의 권위를 상실한 채 자본주의 사회 속에서 속악한 현실과 힘겨운 고투를 하는 소외된 존재로 그려진다. 여기서의 아버지는 부권의 권위와는 무관한 "온 몸이 입을 받쳐주고 있"는 수단화된 형식에 불과하다. 권력화된 자본의 상징인 "바위를 단단히 움켜 쥔" 채 "이목구비이자 항문인 입"으로 "열심히 먹이 사냥"을 하는 존재일 뿐이다. 화자인 아버지가 "바다 아네모네에 맞는 예쁜 꿈이나 목표도 없"이 "절구통 몸통의 몸부림"에 치를 떠는 비극적 양태로 구현되는 대목이다. 나아가 "식구 늘어 / 살림이 빡빡해 산호초 아파트 떠"날 수밖에 없는 실존 조건에 직면한다. 따라서 어떤 아버지는 "집게등 올라타고 노점 행상"을 하기도 하고 또 어떤 아버지는 "해변에 여관을 열어 / 흰동가리나 숨바꼭질새우를 숙박"하기도 한다.
　나아가 어떤 가장은 "불운하게 불가사리나 밤고둥에 습격당해 / 비명횡사 하기"도 하는 처지에 몰린 형국이다. 오로지 가족들을 향해서 일생을 바쳤지만, 가족들에게조차 타자화·수단화되었던 아버지들의 "동그랗게 오므렸던 원이 풀"리는 순간이다. 시의 화자는 '아파트'로 상징되는 권력, 즉 아버지들이 타자들의 힘에 의해 조정당하는 비정상적이고 병리적인 세계를 그려내고 있다. 부권 결핍의 문제를 제기하는 "아내와 딸들"이 "상해 처제 집으로 떠난 후" 화자는 "홀로된 입을 쭉 빼들고 / 먼저 인신공양하고 떠난 소 뼈국밥을 떠 넣는" 존재로 전락해 있다. 남성권력에서 여성, 나아가 문명에게 주체를 빼앗겨 버린 아버지들이 나아갈 길은 과연 어디일까? 생존의 기계로 전락한 "말미잘 군체들이 덕지덕지 입을 벌리고 붙어 있"는 세계에서 아버지들은 과연 어떤 존재인가를 반문하는 것이다. 아버지들의 "벌름거리는 입은 무슨 소음을 내며 / 접시안테나처럼 / 두리번두리번 눈먼 슬픔을 돌"리면서 참혹한 고독으로 더욱 왜소해지고, 이때 세계는 마비의 길을 걷는다.

해마다 멸치가 줄어든다 줄어든 멸치가 달아난다
멸치처럼 눈이 크고 마른 어부는
복잡해지는 해류 따라 동해로, 남해로, 서해로 이동한다

동해로 가면 고등어가 고성능 어뢰처럼 사방에서 습격하고
남해로 가면 전갱이가 치어를 인정사정없이 습격하고
서해로 가면 갈치가 밑에서 죽창처럼 습격한다
클립처럼 반짝이는 멸치들 다급하게
고래 모양, 암초 모양, 물범 모양 만들어 본다
물 위로 떠오르면 갈매기가 폭격하듯 덮치고
파도 타고 해안가로 달아나니 사람들이 바가지로 뜬다
요동치는 꼬리에 고추장 찍어 별미라고 씹어 먹는다

어부는 가벼운 그물 위 사방팔방 튀어오르는 은빛 탄성 바라본다

빈 그물코 위로 바다가 울컥한다
한때 멸치가 풍년일 땐 기생집에서 호기도 부렸다
이제는 바다그물에 걸려 달아날 수 없는 늙은 멸치
바다의 그물코만한 목선 위에서 자세를 고쳐 잡는다
노을은 자투리 염전 같은 어부의 등판에 펼쳐지고
굽이치는 용처럼 검은 해류는 배를 따라간다

아버지는 멸치였다, 어부였다, 혼자 기침하며 서서
빈 방을 배처럼 몰며 허공을 지나간다
유리창에 부신 등을 비비는 늦은 오후
식물들은 제각기 화분 속에서 푸른 불꽃처럼 아름답다
나는 용을 잡을 수도 없다 소리를 지를 수도 없다
아, 오래 전에 떠났다 우글우글 몰려오는 멸치떼처럼
단단히 늑골을 치고 올라오는 욕!

—「멸치 이야기」 전문

　상기 인용시에서는 아버지 표상이 "바다그물에 걸려 달아날 수 없는 늙은 멸치"라는 경제적 이용 가치를 소모한 그야말로 주변인(marginals)의 모습으로 등장한다. 주변인이란 현대사회의 노동 체계에서 쓸모가 없어졌거나 도구적으로 활용할 수 없는 상태로 전락한 사람들을 의미한다. 주변화야말로 억압의 실질적인 형태이면서 가장 위험한 형태로 존속한다. 피부양자의 상태, 의존의 상태에 있는 환자, 장애인, 노인 등은 각기 다른 방식으로 의존적 삶을 영위하게 마련이다. 누구나 어떤 특별한 시기에는 다른 사람에게 의존할 수밖에 없는 게 인간의 불가항력이다. 그런데도 불구하고 잉여 자본이 결여된 가정에서는 본의 아니게 폭언이나 구박의 형태로써 그들이 지닌 도덕적 권리를 침해하기도 한다.
　시의 화자는 1연에서 멸치와 동일화된 "눈이 크고 마른 어부"를 아버지의 초상으로 삼아 치열한 현실의 현주소를 확인한다. 2연에서 나타나는 바와 같이 멸치(아버지)가 되어 쫓기는 아버지의 비감한 현실을 "습격하다. 덮치다. 바가지로 뜬다. 씹어먹는다" 등의 잔혹한 동사로써 구상화한다. 비유의 형태도 "어뢰처럼, 죽창처럼, 폭격하듯"이라고 폭력적인 수사를 적극 활용하여 고통의 정황을 가시화하고 있다. 이러한 의식의 기저가 3연에서는 바다의 그물에 걸려 어디로도 달아날 수 없는 '늙은 멸치'(아버지)의 비극적 양태를 예비하는 장치로써 기능한다. 바다의 그물코만한 "목선 위에서 자세를 고쳐 잡는" 아버지의 황혼은 "자투리 염전 같은 어부의 등판에 펼쳐지"고 있기 때문이다.

멸치가 풍년이던 한때 아버지는 "기생집에서 호기도 부"리는 자본 권력의 헤게모니를 한 손에 거머쥐고 있던 존재였다. 그러나 현실의 아버지는 "혼자 기침하며 서서 / 빈 방을 배처럼 몰며 허공을 지나"가는 소외된 존재에 불과하다. 더 나아가 마지막 4연에서 시의 화자인 '나'는 발화 주체를 전환하는 기법을 통해 '아버지'를 자신의 동일화 모델로 채택한다. 여기서의 아버지는 나와 마찬가지로 "용을 잡을 수도 없"고 "소리를 지를 수도 없"는 자신을 발견하는 기제로 작동한다. 따라서 동일화의 모델을 통해 자신의 현주소를 확인한 화자는 "우글우글 몰려오는 멸치떼처럼 / 단단히 늑골을 치고 올라오는 욕!"을 뱉어내는 순간에 고독한 현대 아버지의 자화상은 무력하게 일그러지고 만다.

실수로 또는 부부싸움으로 거울을 박살내 보았는가
거울 조각마다 찢어진 풍경, 찢어진 비명 소리
먼지만한 거울 속에도 잔인하게 들어 있는 울긋불긋

산은 거대한 거울이다
거대한 울퉁불퉁 속에 작은 울퉁불퉁 첩첩 모여 있다
그 속을 휘적휘적 지나가다 보면 心鏡이 저억 저억 찢어지고 있다

매끈하던 모과가 팔월이 되자 울퉁불퉁 다면경이 된다
모과는 울퉁불퉁할수록 향기롭다
모과벌레가 그 위에 갸우뚱 갸우뚱 작은 얼굴을 돌리고 있다
벌레의 心鏡이 쩌억 쩌억 찢어진다 실금 사이로 피가 스민다

모과벌레가 모과 한 모퉁이 골라 사각사각 구멍을 판다
향내 나는 모과 속에 몰아지경 머리를 파묻는다
오리나무 위에 울긋불긋 노을이 진다 산새 소리 속을 지나간다
상처는 거울을 울퉁불퉁 山經으로 만든다

나는 오늘 밤 돌아가
울퉁불퉁한 그녀의 몸 한 후미진 모퉁이에 황홀히 머리를 파묻을 것이다

—「거울은 울퉁불퉁하다」 전문

상기 인용시에서의 '거울'은 부부관계나 인간관계의 동일성이 파괴되어 불화가 조장되고, 나아가 욕구 불만을 표출하는 대사회적 기능 장애의 메타포로 암시된다. 남성 이데올로기의 퇴조 이후 개인의 발견으로부터 시작되는 현대철학의 사조는 개인의 가치와 개인의 욕구를 중시하는 사회적 분위기를 조장했다. 이는 전통적 가족 이데올로기의 붕괴, 즉 현대적 의미에서의 가족 해체 현상이 여기에서 비롯되었다는 논리와 상통한다. 다시 말해서 개인을 가정이라는 유기적 소사회의 한 부분으로서 파악하려는 기존의 관점과 구성원 개개인의 욕구에 가치의 중점을 두는 현대적 패러다임은 필연적으로 상호 대립할 수밖에 없다는 태도이다. 인용시의 화자는 1연에서 "부부싸움으로 거울을 박살내 보았는가"라고 넌지시 질문한다. "거울 조각마다 찢어진 풍경, 찢어진 비명 소리"로 인해 "먼지만한 거울 속에도 잔인하게 들어 있는 울긋불긋" 파편화된 세계의 실재와 마주해 본 적 있느냐는 전언이다.

부부란 인생이 최초로 탄생하고 인간관계를 맺는 기본 공동체이며, 문화 및 습관을 배우고 환경의 기초가 되는 혈연 집단이다. 따라서 애정, 존경 내지는 신뢰를 바탕으로서 협력하여 살아가야 하는 토대가 마련되어야 한다. 시의 화자는 2연에서 조각난 거울로 예거한 부부관계를 '산'으로 변용하여 "산은 거대한 거울"이라고 은유화한다. 거기에는 "거대한 울퉁불퉁 속에 작은 울퉁불퉁 첩첩 모여 있"다고 사실적 관찰을 바탕으로 기존의 관점을 수정하려는 태도를 발현한다. 동일화의 전형적인 모델이었던 산이 "그 속을 휘적휘적 지나가다 보면 心鏡이 저억 저억 찢어지고 있"는 격절의 모습으로 현현한다.

나아가 3~4연에서는 다시 '산'이 '모과'로 고리은유를 만들면서 "매끈하던 모과가 팔월이 되자 울퉁불퉁 다면경이 된다"는 새로운 역설적 진리를 포착해 낸다. 즉 모과는 "울퉁불퉁할수록 향기롭다"는 진술이 앞의 부정적 사태를 긍정화하려는 의식의 전거를 마련하기 위한 일환이다. 따라서 "벌레의 心鏡이 쩌억 쩌억 찢어진다"는 구절은 1연의 인간사와 2연의 자연사가 상통한다는 연쇄적인 의미와 동일한 맥락을 형성한다. 다시 말해서 "실금 사이로 피가 스민다"는 비극적 사태는 파열한 세계의 '거울'을 "울퉁불퉁 山經으로 만"들려는 시인의 구체적 은유 전략에 의해 광휘의 순간으로 재탄생하게 된다. 모과벌레가 "향내 나는 모과 속에 몰아지경 머리를 파묻"듯이 화자도 마지막 5연에서 "울퉁불퉁한 그녀의 몸 한 후미진 모퉁이에 황홀히 머리를 파묻을 것이다"는 동일화의 논리가 설득력을 얻게 되는 까닭이 바로 여기에 있다.

오자성의 근작 시편들은 파편화된 현대사회에서 중요한 기능을 수행해야 하는 가족이 생계의 수단이나 교육을 위한다는 빌미로 수단화된 아버지의 죽음 문제를 다룬다. 그의 시선은 가족이 분산되어 본래의 가족 기능과 역할을 다 해내지 못하는 상황에 직면한 현실에 초점을 맞춘다. 가족의 구조와 기능이 과거에 비해 많이 변화하고 있기 때문에 가족 해체 문제가 더욱 심각한 난제로 등장한 것이다. 전통적인 가족의 기능은 가족 상호간 결속력이 강한 공동체였으나, 오늘날은 상대적으로 연대감이 점점 약화되어 가고 있는 실정이다. "잘 구운 가족 기억 가졌기 때문"(「바깥이 아름답다」)에 야기되는 핵가족화의 문제는 가장의 권위를 약화시켜 불균형을 심화하는 특징으로 나타난다. 무엇보다도 부권의 통제력이 약해지므로 가족 기능이 원활하게 수행되지 못한다는 데 문제의 심각성이 있다. 현대사회의 가족 형태 중에 가장 일반화된 경향이 기능적 가족 해체의 문제다.

기능적이란 의미는 배우자의 사망, 부부의 이혼, 갖가지 사유로 인한 별거, 가출, 또는 부부에 의한 가족 유기 등과 관련되어 가족 중 부부관계를 이루는 경우가 없는 상황을 말한다. "벌초되지 않는, 아버지의 숨은 근심들"(「잡초 속의 아버지」)로 표명되는 노쇠한 아버지의 무능력, 가족 간의 갈등과 불화 등으로 인하여 최소한의 가족 기능을 수행하지 못하고 있는 경우이다. 여기서 최소한의 가족 기능이란 가족 구성원의 물질적인 도움 없이도 경제적 자립을 영위하며, 자신의 일신을 자체적으로 감당하는 것을 말한다. 따라서 가족구성원 간의 관계가 불안정하거나 주요 가족구성원인 아내와 자식들이 아버지를 소외의 국면으로 밀어 넣는 경우가 대부분이다. 이러한 현대 가족사의 국면에서 오자성의 시편들이 주목되는 것은 우리 사회에 미만해 있는 슬픈 현대의 가족 구조에 비판적 칼날을 들이대기보다는 건강한 자연사의 질서와 결합하여 '山徑'으로 응축되는 새로운 동일화의 모델을 제시하고 있기 때문이다.

착종된 자아, 불온한 몽상의 언어
― 이장곤 시의 상상적 모험의 진원

1. 허위와 금기의 해체

시가 불온하다는 것은, 적어도 기존의 사유 체계를 뒤집어엎고자 하는 강한 의식의 반발 작용이 있을 때만이 가능하다. 그렇다면 그러한 의식의 반발력은 어디에서 추동되는 것일까? 또한 그것은 의식과 무의식 현상 중에서 어느 부분에 침착되고 저촉될까? 더구나 그것은 분석을 거부할 뿐더러, 접근 자체가 용이하지 않기 때문에 시의 불멸성 또한 보장되는 것은 아닐까? 그렇다고 해서 상상력의 도반이 무조건적으로 허용된다면, 그것 또한 불행한 일이 아닐 수 없을 것이다. 따라서 이 글은 이장곤이 추구하는 도발적인 시적 의식과, 그것을 통해 그가 후기산업사회에서 겪는 음습하면서도 음울한 현대인의 내면 풍광을 어떻게 드러내고, 어떤 방식으로 돌파하고자 하는가에 대한 시적 질서를 조심스레 재구해 보고자 하는 의도에서 출발한다. 그러나 그것은 아주 험란하면서도 지난한 노정이 될지도 모른다. 내가 그에 대해 아는 것은 고작 여기에 발표한 6편의 시와 『문학마당』(2004년 겨울호)에서 본 두 편의 시가 전부이기 때문이다.

그는 그렇게 죽었다 새벽 시끄러운 바에서 혼자 춤을 추었고 라면과 고추장으로 비빈 밥의 날들이 지나갔으며 직장을 외면했다 그런 그가 죽기 전 비디오 가게에서 아르바이트를 했다는 것은 풀리지 않는 비밀로 남아 있다

그는 그렇게 죽었다 갖가지 병명을 안고 갚지 못할 부채에 대해서 죄책감에 항상 찌들어 있었다 지인들은 하나 둘 채권자로 다가왔고 싸늘한 시체 사이에 자기만 숨을 쉬고 있다고 늘 생각했다

그는 생전 거리를 사랑했다 외투 깃을 세우고 거리를 뿌옇게 걷노라면 그의 외투는 거리의 외투와 같았다 때로 저자의 블록들이 일어서기 일쑤였지만 거리는 그의 전부였다

마지막까지 각종 통첩장이 그은 뇌수를 그는 목으로 토해내야 했다 근친상간과 청소년보호법 위반, 파산 재판을 받던 날 밤엔 세상에 대한 첫 거역의 대가로 혀가 잘려 나가는 꿈을 꾸었다

그는 그렇게 죽어갔다 그의 마지막 사랑은 인터넷이었다 인터넷서비스도 몇 달이 채 안 되어 끊어졌지만 아무튼 그는 스스로 삼류정보창고라고 명명한 인터넷에서 마지막 춤을 추었다

그는 그렇게 죽어갔다 더 할 말이 없다 연극은 그렇게 막을 내렸고 살아남은 사람들로부터 회자되기를 그의 마지막 이야기는 아직도 전설처럼 떠돈다고 한다, 이제 완벽한 영화는 싫다

—「고인의 명복」 전문

이 시는 자본이라는 권력에 의해 한 인간이 어떻게 철저하게 해체되고 몰락하여 죽음에까지 이르게 되는가를 의식의 가감 없이 객관적으로 서술하고 있어 관심을 환기한다. 인간적인 실체와 면모가 사라진 상황, 즉 "싸늘한 시체 사이에서 자기만 숨을 쉬고 있다"고 생각한 불특

정 다수인 '그'에게 이 세계는 "혼자 춤을 추"는 존재론적 고적감에 휩싸인 공간일 수밖에 없었을 것이다. 결국 '그'는 불온하게 내통하며 '그'를 강박하는 "라면과 고추장으로 비빈 밥의 날들"마저 외면하고 차단하는 지경으로까지 나아가게 된다. 그 결과 "지인들은 하나 둘 채권자로 다가왔"으며, "마지막까지 각종 통첩장이 그은 뇌수를 그는 목으로 토해내야 했다"는 것이다. 여기에서 주목을 요하는 것은, 단지 자본의 속성이나 그에 따른 억압 구조를 드러내는 데에만 그치지 않고, 시적 화자가 "근친상간과 청소년보호법위반" 등 무의식의 반동기제를 동원하여 금기의 구조를 넘나드는 착종된 인간의 내면을 초점화하고 있다는 점이다.

'그'의 이와 같은 심리 상태는, 자신을 둘러싼 이 세계가 더 이상 총체성 회복이 불가능하다는 의식을 전제로 하기에 더더욱 비극적일 수밖에 없다. 단자화된 '그'가 "혀가 잘려나가는 꿈을 꾸"면서도 끝까지 견딜 수 있는 힘은, 무엇보다도 타자에 대한 배려와 환멸적인 삶과 정면으로 대적하려는 존재론적 결단이 선행되어 있었기에 가능했을 것이다. 근대화된 인간의 교조적 이성이 만들어낸 "완벽한 영화", 필연적으로 철저하게 계산되어 구조화된 이 거대한 세계에서 소외된 한 개인, 그것을 "싫다"고 부정하며 죽어 가는 것이야말로 적어도 그가 최소한의 삶의 당위를 보장받는 일이라 믿기 때문은 아닐까? 허위와 환멸로 가득찬 실존적 폐허 앞에서 시인이 어떤 선택과 결단을 할지라도 "그의 외투는 거리의 외투"와 동류항이 된 채 철저하게 타자화되어 가고 있으니 말이다.

지금까지 내가 따먹은 여자는 세어보니 새삼 여덟 명 지금까지 내가 따먹은 여자는 세어보니 아니 일곱 명 지금까지 내가 따먹은 여자는 세어보니 아니 여섯 명 지금까지 내가 따먹은 여자는 세어보니 새삼 공명 지금까

지 내가 사랑한 여자는 세어보니 새삼 공명 배럴 당 한 세월밖에 하지 않는
내가 지금까지 사랑한 여자는 세어보니 아니 터럭 명 셀 수 없는 턱에 갇힌
터럭 많은 우물 안 공동 배럴 당 한 세월을 넘는 지금까지 내가 사랑한 운
명은 세어보니 새삼 여덟 개 지금까지 내가 사랑한 지구는 죽여보니 아니
아홉 개 지금까지 따먹힌 세계가 세어보니 아니 공공 명 그렇다고 공공공
까지 셀 수도 없는 노릇에 세어보니 지금까지 그대가 캐낸 보석이 세어보
니 아니 아니 아니더 이상 무슨 얘길 지금까지 세본 것 빼고 그렇다면 어떻
게 세지 과연 이제 어떻게

―「아/43」 전문

인용시 또한 주체와 타자, 즉 "따먹은 여자"와 "따먹힌 세계"라는 대
립축에 의해 축조된 세계가 균형감각을 잃고 파행적으로 치닫는 상황
을 보여주고 있다. 존재 자체가 수치화되어 가는 물화(物化)된 세계에
서 자가당착에 빠진 채 타락한 언어로 말할 수밖에 없는 이장곤의 시
는 비극적이다. 시인은 "배럴 당 한 세월밖에 하지 않는 내가 지금까지
사랑한 여자"를 는 세어보기도 하고, "내가 사랑한 운명"까지도 세어
보기도 하는 무모한 숫자 놀음에 빠져들 수밖에 없는 것이다. 그의 시
에서는 세계와 개인조차 자본주의적 관점에 의해 심하게 일그러지고
굴절되어 있다. 시의 제목 자체도 아이러니하게 '4'(死: 단절된 죽음을 의
미하는 부정의 수)와 '3'(天·地·人: 우주의 조화를 의미하는 긍정의 수)으로 수
치화시켜 상징화하고 있다는 점이다. 즉 이 세계는 자아와 타자, 삶과
죽음, 긍정과 부정, 정신과 물질 등등이 이웃해 있지만, 시인이 역으로
순서를 뒤집어 의도적으로 전도한 것도 앞서의 논의 맥락과 무관하지
않을 것이다.

2. 경멸과 환멸의 수락

　이원대립의 가치 체계가 무너져 혼돈으로 치닫는 세계에 대항하는 방법이 고작 "삶과 죽음의 경계가 묘한 가운데 죽는 모양을 흉내"(「희망 앞에」, 『문학마당』, 2004년 겨울호)내어 보는 것뿐이라고 시인은 말한다. 이와 같은 표현은 시인이 세계를 바라보는 관점이 얼마만큼 부정적인가를 확인할 수 있는 대목이다. 고통보다 더 참혹한 것은, 자신의 무력감에 대한 고착된 자의식과 "더 이상 살아서 죽음을 말하고 싶지 않다"(「오랜만에 병원에 마네킹이」, 『문학마당』, 2004년 겨울호)는 것의 비관적 인식, 나아가 그것을 넘어설 기대지평의 부재일 것이다.

　　중등 시절 그들처럼, 소리 없이 고통 없이 죽을 방법을 찾았다
　　죽을 용기로 살아보지, 얼마나 가당치 않은 실제인가
　　나열할 수 없는 절망이 한꺼번에 몰려온 저녁, 환한 오후는 환한 오전에
　서만 기인하지 않는다
　　중등 학교 그녀처럼, 소리 없이 고통 없이 죽일 방법을 찾았다
　　죽일 용기로 살아 보지, 죽일 힘으로 살 수 있는가 어떻게
　　나열하면 끝도 없을 절망이 구체적으로 암시된 저녁, 다음과 같이 이야
　기해본다
　　양주병이 두 손에 들려 있다. 묵직하다. 귀엽게 취한 소녀는 두 볼에 홍
　조를 띠고 수줍게 커튼을 가린다. 내리친다. 왼손에는 회칼이 준비되어 있
　다. 쑤신다　흥건한 방아, 오래 전 목을 그어 죽인 중년 위에 소녀를 얹는
　다. 손목을 긋지 않는다. 배가 고프면 라면을 끓인다. 그들의 살점을 넣어
　체중을 유지한다,
　　중등 시절 그들처럼 살고 싶지 않았다

―「중등 시절 그들처럼」 전문

이장곤은 환멸적인 언어로 이 세계를 거부하고자 하는 광기와 자의식을 그로테스크하면서도 환각적인 풍경으로 제시한다. 그가 선택한 정황은 죽음의 이미지와 만나 기괴한 당혹감을 유발하기도 한다. 삶의 변화 가능성을 전면적으로 부인하며 "고통 없이 죽을 방법"과 "고통 없이 죽일 방법을 찾"는 이 시는 환멸과 정면으로 얼굴을 맞댄 형국이다. 환상은 '지금─이곳'에 부재하는 것에 대한 강렬한 욕망에서 비롯된다. 때로는 낭만주의자들의 '현실초월욕'으로, 또 때로는 이상주의자들의 '유토피아주의'로 드러나곤 했던 환상에 대한 갈망은 이제까지 예술의 존재 근거였다고 해도 과언이 아니다. 비록 환상을 이용하고 다루는 방식은 서로 달랐지만, 이 두 가지 경향은 기본적으로 예술을 통해 현실의 황폐함을 극복하려 한다는 점에서 일치한다.

환상이 '지금─이곳'의 현실에 대한 부정 정신에서 기인하는 것이라면, 이 시에서 보이는 환상의 거부는 오히려 실재하는 현실 이외의 다른 가능성은 없다는 이중의 부정 정신에서 비롯된 것이라는 점에 주목할 필요가 있다. 이 시의 화자는 '지금─이곳'의 삶을 넘어서는 "가당치 않은 실제"란 애초에 존재하지 않는다고 상정한다. 삶은 비밀과 기대와 예감으로 이루어진 것이 아니라, "나열하면 끝도 없을 절망이 구체적으로 암시된 저녁"과도 같이 상투적인 일상과 조금치의 기대도 배반하는 뻔한 사실로 뒤덮여 있다는 사실을 확인할 뿐이다. 타자와의 소통 가능성 역시 폐쇄되어 있다는 점이다.

이제 무엇으로 이 거대한 환멸을 견딜 것인가 하는 문제가 남는다. '지금─이곳'의 삶이 아무리 복구불능이라 할지라도 그것을 넘어서는 다른 삶에 대한 환상, 즉 "환한 오후" 역시 "환한 오전에서만 기인하지 않"는다는 관점이라면, 이제 남은 방책은 과연 무엇이란 말인가. 그런 의미에서 애초에 "희망도 절망도 없던 경계"에서조차 "조금이라도 더 걷고 싶"(「습한 방」 부분)은 다른 삶의 가능성에 대한 갈망을 막아버리는 것, 즉 환상에 빠지지 않는 것은 자신의 현재의 상처를 조금이라도 덧나게 하지 않는 유일한 방법일 것이다. 이 시의 화자가 연쇄적인 '살인 행각'을 서슴지 않는 것은 인간으로서의 슬픔과 상처에 대한 일종의 보상심리라고 할 수 있다. "두 볼에 홍조"를 띤 '소녀'를 죽여 "오래 전 목을 그어 죽인 중년 위"에 "얹는" 도착적인 자기 분열증, 그리고 '라면'에 "그들의 살점을 넣어 체중을 유지"하는 그로테스크한 시적 화자의 광기는, 환멸에 가득찬 삶에 부여하는 마지막 경고이자 내적 폭력을 극대화하여 도달한 가히 허무주의의 절정이라고 할 만하다.

> 태양인과 태양인이 성교하여 태양인을 낳았는데 태양인이 수도를 지구로 삼고 지구인 머리에 불씨를 심었다
> 이가 으스러질 것 같은 악력으로 머리 쥐어짜기를 수년, 불씨가 뿌리를 내리고 튼튼한 싹을 키웠다
> 현상이 곧 실체로 이어졌다 마음마다 기둥이 자라고 이탈을 꿈꾸는 자도 허물어지기는 매한가지였다 실체가 디디는 발길, 심박을 가늠하기도 어려웠다
> 그래서 항상 쾌적한 관계를 바랐다 병든 영혼이 더는 확산되지 않기를, 그리고 병든 지구를 이해할 수 있을 것 같았다 태양의 혐의가 모두 지구에게 아니 죄다 나에게 있음을
>
> —「내 지구 내 태양」 전문

극단적 허무주의를 침착되어 주·객 전도, 혹은 해체의 세계에서 방황하던 시인이 다시 나아가야 할 곳은 어디일까? 인용한 시는 바로 그것에 대한 해결의 실마리를 주는 동시에 앞으로 "현상이 곧 실체로 이어지"고 있는 이장곤의 시의 행보를 예감케 하는 인식의 측면에서도 중요하다. '죄의식'은 타자화되어 부재하는 자아를 주체로 전환시키는 과

정을 통해 획득된다는 사실을 이 시는 명확하게 보여주고 있다. 물론 "실체가 디디는 발길"이 "심박을 가늠하기도 어려"운 것 또한 사실이지만, 그는 '죄의식'을 통해 세계의 형식을 탐색하면서 자동화되고 왜곡된 자기 자신의 정체성을 직시하기에 이른다.

이와 같이 자율성을 박탈당한 삶에서 자기 자신을 찾고자 하는 시인의 지난한 몸부림임을 감안할 때, 파편화되고 분열된 세계에서 자기 동일성(self-identity)을 맥락화하려는 시도 자체로서도 그것은 그만한 가치를 지닌다고 볼 수 있다. 이장곤은 특히, 앞에서 살핀 대로, 절망과 희망을 이제까지 좀체로 보지 못한 극명한 형태로 전해준다. 시인은 '태양-지구' 사이에서 "확산되"는 "병든 영혼"을 결국 "나의 죄"로 인정하면서, 세계가 구축해 놓은 불가항력의 관계를 생존 조건으로 수락하기에 이른다. 여기에서 특히 강조되고 있는 것은, 유동적인 인간 관계의 현실에 대응하여 "항상 쾌적한 관계를 바"라면서 기존 후기산업사회의 사유 체계로부터 탈주를 꿈꾸는 서정 주체의 욕망인 것이다.

3. 불온의 정체, 실존 양식

이장곤 시가 불온하면서도 그로테스크한 상상력에 토대를 둔 것은, 무엇보다도 우리 시대를 타락하게 만든 근원적인 여러 관계 방식에 관심을 기울이기 때문이다. 나아가 그는 "화폐를 가슴에 넣고 주무르"(「자기, 나 그리고 우리 그 슬픈 기록에 관하여」 부분)는 자본 권력의 문제적인 조건과 개인의 자유를 제약하는 억압의 형식에 주목한다. 앞에서도 지적했듯이, 이장곤 시의 화자가 노출하고 있는 파편화된 실존 양상은 현대사회에서의 자본주의적 모더니티가 압승한 결과로 재래의 공동체적 삶의 형식들을 잃어버렸고, 각종 사회적 이데올로기가 공소하게 여겨질 만큼 개인의 소외가 촉진된 우리 시대의 자기 동일성의 탐구 형식과 정확하게 대척된다. 특히 시장에서의 매력이라는 측면에서 자아를 측정하고 재형성하도록 압박을 가하는 자본주의적 생산 논리가 개인의 직업과 사회생활에까지 관철되면서, 소비 사회와 이미지 문명의 성장으로 인해 자아에 대한 집착이 누적되어 신경증적 강박증의 수준으로까지 확산되면서 자아 정체성의 조절 수위는 점점 생존을 위한 필수적인 요소가 되어가고 있다는 것이다.

"마침내 신도 나를 버렸다"(「희망 앞에」, 『문학마당』, 2004년 겨울호)고 말하는 이장곤 시의 화자는 고립되고 소외된 지상을 누구보다도 자유롭게 편력한다. 어떻게 보면, 그는 21세기식 광기에 빠져 도착적인 리듬을 타고 누구 못지않게 위태하게 놀고 있는 듯한 느낌을 준다. 그가 추구하는 자유는 물론 말썽 많은 쟁점들을 야기한다. 그러나 마찬가지로 명백한 것은 자기 동일성(self-identity)의 세계를 통과하지 않고서는 우리의 현실에 잠재된 삶의 가능한 형식들에 대한 어떠한 탐구도 진지할 수 없다는 것이다. 개인적·사회적 삶의 조화에 대한 희망이 다시 태어난다면, 그것은 낡은 철학적 관성으로부터가 아니라 무료한 고통을 넘어선 대체적 가치에 의해서만이 가능하다. 어쩌면 대체적 삶의 논리와 그 모순을 이해하는 능력에 따라 가능한 삶을 탐문하는 강도에 따라 시인의 역량이 결정될지도 모른다. 그런 점에서 앞으로 이장곤의 시적 행보를 가늠하며 주목해보는 것도, 우리에게는 하나의 흥미로운 지표가 될 수 있을 것이다.

무서운 폭력, 혹은 무모한 탈주
— 장경린 시집, 『토종닭 연구소』

유머의 허울을 쓰고 우울한 농담을 거는 『토종닭 연구소』에는 우리 시대의 개인이 처한 실존적 정황을 한 점 환상 없이 대면하려는 어떤 냉철한 이지 같은 것이 느껴진다. 장경린의 지성은 후기산업사회가 이룩해 놓은 각종 자본주의 이념들에 전혀 훼방을 받지 않으며, 단자화된 타자들이 이루는 삭막한 현실의 핵심을 곧바로 관통한다. 그는 사람과 사람 사이의 끈끈한 유대가 가장 친밀하고 사사로운 영역에서조차 사라졌다고 지적하고 있지만, 그러한 상실을 벌충하려고 새로운 몽유도원도를 짓거나 꿈꾸지는 않는다. 그가 그린 몽유도원이란 한낱 "그곳에 눌러 살고 싶어졌다면 / 흐르는 강물에 / 임의의 점 하나를 찍"고 "그중 하나의 점에게 / 사랑을 고백하"(「몽유도원도 2」)는 허망한 곳이거나, 죽은 어머니조차 상품화시켜 "새옷사입히고화장해서 / 내다팔기"(「몽유도원도 11」)로 작정까지 해보는 비극의 현장에 불과할 뿐이다. 따라서 그의 시에서는, 오히려 언어와 존재 사이에 널브러져

있는 삶의 파편들을 담담하고도 가볍게 보여주는 태도가 소중한 덕목
이 되기도 한다.

> 그것은 나에게 없습니다 / 당신에게도 없습니다 / 그것은 그것에도 없습니다 /
> 예전에도 없었고 앞으로도 없을 / 그것은 // 당신과 나 사이에 있습니다 / 보시다
> 시피 여기에 늘 이렇게 있습니다 / 6과 7 사이 / 6과 6 사이에 있습니다 / 존재와
> 언어 사이를 지나 // 환상과 현실 사이로 가볼까요 / 팔 하나에 손가락 다섯 / 하나
> 의 가슴에 젖꼭지 둘 / (이 환상적인 진화가 시큰둥하다면) / 예쁜 배꼽에 / 피어싱
> 셋! // 배꼽에 달랑거리는 고리 / 고리에 매달려 달랑거리는 허공 / 이렇게 한없이
> 꼬리를 물고 이어지는 그것은 // 아이가 다가가 꼬리를 쓰다듬자 / 자신이 다람쥐
> 란 사실을 잊고 있다가 / 소스라치게 놀라서 달아나는 / 가을처럼 // 그것은
> ―「당신과 나 사이에 2」 전문

장경린은 물화된 욕망이 인간에게 초래한 비극을 극히 냉담한 시선
으로 그리면서 종래의 낭만적 관념을 신랄하게 조롱한다. 여기에는 우
리 시대가 빙자한 삶의 현실을 비틀어 놓는 그의 시가 지닌 독특한 방
식이 압축되어 있다. 그는 주체가 사라진 자리에 '그것'으로 상정된 근
대적 이데올로기가―욕망의 범주 안에서는 그 어떤 진리도 용인될 수
없다는 태도이기에―지극히 이성적으로 구획화되고 계량화된 수치, 즉
"6과 7 사이 / 6과 6 사이에 있다"고 단언한다. "존재와 언어 사이"에서
존재의 개시성을 믿던 인간에게 언어의 테제가 사라진 '지금―여기'의
현실은, 중심축이 무너져 더 이상 어디에도 집착할 수 없는 자아 정체
성이 요구되기 마련이다. 나아가 "환상과 현실 사이"의 간극이 야기하
는 정신 공황은 '배꼽'에서 '고리', 그리고 '허공'에서 '꼬리'로 미끄러지
는 접촉성을 근간으로 한 우연적 환유의 그물망에 얽혀 있을 뿐인 것이
다. 따라서 자연의 생명체인 '다람쥐'조차도 일그러져 자기의 존재성을
일탈하는 '그것'은, 즉 기호화되고 익명화된 채 부유하는 인간의 상징

으로 읽게끔 하는 동인을 부여하기도 한다. 그렇다면 이렇게 나날이 깨지고 일그러진 채 타자화된 인간이 선택할 방식은 무엇일까?

> 어느 날 그는 탈주에 성공했다 / 고 믿었다 아침에 일어나 명상을 하고 / 남들이 일하는 시간에 / 박찬호 경기를 라이브로 즐기고 발목이 잘린 / 비둘기에게 과자를 주면서 / 시시각각 움직이는 주가를 지켜보다 배팅을 하고 / 동네 쓰레기 소각장의 연기가 / 어느 쪽으로 날아가는지 살펴가면서 / 듣지도 않는 레코드판 먼지를 닦아내면서 / 그는 탈주에 성공했다 / 고 믿었다 어제처럼 어제의 어제처럼은 살지 않겠다 / 고 말하면서 열심히 회전문처럼 / 돌아가면서
>
> ―「회전문」 부분

이 시에서와 마찬가지로 장경린이 주목하는 인간들은 늘 탈주를 기획하고 꿈꾸지만, 결과적으로는 자본주의 삶의 속도와 구심력에 휘말려 무력하게 패배하고 마는 귀결점에 봉착한다. 그러나 어처구니없게도 정작 본인은 무의식적으로 완전한 자유를 얻었다고 철저하게 믿고 있는 낭만적 환상에 빠져 있다는 사실이다. 그의 시가 지닌 중요한 전언은 어디까지나 익명화된 인간들이 겪은 탈주와, 이로 인해 겪을 수밖에 없는 추방에 관계된 아이러니한 경험들이다. "물고기들이 돌 속에 박혀 놀고 있"지만, "나는 그곳에서 추방되었다"(「가족」)는 사실, "누군가 문을 닫고 있"어 "이제 그쪽은 사용하게 될 수 없"(「재개발지역 3」)게 된 사실, "의문의 다슬기들처럼 // 와장창, 어항을 깨고 뛰쳐나가고 싶"(「어디로 가는 중일까」)은 욕망, "검은 피를 흘리며 / 바리케이드 너머로 / 하얀 돌(~1987)을 던지"(「대한 늬우스 2」)는 욕망 등 거대담론의 해체 이후 자본주의 메커니즘으로 인해 무력하게 타자화될 수밖에 없었던 비극적 자아들이 빈번히 출몰하는 것도 바로 그 이유 때문이다.

거짓말처럼 만우절에 투신자살했던 / 장국영이 다음의 인기검색어 목

록에서 / 오늘에서야 삭제되었다 // 여자보다 애잔한 표정의 사진도 / 남성
미 넘치는 근육질 사진도 / 그 어느 쪽도 동성애자의 속사정을 보여주지 않
았지만 / 다른 이들을 제치고 그는 / 인기 검색어 1위에 올라 있었다 / 생시
보다 더 생생한 힘을 발휘하며 / 삶과 죽음 사이에서 / 사이버 공간에서 오
랫동안 떠돌고 있었다 // 죽어서도 마음대로 떠나지 못하고 / 죽어서 더 영
화 같은 스캔들을 이어가던 그가 / 인기 검색어에서 삭제된 오늘 / 비로소
그는 죽었다 // 컴퓨터 모니터 전자식 화장터에서 / 끊임없이 일렁이는 / 기
호의 바다에서

—「인기 검색어에서 삭제된 오늘」 전문

장경린이 존재와 언어의 간극에서 걸어올린 생생한 허구는 죽음과
삶, 영화와 현실, 실재 공간과 가상 공간, 여성과 남성을 규정한 정체성
을 스스로 인정하는 과정을 밟아갈 수밖에 없다는 사실이다. 이것은
'죽음'이라는 주체 소멸로도 지울 수 없었던 상징이 "인기 검색어에서
삭제"되어서야 마지막으로 남아 있던 모든 굳어진 정체의 상징들을 버
린다는, 그리고 "끊임없이 일렁이는 / 기호의 바다"에서 무모한 탈주를
꿈꾸기보다 소멸할 운명이라는 현실을 수락하는 계기를 포함한다. 그
리하여 장경린의 시작법은, 그가 "존재와 존재 사이의 벽을 넘나드는 /
일종의 '숨통 트기'가 아닐까"(「뒷표지 글」)라고 언명한 데서도 드러나
듯 이 무자비한 자본의 폭력이 횡행하는 현실에서 인간이란 초라한 '틈
입자'에 불과하다는 것, 시인 자신도 자본주의 메커니즘에 눌려 스스로
억압하고 위장하는 부조리한 삶을 살아왔다는 것을 깨닫는 계기로도
작용한다는 점이다.

이와 같이 장경린의 시집 『토종닭 연구소』는 자본주의 권력과, 그로
인해 와해되고 파편화된 삶에 관여하여 자동화된 시스템으로 전락시
켜 버리는 관념에 저항하는 무모한 몸짓을 보여준다. 한편 그의 시는
"내 속에는 // 누군가 / 나보다 먼저 다녀간 / 흔적이 있다"(「로그인」)는

사실에서 추론할 수 있듯이, 자아에 틈입하여 강박하는 신경증적 증후군에서 탈출하려는 시도를 그것의 내면적 측면에서 이해하게 해준다. "자신을 세상에 내다 판 죄"(「갈릴리 김밥」)로 인해 익명적 존재로 전락한 시적 자아의 상징적 죽음은 개별화된 자아를 수동적이게끔 하는 기성의 자본 이데올로기와 단자화된 시스템의 극복이라는 이중의 성격을 내포한다. 장경린이 현실과 환상의 경계에서 펼치고 있는 일련의 반성과 각성은, 타자화된 그의 자아(ego)가 사회 구조의 필요에 맞추게 하는 폭력적이고도 억압적인 규범들로부터 심리적 자유를 획득하는 것으로 나아간다. "자본주의의 플래시가 터질 때마다 / 찔끔찔끔 눈을 감는 / 왜소한 아이 // 저 두 눈에 눈물 맺히는 일 없기를 / 곰 인형을 안고 있는 / 저 가슴이 // 利子의 횡포와 유혹에 / 놀아나지 않기"(「대한 늬우스 3」)를 간절히 바라는 시인 장경린, 그의 심장이 뭉클 만져지는 것도 바로 이 지점인 것이다.

즐거운 시니피앙과 슬픈 시니피에의 간극
— 애지 사화집, 『날개가 필요하다』

1. 혼질적 기호의 파장을 찾아서

랑그(Langue)와 파롤(Parole)은 구조주의 언어학의 창시자인 소쉬르가 처음으로 사용한 용어로서 변하지 않고 본질적이며 사회적인 언어 체계를 랑그, 혼질적이고 비본질적인 언어 체계를 파롤이라고 불렀다. 랑그와 파롤은 서로 상반되지만 상호 보완적으로 작용하며, 기표(signifiant, 시니피앙)와 기의(signifie, 시니피에)의 관계를 지녔다는 특징을 지닌다. 언어는 다른 이와의 의사소통이기 때문에 서로 공통된 규칙이 존재한다. 여기서 우리가 '개별적'으로 대화하는 것을 파롤, 공통된 문법이나 낱말들에 존재하는 서로간의 규칙으로 고정적인 것을 랑그라고 한다. 랑그란 추상적인 언어의 모습으로 사회에서 공인된 언어를 말한다. 즉 이 말은 여러 가지 상황에도 절대 변화하지 않고 언어의 기본 골격을 이루는 본질적인 모습을 의미한다.

이와는 상대적인 관점의 파롤은 현실적인 언어의 모습으로 개인이 사용하는 구체적인 언어를 지칭한다. 랑그와 파롤의 관계는 기표와 기의로 설명할 수 있는데, 낱말들의 음성을 나타내는 기표와 낱말들의 개별적인 뜻을 나타내는 기의의 결합으로 개개의 낱말들이 자의적인 차이를 나타낸다는 말과 동일하다. 언어학에서 자의적이라는 것은 기표와 기의의 결합이 우연적인 관계라는 사실을 강조하는 개념이다. 그러나 시의 언어에서는 상상력을 통해 누가 그 간극을 다변화하는가에 따라 시의 성패가 좌우된다고 해도 과언은 아니다. 시라는 매체의 특성이 기존의 언어 관념을 해체하면서 새로운 정서를 환기하기 때문일 것이다. 최근 애지문학회에서 낸 사화집의 시편들은 서로 유사한 랑그로써 세계와 언어의 자의식을 각기 다른 파롤의 모습으로 구현하고 있어 이채롭다.

2. 개인적 랑그, 사회 파열의 자의식

랑그와 파롤의 개념을 처음 창안한 소쉬르는 언어학의 연구 대상이 될 수 있는 것은 랑그밖에 없다고 단정했는데, 그것은 파롤이 상황에 따라 쓰이는 느낌, 또는 뉘앙스가 천차만별이기 때문이었다. 따라서 고정적이고 본질적인 공적 언어인 랑그만을 연구 대상으로 삼아야 한다고 주장했지만, 독창적인 개성을 강조하는 시적 언어인 경우에는 파롤이 분석의 대상이 된다는 점이다. 구조주의 언어학자 소쉬르는 음성 이미지인 시니피앙과 의미 구성체인 시니피에의 개념을 착안한다. 언어는 표층적인 음운 구조와 그 이면의 의미 구조를 동시에 지니며, 이 두 구조는 불가분의 행복한 결합 관계라는 태도를 취한다. 이러한 소쉬르의 구조주의 언어 이론에 정신분석학의 개념을 보탠 자크 라캉은 기호 표지인 시니피앙이 단순한 음성 이미지가 아니라 무의식적 욕망을 배태한 것이라고 주장한다. 곧 음성 이미지인 시니피앙 이 본질인 시니피에를 견인한다는 이론이다. 자크 라캉의 언어철학은 현대 시인들의 언어 의식과 세계 인식에 강력한 파장을 미쳤다는 사실이다. 이러한 언어적 관념은 이 글에서 다루는 애지문학회 시인들에게서도 주류를 형성할 만큼 강력한 인자로 작동하고 있어 관심을 환기한다.

> 그 앞에선 모두가 시한부 인생이다 몸 속 깊은 시한부 목숨을 족집게로 끄집어내어 벼랑 끝에 매달아 놓는 기술이 그에게 있다 중병 같은 긴 세월을 간단히 건너뛸 수 있는 것은 너무나도 쉽게 삶과 죽음의 경계를 지워왔기 때문이다 실타래처럼 얽혀 있는 병력을 컴퓨터 자판에 두드리면 네모번듯한 운세가 슬픈 바코드로 떠오른다 아무 이유 없이 궁합이 맞지 않듯 아무런 인과관계 없는 죽음도 허다했다 하루에도 몇 번씩 부침(浮沈)을 거듭하는 전봇대의 전단지처럼 생사의 모호한 경계를 사람들이 참새처럼 몸을 떨고 있다 수만 볼트의 전깃줄에 꿈적도 하지 않는 참새 한 마리, 발바닥이 간지러운지 끊임없이 발 바꾸기를 한다 벼랑 끝에서 당당한 맨발은 없다 오늘도 그는 시한부 선고 중이다

— 김연종, 「돌팔이 의사 생존법」 전문

김연종은 근작시에서도 보여지듯 능청을 떨면서 세태를 꼬집는 알레고리를 자유자재롭게 구사하는 시인이다. 그는 의사라는 직업에 걸맞게 임상체험에서 얻은 시적 모티프를 재미있고 맛깔스럽게 알레고리화 하는 장점을 지니고 있다. 인용시도 그와 같은 연장선상에서 읽히는 작품으로서 자본을 위해서 목숨값을 흥성하는 의사의 권력을 풍자하고 있다. 화자는 시의 도입부에서 '돌팔이 의사(기표)' 앞에선 "모두가 시한부 인생(기의)"이라는 점을 전제한다. 병자들의 유약한 특성을 이용하여 "몸 속 깊은 시한부 목숨을 족집게로 끄집어내어 벼랑 끝에 매달아 놓는 기술이 그에게 있다"는 기표를 통해 권력의 위악성이란 어

처구니없는 기의를 드러낸다. 나아가 그가 "중병 같은 긴 세월을 간단히 건너뛸 수 있는 것은 너무나도 쉽게 삶과 죽음의 경계를 지워왔기 때문"이라고 일갈한다. 시의 화자는 무엇보다도 비상동성의 원리를 바탕으로 삶의 이율배반적 허위성을 전면에 내세운다. 권력에 방기된 병약한 인간들은 "아무런 인과관계 없는 죽음도 허다"하게 발생하는 기의에 초점을 두고 있기 때문이다.

> 몇 개의 관문을 통과해 갔을까
> 일방적으로 당신의 몸에 드리워진
> 한 개로 압축된 목,
> 구멍이란 뚫려진 통로다
>
> 두 눈으로 들어와서 하나의 입으로 뱉어지는 눈곱 같은 질문
> 두 귀로 밀려와서 하나의 입으로 쏟아지는 귀지 같은 상념
> 두 코로 달려들어 하나의 입으로 들어오는 꼬딱지 같은 먹이
>
> 한 개의 입에서 시작하여 하나의 항문으로
> 이어지는
> 길고도 막막한 구멍 하나
>
> 하나의 구멍으로 요약된 항문은 독설이다
> 배설의 통로 쪽으로만 열려 있는 후끈한 염문이다
>
> — 김혁분, 「구멍에 대한 담론」 부분

김혁분은 풍요로운 이미지보다는 사유 쪽에 초점을 맞추는 방식에 장기를 지닌 시인이다. 인용시에서도 사람의 '입'이라는 구멍에 대한 사유의 기표가 '항문'이라는 기의로 환치되는 구조적 역설을 보여준다. 시의 화자는 "일방적으로 당신의 몸에 드리워진 / 한 개로 압축된 목"을

제시하면서 "구멍이란 뚫려진 통로다"라는 전제를 내세운다. "두 눈"이
나 "두 귀", "두 코"로 들어와서 "하나의 입"으로 배출하는 일이란 "질
문"이나 "상념"이나 "먹이"라는 기의를 얻기 위한 고투의 과정이 아니
겠는가. 인간의 삶이란 기실 "한 개의 입에서 시작하여 하나의 항문으
로 / 이어지는 / 길고도 막막한 구멍 하나"로 요약된다는 전언이리라.
따라서 화자는 "하나의 구멍으로 요약된 항문은 독설"이며 "배설의 통
로 쪽으로만 열려 있는 후끈한 염문"이라고 단언한다. 그것은 입으로는
향기로운 척하지만 뒤가 구린 인간의 생, 욕망의 노예가 되어버린 채
"후끈한 염문"에 휩싸이게 마련이다. "독설"로써 자신을 지켜내야 하는
인간들의 비애가 자연스럽게 겹쳐지는 부분이다. 따라서 인용시는 하
나의 '입'이란 기표는 결국 '항문'의 기의와 동일하다는 역설적인 감각
이 두드러진 작품으로 정위된다.

> 새벽잠이 점점 없어져 갈 때
> 힘 조절을 잘 해야 하는 것은
> 항문의 괄약근만은 아니다
>
> 아래로 새는 것쯤은
> 냄새만 조금 참는다면야
> 잠깐의 꿉꿉함도 견딘다면야
> 은근슬쩍 뒤처리도 염려 없으니
> 불안함 한 덩이쯤 탈 없으나
>
> 침 발라 넘긴 손가락 끝
> 검은 때가 제법 묻을 때
> 무성자음을 잃고 ㄹ, ㄴ 따위가 예사로울 때
> 꽤나 힘 조절을 잘 해야 하는 것은
> 입의 괄약근이다
>
> — 박 현, 「괄약근에 대하여」 부분

박 현의 시는 젊은 시인답게 현대적인 다양한 소재를 차용하여 도발적인 상상력의 진폭을 보여주고 있다. 그가 주로 '악어가방'을 통한 문명 비판, 자본주의적인 위악성 풍자, 나아가 신성모독적인 발언을 서슴지 않는 도저한 언어의 저돌성을 보여주고 있다. 인용시「괄약근에 대하여」도 그 범주에서 벗어나지 않는 가편에 속한다. 여기서의 '괄약근'(기표)은 '입'(기의)과 동일화의 범주로 포섭하여 무리 없이 형상화한다. 항문의 괄약근으로 새는 것쯤은 "냄새만 조금 참는다"거나 "잠깐의 꿉꿉함도 견딘"다면야 "불안함 한 덩이쯤"은 별 문제 없겠다고 단언한다. 곧이어 화자는 그 다음 연에서 기표를 뒤집는 아이러니한 상상력을 선보인다. 그것은 다름 아닌 "침 발라 넘긴 손가락 끝 / 검은 때가 제법 문을 때 / 무성자음을 잃고 ㄹ, ㄴ 따위가 예사로울 때 / 꽤나 힘 조절을 잘 해야 하는 것은 / 입의 괄약근"이라는 실존적인 진실의 발견이다. 따라서 화자는 '항문의 괄약근'이란 기표와는 다르게 '입'이란 기표는 "힘주어 꼭 다물지 않으"면 "빠지지도 녹슬지도 않는 미늘"로 남아 "염치 모르는 생채기(기의)"를 남긴다는 쓰디쓴 전언을 남긴다. 마지막 연의 "견뎌 낸 시간이 / 치욕이 되지 않기 위해선 / 괄약근 관리에 힘쓸 일"이란 진술이 설득력을 배가하는 이유도 바로 그 까닭이다.

> 허, 그란디그란디 이 말은 꼭 해야쓰겠소
> 쌀 무시 달걀 마늘 밀가리 동동주 되야지괴기값, 게다가 우마차비(費)에 동네 또랑에서 먹 감는 돈꺼정 나라에서 직접 관리허겄다고 했담서요 와 따매 요것은, 항꾸네 생산해서 항꾸네 나눠 묵자 식(式) 이데올로기를 가진, 저 웃녘 추운 나라 어떤 독재자가 실패허고 확 조져분 이론이여라 전하, 통촉허씨요야
> 이바구 끝텅을 파다본께, 동네 의원(醫院) 갈 때 나라에서 주는 보조비부텀 주택청 토지청 파발청 저수지청 등등 나라에서 운영허는 각종 청(廳), 말 안 듣는 신문청 방송청을 돈 많은 상단(商團)으로 팔아분다는 전하의 야

리꾸리헌 경제구상꺼정, 헐 말쌈이 오살나게 많아분디 오늘은 진짜로 그
만허것소
　　나도 목구녕이 포도청이요, 말은 요로코롬 촉새거치 했지만 공마당에
촛불 쓰로 갈라, 포대기채 걷어 가불까 싶은게 데불고가지 못허고 하루씩
돌아감시롱 각시 대신 애새끼 볼라, 눈구녕　　그렇게 까제낀 욱엣놈 눈치
살필라, 허벌나게 바뿌요야 금메, 하루하루가 살강 욱에 요년허니 영거져
있는 밥그럭 신세당께요

— 양해열, 「옹색지(甕塞誌)」 부분

　양해열의 시는 80년대 김지하의 「五賊」이란 시를 방불케 하는 풍자
의 구조(기표)로서 시대의 환부(기의)를 통렬하게 짚어내는 특장을 지
니고 있다. 더구나 전통적 형태로써 현대적 리얼리즘 시의 계보를 잇고
있어 주목할 만한 신인이다. 그의 걸쭉한 입담은 가히 판소리를 차용한
김지하의 담시(譚詩)의 계보를 잇고 있다. 그의 시는 재치를 앞세워 불
합리한 세태의 문제를 해학적 어조로써 꼬집어 낸다. 남도 사투리의 자
유자재로운 운용은 결국 서민들의 애환을 담지하는 특장을 지니는 바
시의 질박한 서민들의 애환을 자연스럽게 표백하는 특질까지 함유한
다. 권력이나 자본의 문제가 아직 해결되지 않은 채 거대 리얼리즘이
퇴조하는 우리 시단에서 참으로 오랜만에 긴요한 신인을 얻었다. 상기
인용시에서도 시의 화자는 현실에 산재한 불합리한 모순의 문제를 질
박한 남도사투리의 어조로써 유장하게 끌고 나간다. 인용 부분은 현 이
명박 정부가 자가당착하고 있는 두 가지 문제, 즉 공영화와 민영화 문
제가 뒤바뀐 현실에 대해 보내는 강력한 메시지가 능청스런 해학을 동
반하고 있어 흥미롭게 다가온다. 참으로 오랜만에 육덕진 그의 입담(기
표)에 잘근잘근 씹히는 권력의 허구(기의)를 목도하는 쾌감에 동참한
듯하다.

낚시에 걸린 학꽁치가 날고 있다
팔 할이 시퍼런 멍 자국이다
살 속에 탱탱한 가시 박아 넣느라고
파도와 사투를 벌인 등짝
물고기들은 가시의 힘으로 수심을 이긴다
바다에도 새우처럼 둥근 중심이 있어
파도의 등으로 굽이치고 있는 것일까
내가 벗어놓은 신발 한 짝을 냉큼
업어 달아나는 파도,

서로 기대본 적 없는 파도의 등을
낮달이 등(燈) 되어 준다.

— 윤영숙,「파도, 등 푸른」부분

　　윤영숙은 서슬 푸른 독기의 기표로써 시의 이미지의 파장을 만들어
내는 동시에 이를 다시 기의로 응집해 내는 저력이 돋보인다. 예를 들
면 생명의 힘이란 정서를 "수액 당겨 꽃 피워내는 아귀 같은 힘"(「아이
리스 벽화」)이라거나 "물관의 중심이 비틀려 옹이 박혔을 것"(「겹 겹」)
이라는 언표로 일갈하는 대목 등에서도 쉽게 확인된다. 시의 화자는 시
의 도입부에서 "갈기 휘날리며 밀어붙이던 파도에도 / 뼈가 있고, 등이
있어 뛰고 / 휘어지고 굽다가 거꾸러"진다고 상상력의 날개를 펼친다.
나아가 "아버지가 골진 등짝으로 나를 키웠듯 / 파도는 거꾸러지는 등
의 힘으로 / 등 푸른 생선을 키우고 / 등대 허리 꼿꼿이 잡아 세"운다고
은유화하고 있다. 더구나 '학꽁치'의 이미지를 빌려 "파도와 사투를 벌
인 등짝"에 박힌 푸른 멍의 이미지를 초점화하면서 "물고기들은 가시
의 힘으로 수심을 이긴다"고 부연한다. 나아가 시의 화자는 "바다에도
새우처럼 둥근 중심이 있어 / 파도의 등으로 굽이치고 있는 것일까"라

고 의문을 제기한다. 그것은 다름 아닌 " 파도의 등"과 "낮달이 등(燈)"
을 말놀이(pun)의 고리로 엮어 동일화하기 위한 은유 전략이리라. 인용
시는 '파도의 등(기표1)'에서 출발하여 '아버지의 등(기표2)', '학꽁치의
등(기표3)', 그리고 '낮달의 등(燈)(기표4)'으로 이어지면서 둥근 중심을
세워 고통과 맞서는 도약의 에너지(기의)를 분출하고 있는 환유적인 고
리가 예사롭지 않다.

> 휴일 봄날
> 고객의 판매대금을 수기계산 한다
> 잔돈에 커피까지 대접하며 전표함에 두었는데
> 퇴근시간 다 되어 뱀 한 마리 튀어 나왔다
> 어디에 있었나? 저 뱀
> 모두들 놀라 손사래를 치는데
> 전표 사이를 헤집고 다니던 뱀이 대가리 들고 내게 오더니
> 마치 내 잘못을 질책이라도 하듯 뒤통수를 깨물었다
> 아차, 내 수기계산이 잘못되었다고
> 발버둥치는 나, 툭툭 터지는 봄꽃들
> 얼른 지갑을 털어 대납했음에도
> 오랜 시간 물고 늘어지던 긴 그림자
>
> — 이광구, 「뱀」 부분

　이광구의 시에는 소소한 일상에서 겪는 삶의 비애가 잔잔한 수채화
물감 빈지듯이 아름답게 채색되어 있다. 근작 시편들에서 나타난 것만
보더라도 그는 섬세하고도 따뜻한 마음결을 지닌 시인이 분명하다. 인
용시에서도 시의 화자는 '뱀'이라는 기표를 실제의 뱀과는 무관하게
삶의 어떤 '비가시적인 힘'의 상징으로 차용하여 기의와 기표의 간극
을 드러낸다. 화자는 "휴일 봄날"에 "고객의 판매대금을 수기계산" 하

다가 퇴근 무렵이 되어서 "뱀 한 마리가 튀어 나왔다"고 진술한다. 그 뱀은 양심이어도 좋고, 상사의 의심에 어린 눈초리여도 좋고 그 무엇이어도 무방한 상징이다. 그만큼 '뱀'이라는 기표는 우리의 도처에 산재하는 권력이어도 좋고, 자본에 휩쓸리는 소시민들의 일상이라는 기의여도 상관없다. 그만큼 상징의 장력이 크다는 것은 시의 파롤의 힘을 배가하는 역할을 하기 때문이다. 그의 따뜻한 시가 갈수록 더욱 깊어지기를 기대한다.

> 쉰 번을 구기면 구멍이 뚫려
> 귀에 그 구멍을 대고
> 하늘 소리 들으라 한 걸까
>
> <중략>
>
> 활자도 지워지고
> 얼굴도 지워졌다
>
> 드디어 밑을 닦을 수 있는
> 한 장의 부드러운 밑씻개가 되었다
> 똥의 말을 말없이 받아주는 것이었다
>
> 그의 얼굴에 주름이 많아졌다
>
> — 정준영, 「주름」 부분

  정준영의 시는 현미경적 관찰을 토대로 하여 일상의 소재를 아주 감각적으로 새롭게 재구하는 특질을 내보이고 있다. 인용시에서도 그러한 그의 역량이 충분하게 발휘되어 있어 재미있게 읽힌다. 사소한 일상에서의 위대한 발견이라는 시의 명제에 충실한 시편들이다. 예를 들어

"쉰 번을 구기면 구멍이 뚫려 / 귀에 그 구멍을 대고 / 하늘 소리 들으라 한 걸까"라는 구절에서도 그의 섬세한 상상적 감수성의 역량이 여실히 발현되어 있다. "활자도 지워지고 / 얼굴도 지워"져야 "밑을 닦을 수 있"는 "한 장의 부드러운 밑씻개"가 되는 종이의 기표를 통해 그와는 너무도 먼 간극에 있는 인간이 늙는다는 것의 궁극이란 무엇인가를 환기하는 기의를 꺼내들고 있다. 환언하면 화자가 "그의 얼굴에 주름이 많아졌다"(랑그)는 것이 부드러운 영혼(파롤)을 얻는 과정이라는 사실에 주목하는 가편이라 여겨진다.

> 힘 빼기 연습이다
> 네트 가까이에 떨어지는 공을 되받아 쳐야 되는 그 순간 모았던 힘을
> 건듯 놓기 위한
>
> <2연 중략>
>
> 몇 겹의 쇠사슬로 서로를 동여매고도 믿기지 않아 발 동동 굴렀던
> 내, 사랑도 그랬다
> 가끔은 힘을 놓는 것이 가장 강한 고리였을
>
> 힘껏 공을 멀리 보내거나
> 수비의 조건 훤히 드러나는 공격보다 정교한, 힘 살짝 놓기를
> 몸에 새기는 중이다
>
> — 조영심, 「헤어핀 레슨」 부분

조영심은 은유와 상징을 표현 기제로 삼으면서도 자재롭게 인간사의 진실을 크로즈업해 내는 특질을 지닌 시인이다. 상기 인용시에서도 그는 배드민턴 기술 중의 하나인 '헤어핀 레슨'이란 특성을 통해 사랑

의 역설을 드러낸다. '강한 것(기표)은 약한 것보다 못하다(기의)'라는
이 공식은 이 시를 지배하는 조건인 바 인간적 진실을 드러내는 데 긴
요한 역할을 담당한다. 시의 화자는 "머리핀을 꽂는 이 손놀림의 작전"
은 "허허실실(虛虛實實)"과 동일한 맥락을 형성하여 가끔은 "힘을 놓는
것이 가장 강한 고리"였다는 사실을 발견한다. 따라서 화자는 "수비의
조건 훤히 드러나는 공격보다 정교한, 힘 살짝 놓기를 / 몸에 새기는
중"인 것이다. 기존의 고정 관념을 뒤집는 역설은 무엇보다도 기표와
기의의 거리를 확장하는 데 기여한다. 더구나 기존의 이성의 법칙이란
결국 감성의 법칙과는 상대적 관점을 유지한다는 사실의 환기에 기여
하는 기제로 차용한 것이다. 그의 거침없고 자유분방한 필력이 더더욱
날개를 펼치기를 기대해 본다.

생면부지의 꽃과 '꽃'은
언제 어디서 만났을까
분명
질펀한 교합이었으리

'꽃'은 아마 꽃의 대문을 열기 위해
꽃의 가슴을 두드리기 위해
수없는 까치발로 담장 안을 기웃거렸으리
망설임의 그림자 부산했으리

보란 듯, 꽃대(꽃) 위에 망울(＾ ＾)을 달아
기어이 꽃을 유혹하고 마는
저 욕정의 이모티콘들

— 최명률, 「오래된 소통」 부분

최명률의 시는 격정적인 언어의 몸부림을 보여주는 시편들이 중심인데, 인용시는 그 틈서리에서 약간은 비껴서 있는 문명비판적인 시각이 돋보이는 작품이다. 여기서의 기표와 기의가 동일한 언표로 이루어져 있어 특이하다. 차이가 있다면 그냥 '꽃'과 작은따옴표(' ')가 있는 '꽃'을 분리해 놓고 있다는 점이다. 그러나 시를 읽다보면 자연스레 작은따옴표가 있는 꽃은 '조화(造花)'라는 기의를 발견하게 될 것이다. 조화로 상정된 "'꽃'은 아마 꽃의 대문을 열기 위해 / 꽃의 가슴을 두드리기 위해 / 수없는 까치발로 담장 안을 기웃거렸"을 것이라는 전제가 있기 때문이다. 따라서 시의 화자는 "보란 듯, 꽃대(꽃) 위에 망울(＾＾)을 달아 / 기어이 꽃을 유혹하고 마는 / 저 욕정의 이모티콘들"이라고 비판적인 포즈를 취하고 있다. 그러면서도 조작적인 문명적인 인터넷 기호(기의)를 통해 아주 감각적인 꽃의 이미지(기표)를 현상해 내고 있어 흥미를 유발한다.

3. 어긋난 파롤, 자아 교응의 불문율

소쉬르가 주장한 랑그가 실제적으로 시에 표현된 언어라고 한다면 파롤은 텍스트 생산자인 시인의 무의식층에 자리한 시의식에 비유된다. 그러니까 매번 다르게 문맥적인 구조에 의해 굴절되는 언어의 모습을 의미한다는 말이다. 간단하게 설명하면 랑그란 머릿속에 저장된 말, 즉 관습적으로 공통적으로 알고 있는 유한한 사회적 언어를 말한다면, 파롤은 실제로 쓰이는 말로서 무한하며 개별성을 지닌다는 특질이 있다. 이것은 새로운 의미를 창출이라는 잉여의 부분을 내장하기 때문에 창조적이므로 시에서 주로 쓰이는 언어이다. 한문에서의 '어(語, 랑그)'가

"이인상어일어(二人相語日語)"라고 하여 유한한 사회적 언어로서의 소언(小言)이라면, '언(言, 파롤)'은 "자언일언(自言日言)"이라고 해서 개인의 언어를 지칭한다. 무한한 개인적 언어로서의 대어(大言)를 지칭한다고 보면 된다. 이 두 가지 계열층을 형성한 언어는 일차적으로는 '어떤 기표'로 표현되지만 이차적으로는 시인의 특수한 언어 구조에 의해 재창조된 '또 다른 기의'가 내장되기 마련이다. 거개의 시인들은 그 간극을 만들어 내면서도, 그것을 다시 조화롭게 동일성의 원리로써 포섭한다. 이는 전통적인 시 형식의 일반을 지칭하는 개념인데, 애지문학회 시인들 중에서 서정시의 기본 원리에 충실한 시편들이 다 여기에 포함된다.

> 쉿,
> 바람이 가만히 들어서는 발자국 소리
> 사그락 달이 문 닫는 소리
> 나뭇잎 솔솔솔 몸 씻는 소리
> 꽃잎이 사르륵 몸 사려 숨죽이는 소리
> 조근조근 치밀하게 덮치는 그림자의 심장소리
> 천지가 혼절하는 어둠 속
> 소리
>
> — 강서완, 「그믐」 부분

강서완의 시는 이미지로 말하는 방식을 터득한 방법론으로서 기의와 기표의 간극을 넓혀 놓는다. '그믐밤'의 특성을 의인화하여 시각의 이미지를 청각의 이미지로 변주하는 감각적인 이미지 시의 특성을 잘 보여주고 있다. "바람이 가만히 들어서는 발자국 소리"의 원래 기의는 가족 중에 늦게 귀가한 가장이 식구들이 깰까봐 조심해서 들어오는 숨죽인 발자국 소리를 의미한다. "사그락 달이 문 닫는 소리" 또한 조심스레 문을 닫는 상황을 암시한다. 나아가 "나뭇잎 솔솔솔 몸 씻는 소리"는 나뭇잎 소리의 특성을 생동감 있게 활용하여 자기 전에 몸을 씻는 행위를 연상하게 해준다. "꽃잎이 사르륵 몸 사려 숨죽이는 소리"는 이불을 덮고 잠자리에 드는 장면이고 "조근조근 치밀하게 덮치는 그림자의 심장소리"에서는 그림자가 포개지는 성적 메타포를 끌어들여 "천지가 혼절하는 어둠 속 / 소리"라는 생명의 격정적인 이미지를 보여준다. 이는 시각적 현상을 묘사하지 않고 청각적 이미지로 들려주기 때문에 더 생동감 있는 장면을 만들어 내는 강서완 시인만의 개성적 자질이다. 따라서 2부분에서 "눈 감지 마라 // 눈 감으면 어둠이다"라는 평범한 표현이 '달'이라는 생명의 원형성과 맞물리면서 싱그러운 생명 감각으로 전이되는 경이감을 맛볼 수 있다.

> 오늘따라 밭이 호미를 튕겨내며 까탈을 부리고 있다
> 햇살이 짐승의 발톱처럼 파고드는 오후
> 군대만 생각하면 오줌을 누고 싶다는 아이의 빨갛게 익은 목덜미가
> 아! 털이 빠져 반질거리던 그 소의 목덜미 같아
> 등에 멍에를 얹고 나서면 들판이 부스스 일어서고
> 고삐를 느슨하게 쥐고 빛 속으로 느릿느릿 사라지던 아버지
>
> 풀을 매고 돌아서 보니 이랑이 하얗게 말라 간다
> 감자 너머 고추 너머 고구마 너머 저 멍에고랑에는 무슨 씨앗을 넣어야
> 할까?
> 굵고 거친 씨앗들을 촘촘히 넣어본다
>
> 김종옥, 「멍에고랑」 부분

김종옥 시인은 평범한 일상적 현상을 아주 재치 있게 시로 버무려 낼 줄 아는 섬세한 미적 감수성을 지니고 있다. 마찬가지로 인용시도 그러한 감각이 돋보이는 시에 속한다. 화자가 밝힌 '멍에고랑'이란 "자갈들

이 붉어져 있"고 "곡식보다 풀이 더 성"하다가는 "나무들이 느닷없이 들어서"는 곳이다. 시의 화자는 '멍에고랑'의 기표에서 출발하여 "아이의 빨갛게 익은 목덜미"란 기표와 "털이 빠져 반질거리던 그 소의 목덜미"라는 기의를 결합한다. '아이'에게 '군대'란 잊히지 않은 "빨갛게 익은 목덜미"의 기표라면 '소'의 '목덜미'는 멍에로 인해 털이 다 빠진 기의에 속하는 셈이다. 나아가 화자는 소에게 '멍에'를 없는 '아버지'에게는 자식이라는 멍에의 기의가 얹혀 있다는 사실을 환기한다. 더구나 화자는 하얗게 말라가는 "저 멍에고랑에는 무슨 씨앗을 넣어야 할까?"라는 의문점을 제기한다. 거기에는 '아이'와 '소'의 기표가 '아버지'의 등에 짊어진 기의, 즉 '자식'이란 멍에로 미끄러지는 환유의 고리가 연쇄되어 있다. 이 같은 투사의 축을 전제로 화자는 척박한 '멍에고랑'에는 "굵고 거친 씨앗들"이 제격이라는 보편적 진리를 이끌어 내는 특질을 선보인다.

선암사 원통전 모란꽃살문에
봄이 오네요
조계산 능선이 많이 가려운 듯
깊은 잠을 털어내면
모란 꽃살문 속의 새가 청명을 쪼아대네요
달그락 달그락
문틀이 흔들리며 모란이 열려요
시들어가던 생이 잠시 걸음을 멈추네요
햇봄의 햇살은 나도 모르게 목이 메어요
사각사각 모란꽃을 조각하던 옛사람이
지그시 웃네요
묻고 싶어져요
울고 있는 바리공주가 보이는지
이곳은 거친 바다예요

— 김지유, 「모란꽃살문」 부분

김지유의 시는 알레고리보다는 싱그러운 서정 감각이 돋보이는 시적 체질을 지닌 듯하다. 「들숨으로 오는 저녁」의 비극적 세계 인식에 초점을 두는 시보다 인용시 같은 서정적 시편들이 그의 시적 자질을 보증한다. 인용시는 "선암사 원통전 모란꽃살문(기표)"을 통해 "봄이 오"는 상황(기의)을 예민한 서정의 결로써 포착해낸다. 예를 들어 "조계산 능선이 많이 가려운 듯 / 깊은 잠을 털어내면 / 모란 꽃살문 속의 새가 청명을 쪼아대네요"라는 구절에서 감수성 예민한 화자의 언어 감촉이 체감된다. 나아가 화자가 "달그락 달그락 / 문틀이 흔들리며 모란이 열"리는 감성의 결이 결국 "시들어가던 생이 잠시 걸음을 멈추"는 상황으로 전이하는 감각은 싱그럽기 그지없다. 따라서 "햇봄의 햇살은 나도 모르게 목이 메어"오는데, 여기에서 멈추지 않고 "사각사각 모란꽃을 조각하던 옛사람이 / 지그시 웃"는 장면으로까지 포착해 내는 섬세한 상상력의 운용도 돋보인다. 다시 말해서 '모란꽃살문'이란 기표에서 출발하여 '햇봄의 햇살'과 화자인 '나', 그리고 '옛사람'의 이미지가 하나의 조화로운 기의로 엮어내고 있는 방식이 유연하다.

> 밤 한 시 엘리베이터를 타니
> 花― 덮치는 술내
> 벚꽃처럼 나부낀다
> 크리스마스 이브, 그와 나 어긋난 길 허덕이다 부딪힌
> 순간 뺨에 닿았던 술내
> 花― 그 남자의 입김이다
> 이럴 수가
> 나 아직 오르지도 않았는데
> 그는 이미 내렸단 말인가
> 빈자리 가득 술내 펄펄하니 방금 내렸나 보다
> 어디로 떠났을까

<중략>
22층 버튼을 누르는 사이
삼십 년이 팔짱을 낀다

어디선가 캐럴이 울린다 화이트 크리스마스

— 강정이, 「크리스마스 이브」 전문

　강정이의 시에는 생의 연륜에 걸맞게 생을 긍정적이면서도 관조적으로 바라보는 넉넉한 시선이 감지된다. 시의 화자가 밤 한 시에 엘리베이터를 타니 "花— 덮치는 술내(기표)"를 맡는다. 그때는 마침 크리스마스 이브의 날이었다고 발화하면서 과거의 그와의 인연(기의)을 떠올린다. "그와 나 어긋난 길 허덕이다 부딪힌 / 순간 뺨에 닿았던 술내"가 "花—"하며 꽃향기처럼 느껴지는 것은 다 "그 남자의 입김"이기 때문이다. 나는 "아직 오르지도 않았"는데 "그는 이미 내렸"다는 간극 때문이다. 다시 말해서 나는 아직 사랑을 시작도 못했는데 그는 이미 이 세상 사람이 아닌 것이라는 전언이다. 그는 화자에게 "텅 빈 바닷가 검게 웅크린 / 물수리 같던 남자"였고, "먼 하늘 바라볼 땐 지바고 같던 남자"였으며, "라라의 머플러를 선물하던 남자"와도 같은 존재였다. 따라서 화자의 기표는 아직도 길을 헤매고 있고 그라는 기의는 부재한 지상에는 눈이 내리고 있다. 화자가 사는 "22층 버튼을 누르는 사이"에 그와 헤어진 "삼십 년이 팔짱"을 끼는 것이다. 이때 "어디선가 캐럴이 울린다 화이트 크리스마스"가 "花—"하며 꽃잎으로 달려온다. 다시 말해서 기의와 기표가 어긋나면서 겹치는 슬프도록 황홀한 지점인 것이다.

2008년 8월 8일 저녁 8시
88년 묵은 고목이 쓰러졌다

<중략>
8자 좋은, 좋아하는 중국 사람들이 열광하는
베이징 올림픽 주경기장 밤하늘에
폭죽이 어머니 머릿속 핏줄 터지듯
팡, 팡, 팡 화려하게 피고 지던 날, 팔자에 없던
응급실 침대에 버려진 어머니는 알고 있었다
다시는 온전히 집으로 돌아가지 못한다는 것을
자식도 하룻밤 불꽃놀이에 지나지 않는다는 것을

— 김정원, 「풍」 부분

    김정원의 시는 '8'자 라는 말놀이(pun)의 효과를 활용하여 긍정적인 기호의 자질과 부정적인 기호의 자질을 병치하여 어머니의 팔자를 형상화하고 있다. 시의 화자는 공교롭게도 "2008년 8월 8일 저녁 8시 / 88년 묵은 고목이 쓰러졌다"는 사실을 발견한다. "우레가 치고 / 태풍이 불고 / 화산이 폭발하고 / 낡은 우뇌관이 동파하자 / 가지가 단박에 망가졌다"고 어머니의 풍 맞는 상황을 비유적으로 보여주고 있다. 이 기표의 반대편에서는 "8자 좋은, 좋아하는 중국 사람들이 열광하는 / 베이징 올림픽 주경기장 밤하늘"에 폭죽이 터지는 긍정적 상황을 보여주면서 "어머니 머릿속 핏줄 터지"는 부정적 상황과 은근슬쩍 겹쳐 놓는다. 여기가 바로 기의와 기표가 만나는 지점이다. 이때 어머니는 "팡, 팡, 팡 화려하게 피고 지던 날, 팔자에 없던 / 응급실 침대에 버려"진 것이다. 따라서 화자는 어머니는 알고 있다고 단언한다. "다시는 온전히 집으로 돌아가지 못"할 뿐더러 "자식도 하룻밤 불꽃놀이에 지나지 않는다"는 비운에 싸인 운명적 현존을 직감한다. 화자는 여기서 '8자'의 구획을 통해 늘 이율배반적으로 현존하는 인간의 운명성을 보여주고 싶었던 것은 아닐까?

대나무꽃 사랑이 있습니다.
별자리를 닮은 비밀입니다.

바람이 부는 꽃길은
대나무꽃의 향기입니다.
당신의 향기입니다.

<중략>

대나무꽃이 피는 날
당신과 만나기를 기원합니다

— 김원재, 「대나무꽃 사랑」 전문

　상기 인용시는 스님의 시답게 아주 평이한 기표의 구조로 이루어져 있지만, 화자가 현시하는 기의는 자못 그윽한 깊이가 있다. 시적 화자는 첫 연에서 "대나무꽃 사랑이 있(기표)"다는 전제로 마지막 연의 "대나무꽃이 피는 날 / 당신과 만나기를 기원(기의)"한다는 미래지향적 언술 구조로 이루어져 있다. '대나무꽃 사랑'은 "별자리를 닮은 비밀"과 역학관계를 맺으면서 우주적 진실과 조우하고자 하는 것이다. "바람이 부는 꽃길은 / 대나무꽃의 향기"이자 "당신의 향기"이고, "비가 내리는 숲길은 / 대나무꽃의 눈물"이자 "당신의 눈물"이다. 나아가 "눈이 숨 쉬는 꽃길은 / 대나무꽃의 꽃잎"이자 "당신의 꽃잎"이고, "달이 수줍은 숲길은 / 대나무꽃의 미소"이자 "당신의 미소"라는 상동성을 바탕으로 서정적 자기 동일성의 세계를 현현해낸다. 그런 '자아(대나무꽃)'라는 기표가 '타자(당신)'라는 기의와 한 몸으로 동화될 때가 "대나무꽃이 피는 날"이자 "당신과 만나"는 날이라는 간극 없는 행복한 세계의 구현체, 즉 자타불이라는 미래지향적 낙원의식의 실상을 보여주고 있다.

우리 다인실 병실에서는 아무도
커튼을 치고 지내는 사람이 없다 환자도 보호자도
가끔 커튼을 치고 있는 사람도 있지만
그는 막 들어온 신참이다

<중략>
경계는 놓음으로써 순수해진다
아플 때 순수해지는
어느 순간,
환한 믿음이 그림자를 밀어내고
병실에서는 모두
어린아이가 된다
구차한, 얄팍한 벽을 걷어내는

오, 오랜만에
우리 식구들 모였구나

— 김현식, 「순수」 전문

    김현식의 시는 광포한 세상에 내던져진 병약한 이들을 긍휼하게 여기는 비애의 페이소스가 짙게 깔려 있다. 그가 주로 다루는 주제는 죽음의 문제라든가 배고픔 등 인간의 궁극적인 문제를 다루고 있다. 그런데도 그 배면에 죽음의 그림자(기표)보다는 그것을 끌어안는 연민의 정서(기의)가 아름답게 무늬지어 있어 관심을 환기한다. 화자가 경영하는 "다인실 병실"에서는 여기에서는 "신참"을 제외하면 누구나 "커튼을 치고 지내는 사람"도 없다. 진폐증에 걸린 "늙수그레한 아저씨"라든가 그의 "소박한 아내" 등은 자기의 문제보다도 타자의 문제에 관심을 기울이는 존재들로 그려진다. 이에 반해 폐암 환자는 제 잘못을 시인하면서 얇은 미소를 짓는 시한부 인생을 산다. 이러한 상황에서 화자는 "경

계는 놓음으로써 순수해진다”라는 잠언적인 경구를 이끌어내는 특장
을 선보인다. 이것은 “아플 때 순수해지”지고, “구차한, 얄팍한 벽을 걷
어”낼 때만이 타자조차 “우리 식구들”로 여길 수 있다는 화자의 따뜻하
면서도 순수한 믿음이 깔려 있기에 가능한 인식이다.

> 나무들은 알고 있다.
> 생이 끝날 때까지, 세상의 물길을 유랑하는
> 물고기들이 얼마나 힘이 센지를.
> 격류를 거슬러 올라가야 하는 때는 또
> 얼마나 몸부림을 쳐야 하는지도.
> 그것이 나무들이 잎을 피워
> 그 느낌 알 때까지
> 나뭇가지가 휘어지도록 손맛을 보는 이유다.
>
> <중략>
>
> 포기하지 않고 산상구어(山上求魚)를 하는
> 저들은 결코 얕잡아봐선 안 된다.
> 같은 볏과인 갈대들이
> 산에 오면 달리 억새가 되겠는가.
>
> ― 최용훈, 「나무學―연목구어(緣木求魚)」 부분

　　최용훈의 시에는 ‘나무’란 기표를 중심으로 인간사의 잠언적 경구나
보편적인 우주의 질서를 현현하는 기의가 주류를 이루는 시편들이다.
인용시도 ‘연목구어(緣木求魚)’라는 고사성어(랑그)를 활용하여 생명의
질서(파롤)로 의미를 확장하는 기교를 전면에 내세운다. 여기서의 ‘나
뭇잎’이란 기표는 ‘물고기’란 기의와 동일화되어 “격류를 거슬러 올라
가”는 몸부림이나 “세상의 물길을 유랑”하는 과정을 보여주기 위한 매

재로 차용된다. 나아가 "나무들이 잎을 피워 / 그 느낌 알 때까지 / 나뭇가지가 휘어지도록 손맛을 보는 이유"라고 단언하는 소인은 마지막 연에 화두처럼 던져져 있다. 즉 화자에 의하면 "같은 볏과인 갈대들이 / 산에 오면 달리 억새가 되겠는가"라는 모든 생명체의 생태학적 형질은 환경을 통해서 이루어진다는 오묘한 자연사 진리의 발견이 예사롭지 않은 이유가 바로 여기에 있다.

4. 다채로운 언어의 무늬

바야흐로 시대는 문명의 첨단을 구가하며 실제 현실보다도 더 강력한 허구적 이미지가 압도하는 후기산업사회의 길목으로 접어든 지 오래되었다. 현대 시인들은 그간 텍스트의 객체에서 주체로 부상한 독자들이 매력을 느낄 만한 새로운 인식과 상상력의 전환이 불가피하게 된 셈이다. 새로운 문화의 향유층인 젊은 독자의 새로운 감수성과 세계관, 언어에 대한 감각을 어떻게 따라잡아야 하는가에 대한 진지한 성찰이 요구되는 시대라 할 수 있다. 따라서 도대체 '어떻게 새로운 감수성으로 시적 비전을 창출할 것인가?'의 문제가 난제로 등장하였다. ─이번 사화집을 읽으면서도 느낀 사실이지만─전반적인 추세로 볼 때 애지문학회 시인들은 몇몇을 제외하면 그만그만한 스케일로 완성도 위주의 시를 쓰고 있다는 점이다. 각기 조금씩 상이한 목소리로써 아름다운, 혹은 매혹적인 향기를 뿜어내고 있었다. 그러나 그 특성이 과연 기존의 관습적인 형식이나 관념에서 자유로웠는가 하는 문제는 우리 모두가 함께 깊이 고민하고 숙고해 봐야 할 대목이라 여겨진다.

후기산업사회의 환경의 특징에 주목해 볼 때, 오늘날의 독자들은 원하는 문화 정보를 스스로 생산하고 만들어 나가기도 하는 역동성을 겸비한 존재다. 시인들이 교조적인 자세로 일방적인 관념을 표백하는 시적 메커니즘은 더 이상 효용 가치를 상실하게 된 것이 현대시의 현주소인 셈이다. 고객들은 인터넷 사이트를 오가면서 서로 소통하고 문화의 중심 마니아층을 스스로 만들어 나가기도 하고, 기존의 언어 관념을 비틀면서 전통적인 문화의 틀에 균열을 가하기도 하거나, 시대 도착적인 문화적 관념들을 비판하기도 한다는 점이다. 그야말로 이제 시인이 아닌 독자가 작품을 만들어 내고 시인들의 텍스트에 간섭을 하는 후기산업사회인 것이다. 독자의 새로운 감수성을 자극하고 그들의 기호에 맞는 도전적인 상상력을 창출해 나갈 때 시대감각에 걸맞는 유니크한 시인으로 대접 받는 시대로 돌변했다는 사실이다. 따뜻한 눈길로 애지문학회 시인들을 바라보며 신인에 걸맞는 도전 정신으로 새로운 파격에 이르는 시를 기대하는 것도 다 그 때문이다.

제4부

즐거운 오독

저 사람, 자작나무는

불현듯 마주치면 어지간히 반가웠을 사람이
저만치 오는 기미에도 곤혹스러워지는 두근거림
그따위 두근거림이 비롯된 곳은 어처구니없게도
하얀 과꽃, 보라 과꽃 간지럽게 잘도 어우러져
잘도 웃어대던 웃음바다, 그 흥겨운 곳이었기에
그간의 찰랑대던 꽃밭을 냉큼 갈아 엎어버리고
누렇게 시든 풀잎, 한 판 잘 덮인 방죽 길에나
나서보아야겠다고 홧홧한 얼굴로 나온 것이리라,
나온 김에 불현듯 마주쳐도 아무 표정이 없을
생판 낯모르는 칼바람 떼에게 회초리 쥐어주고
후줄근한 등판이나 실컷 두들겨 맞아야겠다면서
방죽 길 비탈에서 질정 못하고 견디는 것이리라,
바닥난 저수지 물끄러미 내려다보면서 힘겹게
또 한 꺼풀 껍질 일으키며 발을 구르는 것이리라,
불현듯 마주치면 어지간히 반가웠을 사람이
저만치 오는 기미에도 어찔어찔해지는 발걸음
그따위 곤경이 도저히 납득되지 않는 것이리라
저 사람, 비탈길에 선 흐늘흐늘한 자작나무는.

사랑 - 곤혹스런 견딤의 방식

'자작나무'는 참나무목과로서 목마황과, 참나무과와 유전적으로 가까운 까닭에 목재는 일반적으로 단단하고 무겁다. 일반적으로 시에 등장하는 자작나무도 무뚝뚝한 성질을 함의하는 남성의 기호로 대체된다. 이에 비해 국화과에 속하는 풀인 '과꽃'은 예로부터 전설의 비화를 지니고 있어 '과부꽃'이라는 명칭으로 불러왔다. 과꽃은 조선시대 때 백두산에 어린 아들을 데리고 사는 추금이라는 과부에 얽힌 설화에서 유래된 것으로 널리 알려져 있다. 이 시에 등장하는 '자작나무'와 '과꽃'도 이와 같은 보편적인 의미망에 포섭되어 있다. 이 시는 인식의 측면에서 볼 때 새롭게 도약하는 상상력의 진폭은 없지만, 화자의 이동 시점을 통해 마지막 결구에서 견딤의 방식을 보여주는 기법이 주목된다.

이 시에서 '자작나무'는 시의 종결부에 등장하여 시적 화자의 지위를 얻는 동시에 곧바로 다시 객체아로 물러나는 아이러니한 국면을 보여주는 대상이다. 우선 1연에서 시적 화자는 '과꽃'에 자신의 감정을 투사하여 "불현듯 마주치면 어지간히 반가웠을 사람이 / 저만치 오는 기미에도 곤혹스러워지는 두근거림"이라는 역설적 표현을 얻어낸다. 그리하여 사랑하는 이를 기다리는 마음과 두려운 마음을 복합적으로 배치된 이중의 의미 자장을 거느린다. 그는 곤혹스러운 두근거림이 비롯된 곳이 "어처구니없게도 / 하얀 과꽃, 보라 과꽃 간지럽게 잘도 어우러져 / 잘도 웃어대던 웃음바다, 그 흥겨운 곳"이었다고 단언적으로 진술한다. 여기에서 눈여겨봐야 할 시구가 바로 "어처구니없게도"라는 표현이다.

이 시의 '자작나무'는 남성상의 전형으로서 겨울을 이겨내는 정정한 이미지이지만, 여기서는 봄물(사랑)이 올라 흐늘흐늘한 모습으로 차용된다. 이에 비해 '과꽃'은 키도 작을뿐더러 여기저기 지천으로 흔하게 피어 있는 평범하고 소박한 여성상으로 제시된다. 특히 "간지럽게"와 "잘도 웃어대던"이라는 표현상에서 살펴보면, 차분한 지성적인 이미지가 아니라 가볍고 헤픈 여성의 이미지라는 데로 감성의 촉수가 뻗칠 것이다. 따라서 시적 화자는 "그간의 찰랑대던 꽃밭을 냉큼 갈아 엎어버리"고 싶은 불편한 심기를 드러낸다.

누구에게나 적용되듯이 사랑의 감정이란, 이성으로도 통제가 되지 않는 까닭에 얼마나 가당치도 않은 일들을 비일비재하게 노정했던가. 게다가 전혀 다른 영역에 존재하는 엄격한 자기 정체성을 지닌, 그것도 총각으로 유추되는 화자의 연모 대상이 바로 과부였다는 사실이다. 시적 화자는 이러한 불온한 사랑을 접기 위해 "누렇게 시든 풀잎, 한 판 잘 덮인 방죽 길에나 / 나서보아야겠다고 홧홧한 얼굴로 나온 것"이다. 여기서부터 이 시는 다시 '시적 화자'와 '과꽃'의 관계를 통해 '자작나무(겨울)'와 '과거에 사랑했던 여인(봄)'의 도식을 겹쳐 쓰기 시작한다.

시적 화자는 겨울(남성)-자작나무와 봄(여성)-과꽃의 만남 자체가 성 정체성을 무너뜨리는 구조를 통해 대책 없이 빠져드는 사랑의 아이러니한 국면을 드러내고자 한다. 이와 같이 그는 "나온 김에 불현듯 마주쳐도 아무 표정이 없을 / 생판 낯모르는 칼바람 떼에게 회초리 쥐어주고 / 후줄근한 등판이나 실컷 두들겨 맞아야겠다면"서 자신의 몸가짐을 바르게 곧추세울 단단한 자세를 확립하기에 이른다. 그렇다면 이 시적 화자가 감당도 못하면서 곤혹스럽게 견디는 이유는 무엇일까?

연가풍의 제스처를 취한 이 시는 시적 화자가 사랑하는 대상과 결코 하나로 합치될 수 없는 근원적인 슬픔에 집중한다. 사랑이란 늘 서로 납득할 수조차 없는 비극적 운명의 형식이란 사실을 노래하고 있는지도 모른다. 신에게서 불완전한 몸을 부여받은 이래 인간은 남성이든 여성이든 사랑의 카테고리로도 얽어맬 수 없는 영원한 타자이다. 그대와 내가 하나가 될 수 있다는 신념은 애초부터 불가능했는지도 모를 일이다. 그럼에도 불구하고 그 운명의 끈을 놓을 수도 잡을 수도 없는 난관에 봉착하는 것이 사랑과 그리움이라는 추상적 실재가 아니던가.

이러한 까닭에 시적 화자는 마음의 정체가 확인될 때까지 "방죽 길 비탈에서 질정 못하고 견디는 것"이리라. 그는 바닥난 마음의 밑바닥을 들여다보면서 참으로 힘겹게 "또 한 꺼풀 껍질 일으키며 발을 구르는 것"이리라. 그리움과 사랑의 관점에서만 보면 "불현듯 마주치면 어지간히 반가웠을 사람"이지만, 현실과 자연의 관점에서 보면 "저만치 오는 기미에도 어찔어찔해지는 발걸음"을 인식해야 하는 것이 '겨울'과 '봄'의 관계이다. 이와 마찬가지로 인연이란 것도 따지고 보면, 만나자마자 다시 돌아설 수밖에 없는 것이 욕망의 육(肉)과 지성의 혼(魂)이라는 간극을 지닌 인간의 태생적 한계는 아닐까?

시적 화자가 설정한 '그대(자작나무)'와 '나(과꽃)'의 관계에서 "그따위 곤경이 도저히 납득되지 않는 것"은 이 시의 마지막 연에서 그 본체를 확연히 드러낸다. 즉 시적 화자는 그간 자신과 동일화했던 '자작나무'와 '자신'의 위치를 전복하여 "저 사람, 비탈길에 선 흐늘흐늘한 자작나무"라는 관찰자 시선으로 물러난다. 이를 통해 결국 완강한 객관적 거리가 그어지는 마지막 반전을 예비한다. 여기서 시적 화자는 연가 형식의 구조로써 이끌어온 의식의 단면을 한 순간에 뒤집어 놓는다. 다시 말해서 '자작나무'와 '과꽃'의 관계를 궁극적으로는 '타자화된 자아'의 문제로 전치하는 독특한 기법이다. 시적 화자는 사랑이란 이름으로 자행되는 온갖 매혹과 질정 앞에서 어떤 형태로든 곤혹스러운 견딤의 방식을 모색한 것인지도 모른다. 여기가 바로 새로운 관계의 국면을 생산하는 상상력의 유연성이 엿보이는 대목이다.

사소한 물음들에 답함

스물여덟 어느 날
한 자칭 맑스주의자가 새로운 조직 결성에 함께 하지 않겠냐고
찾아 왔다
얘기 말엽에 그가 물었다
그런데 송 동지는 어느 대 출신이요? 웃으며
나는 고졸이며, 소년원 출신에
노동자 출신이라고 이야기해 주었다
순간 열정적이던 그의 두 눈동자 위로
싸늘하고 비릿한 유리막 하나가 처지는 것을 보았다
허둥대며 그가 말했다
조국해방전선에 함께 하게 된 것을
영광으로 생각하라고.
미안하지만 난 그와 함께 하지 않았다

십 수 년이 지나 요 근래
다시 또 한 부류의 사람들이 자꾸 내게
어느 조직에 가입되어 있느냐고 묻는다
나는 다시 숨김없이 대답한다
나는 저 들에 가입되어 있다고

저 바다물결에 밀리고 있으며
저 꽃잎 앞에서 날마다 흔들리고
이 푸르른 나무에 물들어 있으며
저 바람에 선동당하고 있다고
없는 이들의 무너진 담벼락에 기대 있고
걷어 채인 좌판, 목 잘린 구두
아직 태어나지 못해 아메바처럼 기고 있는
비천한 이들의 말 속에 소속되어 있다고
대답한다. 수많은 파문을 자신 안에 새기고도
말없는 저 강물에게 지도받고 있다고.

계급의 반목과 통일

칼 맑스에 의하면, 이성 중심으로 축조된 "모든 사회의 역사는 계급 투쟁의 역사이며 한마디로 억압자와 피억압자가 항상 대립하고 있고 때로는 암암리에 때로는 공공연하게 투쟁하고 있다"고 주장한다. 자본주의 사회에서는 자본을 점유한 소수 엘리트가 부르주아 계급이며, 저학력 출신으로 노동을 수단화하고 있는 다수 근로자들이 프롤레타리아 계급을 형성한다. 프롤레타리아는 부르주아 계급에 대항하여 투쟁하지만, 후자가 부르주아 계급으로 격상되면 계급 없는 절대 평등 사회가 실현된다는 논리다.

그런데도 불구하고 이는 이론적인 공론일 뿐 불평등 구조가 맑스주의자들 사이에서조차 이율배반적인 관계망을 형성하고 있다는 사실을 송경동의 「사소한 물음들에 답함」이란 시에서는 예각화되어 드러난다. 이 시의 도입부는 특이하게도 막스 베버의 두 번째 계급론의 '지위'란 용어를 빌면, 인간 사회에 미만해 있는 대립 구조, 즉 사회적 엘리트

주의에 빠져 있는 "자칭 맑스주의자"인 부르주아와 "고졸이며, 소년원
출신에 / 노동자 출신"인 프롤레타리아 계급인 시인 자신의 갈등으로부
터 야기되어 관심을 환기한다.

칼 맑스가 부르주아들의 취약성을 지적하면서 프롤레타리아만이 역
사적 과업을 지탱해 나갈 수 있다고 주장하고 있는 기본적인 역사유물
론의 양상과는 사뭇 배치되는 모습이다. 프롤레타리아 계급의 혁명적
역할과 생산 과정에서 프롤레타리아 역할의 중요성을 강조하고 있는
것이다. 그러나 인간 해방을 갈구하는 휴머니스트로서 칼 맑스의 관점
에서 조감해볼 때, 실제적으로 노동자는 자신의 생산물에서조차 소외
된다는 점이다. 그가 『소외론』 초판본에서 주장한 내용과 크게 다를 바
없는 현실을 소급하여 계급 불평등 구조를 반영한 것이 이 시가 노리는
과녁이다.

시인 자신도 제목에 시사한 바와 같이 "사소한 물음에 답"한다고 웃
어넘기는 태도를 취하지만, 상징적 의미로서는 사회적 약자의 위치에
서 쓰디쓴 소외를 경험하는 것이다. 더구나 "없는 이들의 무너진 담벼
락에 기대"어 그들과 동고동락하던 시인은 공장 노동자이자 사회적으
로 소외되고 빈곤한 사회적 약자이다. 누구나 주지하다시피 그들이 아
무리 노력해도 그 빈곤의 굴레에서 벗어날 수 없는 게 당면한 현실이
다. 이 빈곤의 악순환이 사회적 편견과 구조적인 모순 때문이란 결론이
공공연한 사실로 인정한 것도 이미 지나간 연대의 일이다.

쿠데타로 정권을 잡은 80년대의 군부독재 세력들은 그것을 가리기
위해 정의 사회 구현과 경제 성장이란 기치를 내건다. 그리고 다른 한
편에서는 노동자들의 입과 귀를 틀어막고 근로기준법을 소각한 전과
를 저지른다. 그 결과 빈익빈 부익부라는 계급 구조를 양산하면서 정당
성이 결여된 시대 착오의 길을 걷고 만다. 차별적 구조로서 축조된 연
대기가 노동자 계급의 반발과 다양한 반대급부를 초래한 것은 지극히

당연한 일이었다. 절대 빈곤층 대다수가 노동자 계급인 80년대적 상황에서 시인을 포함한 노동자라면 누구나 "조국해방전선"으로 나아가는 필연적 당위성을 부여받은 셈이다.

그런데도 불구하고 대학교 명패를 지닌 지식인 계급과 상대적으로 낮은 학력에다 전과자 출신인 계급 간의 차별의 벽을 시인은 "싸늘하고 비릿한 유리막 하나가 쳐지는 것을 보았다"라고 진술한다. 이 부분은 가장 적실하면서도 감각적으로 와 닿는 가히 이 시의 심장부라 할 만한 대목이다. 물론 계급 간의 모순과 첨예한 갈등의 문제는 비단 어제 오늘의 일만은 아닐 것이다. 시인은 노동자 계급과 지식인 계급의 모순이 지닌 양가적 측면을 중심으로 우리 사회가 직면하고 있는 내면적 환부를 다루고 있는 것이다.

이와 같은 모순점을 이미 간파한 칼 맑스도 『헤겔 법철학 비판을 위해서』에서 독일의 신흥 부르주아들의 양면성을 지적하면서 프롤레타리아만이 역사적 과업을 지탱해 나갈 수 있다고 주장한다. 이른바 프롤레타리아 계급의 혁명적 역할과 생산 과정에서 프롤레타리아 역할의 중요성을 강조하는 근거를 마련한다. 1980년대 산업사회는 돈의 교환가치와 계급 간의 위화감과 갈등에 포섭된 채 끊임없이 대립하는 사회였다. 따라서 이 시에 드러난 바대로 전과자이자 노동자 출신인 시인이 "조국해방전선에 함께 하게 된 것" 자체가 이미 "영광"이라는 시대 당착적인 언술까지 낳게 된다.

거리를 떠돌며 좌판을 펼치는 빈곤층이 정착할 곳은 어디인가? 그러한 토대가 마련되지 못한 현실에서 그들을 막다른 골목에서조차 짓밟는 길 위에 시인의 시선은 고정된다. 공권력의 구둣발에 의해 "걷어 채인 좌판, 목 잘린 구두"로 상징되는 노동자 계급이 나아갈 저항적인 좌표가 이미 그려진 셈이다. 그러나 시인은 자본의 균등 분배와 계급 철폐를 통해 절대 평등이란 과업을 전제로 모인 "조국해방전선"에서조차 무시당하고 차별화되는 현실을 체감한다. 따라서 시인이 "그와 함께 하지 않"을 수밖에 없는 아이러니한 국면에 봉착한 까닭이 바로 여기에 있다.

이 시는 종국에 민주주의의 근원적 과제인 자유와 평등이 전혀 고려되지 못했다는 사실을 통해 현실에 대한 자각을 일깨워낸다. 그러나 자본주의가 근원적으로 안고 있는 현실의 모순이 쉽게 해결될 리 만무하다. 그런 까닭에 "십 수 년이 지나 요 근래 / 다시 또 한 부류의 사람들이 자꾸 내게 / 어느 조직에 가입되어 있느냐고 묻는다." 그때 시인은 다시 "아직 태어나지 못해 아메바처럼 기고 있는 / 비천한 이들의 말 속에 소속되어 있다고 / 대답"한다. 여기에서 그는 계급 간의 갈등이 초래한 노동자들의 비극성을 '아메바'라는 하등동물로 비하한 인식을 전제로 하여 아직 태어나지도 못한 '비천한 이들의 말'로 적절하게 함축해낸다.

이 같은 상황은 물적 토대가 사회적, 정신적 생활 일반을 제약한다는 칼 맑스의 결정론적 관점이 빚어낸 오류일 것이다. 그때 시인은 도입부에서 제시된 과거의 좌절감에서 벗어나 "나는 저 들에 가입되"어 "바람에 선동당하고 있다"고 단호하게 대답한다. 나아가 "수많은 파문을 자신 안에 새기고도 / 말없는 저 강물에게 지도받고 있다"는 첨언까지 덧붙인다. 어떤 계급적 차별과 상처와 냉대의 벽조차도 그것을 말없이 끌어안고 품으려 하는 시인의 비감한 의식의 단초를 엿볼 수 있는 대목이다. 여기서 '강'은 바로 모순된 세상과 대면하려는 시인의 올곧은 내면이 만나는 지점이며, 시인의 사회 의식이 서정적 결구력으로 응집되는 영혼의 성소인 것이다.

몸살

뜨겁고 춥다, 이 모순의 육체는
그럭저럭 매력적이다
약기운 때문인지 지면에서 얼마쯤
붕 떠 있는 느낌, 금방이라도
곤두박질칠 듯 아슬아슬한 공중부양 같다
들뜬 청춘 같다

초봄이 한겨울보다 매서운 건
세상 움트는 것들의 통증 때문이다
연초록은 원래 비릿하고
청춘은 불량을 무기로 내세운다
이빨 사이로 찍찍 침을 내뱉거나
면도날을 질겅질겅 씹기도 하는

그 시절 지나면 몸살이란
스위치를 올리자마자 팍 불이 나간
백열등 같은 것, 잠시 미련처럼 빛살이 어려
알전구를 귀에 대고 흔들어본다
이 어둠을 어찌 돌이킬래?

누군가 속삭인다
끊긴 필라멘트마냥 파르르 오한이 온다

추워서 뜨거웠고 어두워서 환했던
기억이 있다, 그 불량의 시절인 듯
연탄불처럼 다시 층층 포개지고 싶다
포개져 마침내 화르륵 타오르는 체위이고 싶다
나중에는 부엌칼로 갈라야 하더라도
가르다가, 앗 뜨거라 불투성이로 깨지더라도

몸살이란, 그 기억에 살이 낀 것이다
혼자 열없이 열 오른 것이다

청춘, 기억에 긴 살의 맛

사전상의 의미로 보면 '몸살'이란 1차적으로 "몸이 몹시 피로하여 일어나는 병. 팔다리가 쑤시고 느른하며 기운이 없고 오한이 난다"라고 기록되어 있다. 그리고 2차적으로는 속담 중에 "몸살(이) 나다"란 말이 있는데, 이는 "어떤 일을 하고 싶어 안달이 나서 못 견디다."란 의미로 널리 통용된다. 이 두 가지 의미망을 결합해 보면, 몸살은 말 그대로 '정신적으로나 육체적으로 몸이 살려달라고 아우성치는 현상'을 일컫는다. 이 몸살이야말로 어떤 측면에서 보면, 인간이 자연발생적으로 스스로를 추동시켜 나가는 근원적이면서도 역동적인 생의 활력소 구실을 한다.

강연호의 시 「몸살」은 시단의 중진답게 상투적인 소재를 통해서도 아주 자재롭게 언어를 반죽하여 시를 빚는 솜씨가 예사롭지 않다. 그는 1연에서 아이러니한 사유를 바탕으로 생의 국면들을 서서히 유추해 나가면서 결합하는 솜씨가 돋보인다. 몸살의 특성인 "뜨겁고 춥다"라는 발견을 통해 "모순의 육체"를 들추어내면서 '청춘'의 이미지로 유추의 연상 고리를 마련한다. 여기서 육체를 "그럭저럭 매력적"이라고 진술한 이면은 모순된 몸의 부정적인 측면보다는 긍정적인 측면을 부각하기 위한 장치로 보인다. 앞에서도 제시했듯이 몸이 아프다는 것은 열심히 일한 결과이자 무엇을 성취하고자 하는 자발적인 생의 인자로 작용하기 때문이다.

이와 같은 인식을 바탕으로 시적 화자는 몸살에 시달려 쑤시고 기력이 없던 팔·다리가 약기운으로 인해 "지면에서 얼마쯤 / 붕 떠 있는 느낌"이라고 제시한다. 그리고 연이어 "금방이라도 / 곤두박질칠 듯 아슬아슬한 공중부양 같다"고 단언한다. 이 언술의 배후에는 자기실현과 만족에 의해 느끼는 황홀감이라기보다는 '약기운'이라는 외부적 요인을 빌어 형성된 까닭에 위험한 요소가 내포된다. 따라서 '청춘'은 아직 시작에 불과한 미완의 존재이지만, 미래의 가능태를 향해 열려 있는 존재이다. 시적 화자는 시의 전반부에서부터 무한도전의 정신 에너지와, 몸 자체로도 싱그러운 육체 에너지의 이미지를 "들뜬 청춘 같다"는 도식으로 관계망을 구축한다.

여기서 한 걸음 더 나아가 시적 화자는 2연에서 "초봄이 한겨울보다 매서운 건 / 세상 움트는 것들의 통증 때문"이라고 말한다. 자연사도 인간사와 마찬가지로 한 차원의 도약을 이끌어내기 위해서는 그만큼의 과도기가 필요한 법이다. "연초록은 원래 비릿하고 / 청춘은 불량을 무기로 내세운다"고 하지 않던가. 제가끔의 진폭만 다를 뿐이지 연초록의 싱그러운 비린맛과 불량기 넘치는 청춘의 덫에 걸려보지 않은 영혼이 어디에 있겠는가. 청춘의 시기는 세상에 대한 기대감(미래)과 적의감(현실)으로 인해 "이빨 사이로 찍찍 침을 내뱉거나 / 면도날을 질겅질겅 씹기도 하"는 통과제의 과정과 다를 바 없다.

그러나 3연에서 시적 화자는 성인으로 고착된 비극적 공간을 직관한다. 그는 불량기를 무기로 내세우는 청춘이라는 "그 시절 지나면 몸살이란 / 스위치를 올리자마자 팍 불이 나간 / 백열등 같은 것"이라는 확정적인 진술에 이른다. 여기에서는 체념의 정서가 개입하여 새로운 세계를 향한 도약의 힘마저 상실한 일상인들의 내면이 투시된다. 항용 그렇듯이 중년이 되면 누구나 이러지도 저러지도 못하는 공황감에 젖게 마련이다. 고작 "미련처럼 빛살이 어려 / 알전구를 귀에 대고 흔들어"볼 때, 누군가 속삭이듯이 "이 어둠을 어찌 돌이킬래?"라며 묻는다. 그렇지만 '지금―여기'의 현실은 "끊긴 필라멘트마냥 파르르 오한"이 올 수밖에 없는 상황이란 사실에 시적 화자의 무력감은 배가된다.

앞서 언급했듯이 누구나에게 정도의 차이는 있을지언정 "추워서 뜨거웠고 어두워서 환했던 / 기억이 있"었을 것이다. 그 "불량의 시절"을 다시 돌려놓고 싶은 열정의 마음만은 덮지 않았을 것이다. 불량기의 힘으로 다시 "연탄불처럼 다시 층층 포개지고 싶"은 것은 누구나에게 인지상정의 몫이다. 그리고 종국에는 급기야 검은탄과 붉은탄이 포개져 "화르륵 타오르는 체위이고 싶"기도 할 것이다. 설령 그 열정이 지나쳐 "나중에는 부엌칼로 갈라야 하더라도 / 가르다가, 앗 뜨거라 불투성이로 깨지더라"도 언젠가 한번은 꼭 다시 돌아가고픈 환한 퇴폐의 시절이 있었으리라.

마지막 연에서 시적 화자는 지금까지의 의미망에서 착안된 몸살에 관한 경구와도 같은 정의를 내린다. 즉 "몸살이란, 그 기억에 살이 낀 것이다 / 혼자 열없이 열 오른 것이다"라고 방점과도 같은 종지부를 찍어 놓는다. 여기서 "기억에 살이 낀 것"이라고 말한 것은 두 가지 의미가 내장되어 있다. 하나는 '살(煞)이 끼다'란 관용구로서 '기억을 해치는 불길한 기운이 들러붙다'란 뜻이고, 다른 하나는 '기억'이라는 정신 현

상에 '살'이라는 육체성이 겹쳐진 인간이라는 유기체의 특성을 표면화
한 뜻이다. 따라서 외부세계와는 소통이 절연된 채 "혼자 열없이 열 오
른 것이다"라는 진술이 설득력을 얻게 되는 이유가 바로 여기에 있다.

구중궁궐의 푸르고 붉은 비단처럼

플라타너스가 사열식을 하는 사관생도처럼 빽빽이 들어선 벌판
에서
멧새가 하늘을 날아가는 풍경의 그늘을 찾아 앉았습니다
비가 그친 뭉게구름 사이로 쌍무지개가 저 세상으로 가는 현수
교처럼
빛의 다리를 놓았습니다
풀벌레소리 배어든 바위에서 검은 침묵이 샘물처럼 솟구쳤습
니다
가을 시간은 쑥부쟁이와 함께 언덕에 무더기로 피었습니다

하늘의 새들이나 벌판의 벌레가 태어나고 죽는 꿈속의 풍경이
었습니다
적송의 붉은 몸도 민들레꽃 향기도 시간에서 물결을 타고 있었
습니다
사시사철과 하루가 길고 짧은 리듬을 밟으며 춤을 추고 있었고
바위가 모래가 되고 흙이 되는 변신이 '예정조화설'처럼 일어났
습니다
은하수들이 파도처럼 일어나고 폭포처럼 무너지는 긴 세월의
한가운데

별들도 촛불처럼 타오르다가 꺼지는 영원회귀의 미로가 한창이
었지만
꿈 속의
꿈 속의
꿈 속에 또 깊은 꿈이 구중궁궐처럼 펼쳐진 한 세상
당신이 나를 쳐다보자 꿈의 거울이 깨어져 나간 내 머릿속에서
천지는 환하고
천지는 뜨거웠습니다

바람에 목욕을 하고 구름 사이로 터진 저녁노을을 소나기처럼
맞으면서
나는 노래를 부르며 플라타너스 숲을 걸어나오는 안회顔回였을
까요
눈매가 깊은 어둠과 키 큰 삼나무 그림자가 내 집에 손님으로 왔
습니다
불꽃 목숨들을 쳐다보던 내 눈이 눈을 감고 풍경을 기억해냈습
니다
나는 낡은 악기가 될 때까지 세계 음악을 연주하는 거리의 악사였고
한나절 오후는 신비의 다른 가면을 쓴 당신의 얼굴이었습니다

'꿈의 거울'에 비친 거리의 악사

　　김백겸 시인은 근작 시편에서 한결같이 기존 시간과 존재의 관계망에 균열을 일으키는 형이상학적 사유에 깊이 골몰하고 있는 듯하다. 상기 인용시에서도 그는 시간의식을 바탕으로 하여 신과 인간, 꿈과 현실, 삶과 죽음의 문제 등 기존의 물리학적인 관점에 문제를 제기한다. 화자가 차용한 라이프니츠의 '예정조화설'이란, 세계는 각각 독립된 최소 우주 단위인 단자(單子)인 모나드로 이루어지며, 이 독립된 단자가 서로 일치하여 세계의 질서를 이루고 있다는 학설이다. 그것은 미리 신(神)에 의하여 전체의 조화가 정해져 있으므로 인간의 의식과 무의식 사이에도 직접적인 상호작용이라기보다는 신에 의해 중재된 작용이 일어날 뿐이라는 논리이다. 인용시에서 '당신'과 '나'의 관계를 "꿈의 거울"로 상징화한 것도 이 같은 맥락과 결부된다. 예를 들어 정확하게 같은 시간대를 사는 영혼과 육체의 관계를 가정해 보자. 그 원인은 세 가지 작용의 추론이 성립된다. 첫째는 두 관계가 서로 접속되어 있는 것이다. 둘째는 어떤 보이지 않는 힘이 서로 어긋나는 순간마다 꼭 일치하도록 조정하는 것이다. 셋째는 어떤 경우나 서로 일치하리라는 확신을 품도록 두 관계가 아주 정교하게 만들어진 것이다. 라이프니츠는 결국 세 번째의 원인을 세계의 관계에 적용하고 정교하게 만든 주인공으로서 신을 내세운다. 이들이 서로 완전히 일치하도록 신에 의하여 사전에 계획되었다는 가정인 것이다. 시의 화자가 대비한 "풍경의 그늘"과 "빛의 다리"가 "바위"란 모나드를 근간으로 하여 '풀벌레 소리(俗, 인간)'로써 '검은 침묵(聖, 신)'의 한 소실점을 강조한 것도 동일한 맥락이다. 여기에 등장하는 개별화된 단자는 서로 소통의 창문이 없는 독립된 존재이지만, 서로 영향을 주고받으며, 자기 속에 있는 원리에 따라 활동하는 실체로 현현된다. 이와 같이 서로 무관하고 독립된 단자들로 구성된 이 세계에 혼돈과 충돌 대신에 어떻게 질서와 조화가 구현될까? 그것은 신이란 공통 원인에 따른다는 화자의 진술대로 "꿈 속의 / 꿈 속의 / 꿈 속에 또 깊은 꿈이 구중궁궐처럼 펼쳐진 한 세상"이란 인식의 범주에 내에서 가능하다. 시의 화자가 '당신'이 '나'를 쳐다보자 내 머릿속에서 "천지는 환하고 / 천지는 뜨거웠습니다"라고 말한 것이나, '한나절 오후'를 "신비의 다른 가면을 쓴 당신의 얼굴"로 전치한 대목에서도 확인된다. 그렇다면 인간의 자유의지는 어떻게 해명할 수 있을까? 여기에 대한 대답의 일환으로 라이프니츠는 신이 인간의 의사 결정권을 먼저 예견한다는 근거를 제시한다. 따라서 인간의 자유의지는 예정조화설 안에서 "꿈속의 풍경"과도 같이 모순 없이 실천될 수 있다는 것이다. 모든 것이 결정되고 예정되어 있으므로 자유는 의미가 없는 것이 아니라 인간의 자유의지는 신이 원하는 것과 일치한다는 관점인 셈이다. 이는 무신론적 입장이라기보다는 '지금의 세계보다 더 좋은 세계는 있을 수 없다'는 긍정적이고 낙천적인 세계관의 반영이다. 시의 화자인 '시인'이

낡은 악기가 될 때까지 음악을 연주하는 "거리의 악사"에 불과하다면,
시간의 물결을 조율하는 '신'은 이 세계를 자신의 의지에 따라 살아 있
는 "꿈의 거울"로써 창조하고자 했기 때문이다.

연밭에서

어느 날 연밭으로 가 연꽃 피는 것을 보았다면
전생의 모든 것도 다 보았다 하리.
구만 리 서방정토 갈 길은 아득하고
비록 진흙탕에 발을 묻고 섰을지라도
이슬 한 방울로 연잎에 앉을 수 있다면
저무는 이 세상 맑게 건너갈 수 있으리.
깊이도 알 수 없는 번뇌의 한가운데 바다
나무껍질 배 밀고 가는 사람과 사람 사이
두 눈을 가린 진흙소는 연자매를 돌리고
소나기 지나는 연꽃에 기대던 잠자리
다시 뙤약볕 속을 풍덩풍덩 날아오를 때
온 고을의 앞 못 보는 이 눈 열리는 소리
잔치 갔다 오는 흰 두루마기 자락이 보이고
어느새 기별 가 닿았는지 손톱달 흐르는 서천
가는 바람에 밀리는 황후의 웃음도 들리리.
어느 날 하루 다 저물도록 연밭머리에 앉아
초록 물결 밀고 가는 연꽃을 보았다면
먼 훗날 처마 끝에 걸릴 연화등도 보았다 하리.

진흙소를 찾아서

불가에서 부처의 깨달은 정신을 '사자'로 표현하여 사찰의 탑이나 계단등 석등에서 사자의 상징을 빌려 쓰듯이, '소'라는 동물은 그 깨닫는 마음을 세부적으로 지칭할 때 주로 차용한다. '심우도(尋牛圖)'라고 하여 사찰의 외부 벽화에는 대부분 잃어버린 소를 찾는 과정의 벽화가 그려져 있다. 여기서 소를 찾는 과정은 인간이 우매한 어리석음으로 인해 참된 도(道)의 세계로부터 멀어졌다는 자각에서 출발한다. 다시 말해서 주인이 잃어버린 소를 찾아 돌아오는 열 개의 그림은 우리 중생들의 본래면목인 참마음 자리, 즉 부처의 진여 세계에 도달하는 수행의 단계를 의미한다.

소의 비유에서 '소를 찾아 나서는 것'은 잃어버린 마음을 찾는 과정이고, '소를 보았다는 것'은 본성을 찾은 초견성의 마음이고, '소의 고삐를 잡고 등에 타고 집에 오는 것'은 깨달은 마음이 요지부동하도록 보임하는 기간이고, '소를 찾아 외양간에 매어놓고 소를 찾았다는 생각마저 잊었다는 것'은 깨달았다는 마음까지도 다 잊고 참도인이 되어 탕탕 무애 걸림없이 주유천하하는 것이 소의 상징인 셈이다. 이 시의 화자인 시인도 불교의 참선 과정인 '진흙소'의 상징을 매개로 하여 "저무는 이 세상을 맑게 건너갈" 공안에 깊이 침잠해 있다.

시인은 도입부에서부터 "어느 날 연밭으로 가 연꽃 피는 것을 보았다면 / 전생의 모든 것도 다 보았다 하"겠다는 단정적 서술로서 진여 세계를 한 점 의심 없이 직핍해 들어간다. 이미 제목에서 제시된 바와 같이 시인이 위치한 곳은 '연밭'이라는 연의 구근만이 남아 있는 상황의 현재적 진술일 터이다. 그러나 그는 그것을 '~다면'이라는 미래의 전제 형식으로 진술하여 연꽃을 인식했던 과거의 사실을 부정하며 뒤집는다. 나아가 '지금 ─ 이곳'의 현실인 듯한 느낌의 '~하리'라는 미래적 현재형 진술로써 시제의 역설을 이끌어낸다.

동서고금의 예에서도 확인되는 바와 같이 진리의 세계는 이성으로는 도달할 수 없는 감성적 직관의 영역이다. 따라서 대립적인 의미망으로는 포획이 불가능하다는 사실을 시인은 냉정히 통어하고 있다. 굳이 시인이 아니더라도 이러한 화두는 어둔 한 시절을 건너는 이라면 누구나 받아들 수밖에 없는 과제다. "구만리 서방정토 갈 길은 아득하"게 남아 "진흙탕에 발을 묻고 섰을지라"도 가야만 하는 운명의 길이기도 하다.

이 시에서의 '진흙소'란 "사람과 사람 사이"에서 "두 눈을 가린" 채 청정무구하게 "연자매를 돌리"는 존재이다. 따라서 진흙소와 만나기 위해서는 인간사의 공간을 관통하여 깨달은 진여의 눈을 얻어야 한다. 다시 말해서 적멸열반의 세계는 한 티끌도 범할 수 없는 청정자성의 마음으로만 가 닿을 수 있기 때문이다. "온 고을의 앞 못 보는 이 눈 열리는 소리"도 들을 수 있는 적멸의 세계는 일체의 사유가 흔적 없이 지워져야 현시되는 진여자성 자리를 의미하기도 한다.

온갖 인간사의 진흙탕에서 뒹굴다가 한 소식을 얻어 진흙으로 소를 빚어냈지만, 그 생각마저 해인삼매 속에 녹아드는 마음이 곧 진흙소의 암유인 셈이다. 따라서 부처의 마음이요 절대 경지로서의 한 생각이 일어나기 전의 일, 즉 언어 이전의 의미인 불립문자(不立文字)의 세계와 다를 바 없다. 그 일례로서 오규원이 자신의 시에서 '직관적 날이미지 시'라고 명명한 "뜰에서는 박새 한 마리가 / 자기가 찍은 발자국의 깊이를 보고 있다"(「발자국과 깊이」부분)란 구절을 인용해 본다.

이 구절에서의 '발자국'은 시간의 흔적이나 기억의 상흔으로 고착화된 관념의 언어가 아니다. 깨달음을 동반한 상태에서 시인이 근원적으로 드러난 발자국의 의미에 대해 궁극적인 해답을 던지고 있다. 잠시만이라도 궁구해본 이라면 누구나 딱딱하게 굳어 있지 않은 눈밭이나 모래밭, 진흙밭 같은 곳에서만 발자국이 찍힌다는 사실을 어렵지 않게 유추해낼 수 있을 것이다. 거기에서 우리는 색깔이나 모양이 아닌 엄연히 깊이로만 감지되는 발자국의 실재를 접하게 된다. 눈 밝은 독자라면 누구나 의미 이전에 직관으로 틈입한 언어의 속살과 불가피하게 맞닥뜨린 형국인 셈이다.

불가에서는 "다만 한 생각의 차이 그대로 만 가지 형상이 나타난다"고 언어의 관념을 부정한다. 언어나 사유에 집념하지 않고 직관적으로 꿰뚫어 본 연후에야 "손톱달 흐르는 서천"에 이를 수 있다. 나아가 시간과 공간의 제약을 뛰어 넘어야만 "가는 바람에 밀리는 황후의 웃음도 들"을 수 있는 마음의 귀를 얻을 수 있는 것이리라. 가장 긴요한 것은 모든 일에 무심하고 마음에 일을 만들지 않으면 마음의 눈도 귀도 자연히 순일하고 맑아지는 기상(氣象)과도 같다.

무릇 그 마음을 텅 비워서 성성하게 하면 흔들리지도 않고 혼미하지도 않고 허공같이 환해진다. 어느 공간 어느 시간대에 생사가 있으며 보리가 있으며 분별의 문리가 틈입할 수 있겠는가. 진여 세계는 다만 연꽃이 진 다음 연뿌리(언어의 실상)만이 남아 있는 공간에서조차 연꽃(언어의 관념)을 볼 수 있는 자에게만 활달하고 역력히 밝힐 뿐이다. 따라서 시인이 "초록 물결 밀고 가는 연꽃을 보았다면 / 먼 훗날 처마 끝에 걸릴 연화등도 보았다 하"겠다는 현재적 정황을 미래의 가정적 전제로 하여 과거의 사실을 뒤집는 모순된 시제의 역설 자체가 설득력을 얻는 부분이 바로 이 대목이다. 언어에 대해 궁구하고 그 언어의 공력이 깊고 깊어 그윽해지면 우주의 실상은 비로소 제 스스로의 모습을 현현하기 때문이다.

밥과 공기

시이저가 칼에 찔려 부르터스 너마저… 했을 때 시이저의 폐에서 나왔음직한 공기 분자량을 측정해본 물리학자에 의하면 나노 급의 분자 몇은 모든 인류의 폐에 한 번 이상 들어갔을 거라 한다 …부르터스 너마저…를 조합해 낸 공기의 분자가 내 폐에 잠시 머물렀다고 하니 역사는 시간이 아니라 공기의 흔적이다

밥공기를 공기라고 했을 때 밥이 있던 곳은 공기의 자리였다 밥을 채우면서 밀려난 공기는 밥 한 술 떠낼 때마다 순식간에 제자리를 찾는다 밥과 공기의 오랜 싸움이다 아버지는 공기 대신 밥을 담으려고 평생을 사셨다 자식들의 빈 공기를 참지 못하셨다 먹어도 배고픈 공기를 당신의 허기에 담으셨다

식솔을 내려놓은 아버지의 리어카는 세상의 언저리마저 넘어갔다 나도 이제 공기를 아는 나이가 되었나 평생을 종발로 사셨던 아버지는 혀를 차시겠지만 이제 공기에 밥 아닌 것 담고 싶다 몇 나노 급의 허기를 담고 싶다 그림자 길어지는 새벽 상현달 같은 아버지의 종발에 따스한 시 한 그릇 지어드리고 싶다 공기 가득 밥내음 피어올리고 싶다

따뜻한 시 한 그릇 지어 드리다

이 시를 읽다보니, 무협지의 명언 중에서 떠오르는 말이 있다. 피의 값은 피로 받는다. 남의 목숨을 빼앗은 자는 자신의 목숨을 내놓을 각오를 해야 한다. 김수영 식으로 말한다면, "남에게 희생을 당할만한 / 충분한 각오를 가진 사람만이 / 살인을 한다"(「죄와 벌」)는 의미다. 그것이 배틀로얄의 법칙이자 세상을 사는 게임의 규칙이란 점이다. 하지만 누구도 속죄하지 못한 채 죄의 값만 늘어간다. 이제는 어떤 모라토리엄을 선언해야 할까? 누구든 나의 목이 필요한 이는 가져가시라. 하지만 고통 없이 단번에 가져가시라. 당신을 아프게 한 만큼의 고통을 왜 나라고 받지 않겠는가. 왜 니라고 피해 가겠는가.

유예된 처벌은 돌아온다. 그것은 늦더라도 반드시 돌아온다. 그렇다면 여기서 창백한 빛을 내뿜으면서 부서지지 않는 다이아몬드처럼 그 누구도 아닌 스스로의 힘으로 무너지리라. 죽는 것이 아닌 죽어주는 것처럼. 시이저의 마지막 외침처럼 쓰러져라. 시이저여. 먼지부스러기 같은 오후 햇살의 빛처럼 "부르터스! 너마저…"라는 외마디를 내뱉고 비통하게 죽어간 시이저는 전쟁을 승리로 이끌었던 로마 공화정 시대의 장군이다. 또한 그는 로마를 그의 손아귀에 넣고 마음대로 권력을 휘둘렀던 악명 높은 폭력 정치가로, 또한 저 오만한 이집트 여왕 클레오파트라와 모종의 스캔들 등 파란 많은 족적을 남긴다.

시이저의 장년 시절에는 원로원 중심의 로마 공화정이 삼두정치(三頭政治)로 인해 유명무실해진 틈을 타, 그는 10년 임기의 독재관에 오른다. 2년 뒤 이를 종신독재관으로 바꾸어 전제군주가 되려 했으나, 계속된 폭정으로 인해 주변에 정적이 많아지면서 부르터스가 이끄는 공화파의 암살 계획에 의해 쓰러지고 만다. 부르터스는 로마의 명문가 출신으로 시이저의 마지막 말로 더욱 유명한 인물이다. 시이저의 왕위에 대한 욕구에 반발한 혁명가들은, 브루터스의 조상이 공화정의 초대 장관이었다는 것을 근거로 들어 그를 부추겨 시이저를 암살하게 한다. 즉, 공화정을 지킨다는 명분에서였다.

이와 같은 먹이사슬의 역사 틈바구니를 헤집고 나왔듯이, 우리는 '그래도 살아가야 한다'는 당위적 현실의 눈앞에 놓여 있다. 시인은 역사를 기존의 맑시즘이 그랬던 것처럼 물질적 토대 위에서 해석하는 관점을 버리고 '공기'라는 무형물질에 의해 해석하고자 하는 의미의 고리를 구축한다. 이 시는 시인이 "시이저가 칼에 찔려 부르터스 너마저… 했을 때 시이저의 폐에서 나왔음직한 공기 분자량을 측정해본 물리학자에 의하면 나노 급의 분자 몇은 모든 인류의 폐에 한 번 이상 들어갔을 거라 한다"는 물리학적 잣대 위에서 시적 인식을 이끌어 내고 있어 이채롭게 다가온다.

시인이 말하는 역사란 "시간이 아니라 공기의 흔적"이다. 끊임없는 밥그릇을 차지하기 위한 싸움이면서, 밥그릇의 공기를 밀어내기 위한 부단한 싸움인 것이다. "밥공기를 공기라고 했을 때 밥이 있던 곳은 공기의 자리였"기 때문이다. '공기'라는 무형의 기득권과 거기에 유물론적인 '밥'이 빚어내는 역사는 차라리 피의 대가이면서 먹이사슬로 점철된 파란의 시간이 아니던가. "밥을 채우면서 밀려난 공기는 밥 한 술 떠낼 때마다 순식간에 제자리를 찾는" 이 비극적 역사 앞에서 우주적인 공기가 물질적 토대로 변질된다. 시인은 우리 시대의 현실을 객관적으로 정관하면서 인간의 반성적 태도를 유도해 낸다.

시인은 아버지를 비롯한 우리 인간이 꾸려온 역사의 실체를 "밥과 공기의 오랜 싸움"이라고 단언한다. 그러나 그 싸움이 여기서는 부정적인 측면으로 제시되지는 않는다. 밥과 공기라는 대립적 의미망은 사랑의 상징인 '아버지'의 이미지와 만나면서 '자기희생으로서의 사랑의 정신'을 함축한다. 아버지는 "공기 대신 밥을 담으려고 평생을 사셨"으며, "자식들의 빈 공기를 참지 못하"셨을 뿐 아니라 "먹어도 배고픈 공기를 당신의 허기에 담으"신 존재였다. 밥그릇과 공기와의 싸움이 약육강식의 권좌를 위한 시이저와 부르터스와의 싸움과는 전혀 다른 공기를 자신의 빈 '허기'에 담았기 때문에 가능한 역설적 인식이다.

그후 기나긴 시간이 흘러 "식솔을 내려놓은 아버지의 리어카는 세상의 언저리마저 넘어"간 그 부성의 시간대 앞에 시인은 다시 섰다. 그러면서 "나도 이제 공기를 아는 나이가 되었나"라며 그간의 역사와 아버지의 실체에 대해 회의하고 궁구하던 자신에게 엄숙한 질문을 던진다. 여기에서 "공기를 아는 나이"란 무엇인가. 그것은 비정한 역사와 반목을 겪으며 가난한 가계를 꾸려온 아버지에 대한 연민 의식으로 나아간다. 사회적인 차원에서 보면, 아버지는 시이저와 같은 권력의 장에 내던져진 존재이지만, 한 인간적 측면에서 볼 때는 한 가정의 가장이었다는 사실을 넌지시 함축하기 위한 전략이리라. 즉 공기는 '권력의 자리'

(쟁투의 역사)이면서도 '아버지의 허기'(인간의 사랑)이자 원래 그 자리를 지키고 있는 '생명의 근원'(자연의 원상)이 아니던가.

그러나 이 시에 등장한 아버지는 권력과는 무관하게 자식의 생존을 위해서 평생을 몸 바치신 가난한 소시민이었다는 사실에서 비극은 배가된다. 시인도 "평생을 종발로 사셨던 아버지"가 자신이 돈벌이 궁리에 골몰하지 않고 목숨 바쳐 시를 쓰는 것을 보면 "혀를 차시겠"다는 사실을 익히 알고 있다. 그럼에도 불구하고 시인은 "이제 공기에 밥 아닌 것 담고 싶다 몇 나노 급의 허기를 담고 싶다"고 말한다. 여기에서의 "밥 아닌 것"은 "나노 급의 허기"와 공분모로 동일화되는데, 이는 첫 연의 "나노 급의 분자"가 아버지라는 희생의 정신에서 착안된 형태의 변주이다.

이와 같은 우진용 시인의 역사 인식은 인간의 유물론적 사관에서 벗어나 정신적 실체로서의 인간과 시인의 도약적인 삶을 궁극적으로 환기하는 특성으로 집약된다. 따라서 시인은 "그림자 길어지는 새벽 상현달 같은 아버지의 종발에 따스한 시 한 그릇 지어드리고 싶다 공기 가득 밥내음 피어올리고 싶다"라고 결어를 맺는다. 시인이 응결한 "따뜻한 시 한 그릇"에는 물질의 영혼이라는 역설의 구조가 성립을 하는데, 바로 여기에서 자본과 물질이 지배하는 부정적인 역사의 공기에 "가득 밥내음 피어올리고 싶"은 구원의 시의식이 상징적으로 첨착된다. 이 마지막 대목은 물질문명을 앞세운 자본주의의 음험한 지배욕과 권력욕이 도사리고 있는 무섭고 슬픈 시대에 시인이 시를 쓰는 이유이자 시의 존재 형식인 셈이다.

에우로페 투우사

어둠이 뇌성처럼 떨어진 자오선에서 달려왔나
푸른 사막의 힘살이 불끈 솟아나 있어
초승달 같은 해안선은 제 무릎을 감싸고 있다, 휘청거려
다발로 떨어진 해당화 웃음, 거대한 황소의 눈 속으로 사라졌어

나, 들소 몰고 미복잠행한 날이 당신 터럭 수보다도 많아 트럼펫
소리도 밟지 않고 등장한 당신 물고를 내야겠지 장밋빛 허기의 눈
길 속에 섶다리가 출렁거려 아, 풍문을 몰고 온 바람이 아랫배를
싸르르 훑어 내렸어 에로스 화살을 맞은 당신은 과녁이 보이는가
좀비로 붙박힌 황소별자리의 안녕쯤을 과녁으로 해둘까 서로 다
른 고삐를 쥐고 빙빙 원을 그리지 말초신경으로 쏠린 원심력과 햇
살로 튕겨나가는 구심력의 패를 쥔 한판승이야 관중으로 나선 올
리브나무 이파리들이 니케 니케 소리 질러 숲속을 걸어나온 보랏
빛 민트 향기가 샅을 부여잡아 내 손엔 창이 없어 붉은 모래빛 뮬
래타가 거친 숨을 몰아쉬지 푸르륵 쏙독새늘이 노을 타며 섬점 시
린 호를 그렸어 당신이 내민 위험한 손길은 번제물로 꽃 피우겠지

닳아진 시간의 모래톱 주름주름
검은 구름의 이불 속으로

황금 소나기떼로 달려가
목마른 백조의 날갯짓으로 헤엄쳐
바람! 바람의 주장자를 휘두르던 당신을

물마루 타고 아슬아슬 뿔을 잡아
이랴, 어서 가자 크레타 섬을 향한 나는
위풍당당 흥분하는 관중에게 마타도르 한 잔씩을 권하지

타자의 주체, 신화적 페미니즘의 미학

　김지순의 시는 그리스 신화와 「에우로페의 납치」라는 회화를 차용한 듯하지만, 다시 이를 새로운 관계망으로 변형하여 재해석한 재미있는 작품이다. 모티프로 삼은 그리스 신화와 그 신화와 관련된 그림의 서사와 관점을 재기발랄하게 뒤집는다. 원텍스트인 신화의 얼개를 대략 간추리면 다음과 같다. 올림푸스에서 바람둥이로 소문난 '제우스'가 '에우로페'의 아름다운 모습에 반해 '하얀 소'로 변신하여 유혹한다. 제우스는 착한 소의 눈망울에 이끌린 에우로페를 자신의 등에 태우고 '크레타 섬'으로 간다. 그후 '에우로페'의 이름을 따서 그 지역을 '유럽'이라고 부르게 된다는 내용이다. 이 같은 서사적 플롯에서 벗어나 시의 화자는 '에우로페'와 '제우스'의 관계를 '투우사'와 '황소'의 관계로 재구성한다는 점에서 신선한 충격을 던져준다. 따라서 화자는 세상의 중심이자 헤게모니를 쥐고 있는 '제우스'와 그의 바람기를 잠재우는 과정을 중시한다. 투우사가 일격에 소를 잠재우듯 시의 화자는 '에우로페'를

마치 용맹스런 여전사인 양 재창조의 손길로 부활시켜 생동감을 자아
낸다. 어조상으로 보면 시의 화자인 '에우로페'가 "당신이 내민 위험한
손길은 번제물로 꽃 피우겠지"라는 독백의 이면에는 이 시대의 불온한
권력에 대한 응전의 정신도 내장되어 있다. 시의 화자가 3연에서 '제우
스'의 바람기의 전적을 디테일하게 묘사하는 부분이 이를 증명한다.
'먹구름'으로 둔갑해 유혹한 '이오', '황금소나기'로 둔갑해 유혹한 '다나
에', '백조'로 둔갑해 유혹한 '레다', '승리의 전령'인 '니케' 등을 이미지
화하여 전적에 쐐기를 박는 장면도 중요한 메타포 기능을 수행한다. 나
아가 '마타도르'는 투우경기 때 소의 성향을 분석하고 기획하는 주역의
존재이자 달콤한 파인애플 라임향의 칵테일을 드러내는 동음이의어이
다. 주장자인 '제우스'와 타자인 '에우로페'의 관계를 한 순간에 역전시
켜 아이러니한 말놀이(pun)의 효과가 긴요하게 작동하는 대목이다. 그
결과 인용시는 '제우스의 납치'가 아닌 '에우로페의 승리'로 황소의 뿔
을 잡고 당당히 '크레타 섬'을 향해가는 그녀의 주체적 역동성을 되살
려낸다. 여기에서 '에우로페'라는 인성의 세계가 '제우스'란 수성의 세
계를 지배하는 동력으로 삼았다는 점에서 페미니즘적인 의식까지 담
지한다. 김지순의 시는 신인의 작품답지 않게 신화적 상상력의 재구를
통한 실험적인 의식, 나아가 싱그럽고 풍요로운 언어 감각에 이르기까
지 열렬한 상상력의 진폭을 보여주고 있어 관심을 환기하는 작품이다.

타르코다르

나는 우발적인 존재다. 바람의 중얼거림에서 태어났다.
빈 통조림 깡통에서 불어오는 축제로
유리창은 늘 과장되어 있고
주정뱅이에게서 산 앵무새는 발기촉진제를 먹으라며
내 아침을 망쳐 놓는다.

－ 어이, 타르코! 어제 치킨 집에 갔는데 닭날개가 세 개더라고.
－ 코다르! 나는 다리가 세 개인 치킨을 먹고 꿈자리가 사나웠어.
－ 우리 이제 겨드랑이에서 날개가 나는 게 아닐까?
－ 절름발이가 되겠지.

석고로 된 아이를 안고 꾸벅거릴 때
아버지의 사진이 땀을 흘리고
오선지 위에 쓴 어머니의 편지가, 찌따찌따
옴 마니 밧메훔

－ 코다르! 어제 공동묘지에 비가 내렸어.
－ 어스름이 나선형이라서 그래.
－ 개가 막 도망치다가 갑자기 딱, 멈추더니 뒤돌아보는 거야.

– 조심하라고. 악마도 성경을 인용한데![1]
– 갈고리 십자가가 나타났나 봐!

백성이 아무도 없는 왕의 나라에서는
물방울로 뜨개질한 옷을 입은 헤드뱅어의 수표가 떠돌아다니고
기계들의 소음 속에서 명령만 내리는 왕의 말을 듣는 이는 없다.

– M
– 코다르! 방금 뭐라고 했어?
– 내가 한 말 아닌데….
– 방금 M이라고 했잖아.
– 살 떨리게 그러지 마. 그렇잖아도 먼 나라의 전쟁이 이리로
오고 있다잖아.

레니에는 우울증에 걸려 선글라스를 복용하고
늘 분노에 차 있는 토니는 핸드폰을 매일 깨부순다.
한시도 애완견을 떼어 놓지 못하는 첸은
숫자 계산에 골몰하는 나에게

---

1) 마태복음 4장 5-6절

언제 창녀촌에 갈 거냐고 묻는다.

– 그만 징징대! 고독 때문에 징징대는 고호처럼…. 남사스러워!
– 사람들이 아무데나 심어져 있잖아. 우리도 곧 저렇게 될 거야.
– 제발, 타르코! 여기는 도서관이야.
– 그런데 왜 이렇게 포르말린 냄새가 나는 거야?
– 책 속에 있는 사상의 냄새야. 지독하지?
– 짚으로 만든 인형도 참을 수 없을 거야.

망자들을 위로하는 스님들이 타자치는 소리를 내며
옴 마니 밧메훔
부록으로 가득 찬 세상에서 딸꾹질이 나오고
외로운 왕은 아직도 명령만 내린다.

무의미한 행동과 실존적 말의 조합
ㅡ '부조리시극'의 출현에 대하여

최근 여타의 잡지에 발표된 전기철의 근작 시편들은 '전쟁과 죽음'을 테마로 다루는 데 깊이 골몰하고 있는 듯하다. 그의 시편들을 읽어 나가다 보면, 망자를 위한 음울한 미사 음악인 레퀴엠의 요소를 배면으로 하여 괴기스러운 장면들이 다중적으로 혼재되어 있다는 사실이 발견된다. 읽는 이들을 압도하는 이러한 특성은 젊은 시인들의 몽환적 의식과는 일정한 거리를 두고 있는 까닭에 자못 신선하고 충격적이다. 거개의 젊은 시인들의 시가 인간의 파편화된 의식과 무의식적이면서도 분열증적인 병리학적 특성에 관심의 초점을 둔다면 전기철의 시는 전쟁과 죽음이라는 존재론적인 측면에서 인간의 내면 심리를 풀어내면서 궁극적으로는 인간의 실존성을 억압하는 부조리한 일상의 과녁을 겨냥한다. 1950년대 프랑스를 중심으로 일어난 부조리극은 실존적 전위극 및 초현실주의의 영향을 강하게 받은 연극으로서 이치에 어긋난 대화나 행위를 전제로 하여 자유로운 행위자로서의 인간을 표현한다. 구성이나 성격 묘사가 불합리하고 기이하여 전통적인 기법을 거부하며, 인간 실존의 환상과 몽상적 의식을 통해 논리적 세계를 폐기하는 특질을 지닌다.

부조리극의 작가들은 제2차 세계대전 이전의 초현실주의 등의 수법을 빌어 부조리를 재현하고 그 구체적 이미지를 부여한다. 알베르 카뮈는 자신의 책 『시지프의 신화(The Myth of Sisyphus)』에서 인간의 상황은 근본적으로 부조리하며 목적이 결여되어 있다고 주장한다. 전기철의 근작시 「타르코다르」도 시적 메타포와 극적 대화로써 부조리한 인간 세계의 단면을 예각적으로 바라보는 작품이다. 우선 제목만 보더라도 러시아 영화감독 '타르코프스키'와 프랑스 영화감독 '장뤽 고다르'의 조합으로 유추되는 말놀이(pun)의 효과를 살리고 있다. 영어식 언어 구조로 볼 때도 '타르코'와 '코다르'는 동전의 앞뒷면과 같은 형태와 다를 바 없다. 따라서 이 두 인물은 화자인 '나'의 관점에서 볼 때 '두 인물'인 동시에 '한 인물'일 수 있고 '주체아'와 '객체아'의 표상, 나아가 '산 자'와 '죽은 자'라고 보아도 무방하다. 인용시의 화자인 '나'는 1연의 내레이터 발화 형식을 통해 "바람의 중얼거림에서 태어"난 "우발적인 존재"로서 등장한다. 그가 사는 세계가 "빈 깡통"은 "축제"와 연계되어 있고, "유리창"은 "과장"되어 있으며, "주정뱅이에게서 산 앵무새"에게 귀속되는 형식이기 때문이다.

시의 화자는 2연에서 지문 없는 극적인 대사 형태로써 귀신들의 대화를 채록하여 놓는 형식을 선보인다. 코다르가 타르코에게 "어제 치킨 집에 갔는데 닭날개가 세 개"라고 말하자 그 응답의 결과가 다름 아닌 "다리가 세 개인 치킨을 먹고 꿈자리가 사나웠"다는 코다르의 대답으로 돌아오며 동일화된다. 그러나 그 동일화의 결과는 다시 이화의 단계로 분리된다. 코다르가 "우리 이제 겨드랑이에서 날개가 나는 게 아닐까?"라는 인식의 결과를 낳는다면 코다르는 "절름발이가 되겠지"라는 이율배반적인 상황으로 파행을 겪는다. 그러자 상황은 3연에서 "석고로 된 아이"와 "아버지의 사진", "오선지 위에 쓴 어머니의 편지"가 소통하는 그로테스크한 국면으로까지 나아간다. 물론 그 소통은 "찌따찌따"라는 음성상징어가 환기하듯이 서로간의 소통이 불편하고도 불가해한 관계로 암유된다. 여기서 숨겨진 화자의 목소리로 현현하는 "옴마니 밧메훔"이라는 라마교 신자들이 외는 주문에는 연화보살에 귀의하여 죽은 후에라도 육도(六道)에 유전하는 제약에서 벗어나 생사해탈의 길을 얻고자 하는 화자의 의지가 담겨있다.

관찰자 시점의 화자는 4연에서 타르코가 "어제 공동묘지에 비가 내렸"다고 하자 "어스름이 나선형이라서 그"렇다는 상황과, "개가 막 도망치다가 갑자기 딱, 멈추더니 뒤돌아보"는 것이 "악마도 성경을 인용"하기 때문이라는 마태복음의 구절을 인용하여 능청스럽게 도착적 진술의 양식을 보여준다. 이 같은 모순된 진술을 통합하는 구절이 바로 "갈고리십자가가 나타났나 봐!"라는 결구의 상황인데, 여기서는 화자가 부조리한 귀신들의 세계에서조차 팽팽한 위기감을 가중하려는 심리적 메타포로써 영향력을 끼친다. 화자는 5연에서 귀신들의 세계는 "물방울로 뜨개질한 옷을 입은 헤드뱅어의 수표가 떠돌아다니"고 "기계들의 소음 속에서 명령만 내리"기 때문에 "왕의 말을 듣는 이는 없다"는 것이다. 이 세계는 "백성이 아무도 없는 왕의 나라"라는 인식 태도는 자못 진지한 성찰적 언어의 결과로 판단된다. 나아가 화자는 6연에서 상징적 이니셜인 "M"을 제시한다. 여기서의 'M'은 살인을 의미하는 'Murder'의 표징이다. 그 말은 코다르가 한 말이 아니라 환청으로 들린 말로서 "먼 나라의 전쟁이 이리로 오고 있다"는 사실로 미루어 볼 때 죽음과 결부된 인간의 실존적인 위기감을 배가하는 기능을 수행한다.

7연에서는 화자와 제3의 부수적 인물들이 등장하는데, '레니에'는

"우울증에 걸려 선글라스를 복용하"고 있고, 언제나 분노에 차 있는 '토니'는 "핸드폰을 매일 깨부"수며, '첸'은 "한시도 애완견을 떼어 놓지 못하"는 기이한 행위들을 연출한다. 나아가 그들은 "숫자 계산에 골몰하"며 이성과 자본의 형식에 길든 화자에게 "언제 창녀촌에 갈 거냐고 묻"기도 하는 파탄적 의식의 단면을 드러내기까지 한다. 정상인인 화자는 이상분열증세를 보이는 친구들을 가감 없이 보여줄 뿐 더는 그들의 의사진술에 개입하지 않는 수동적인 태도를 보여준다. 그것은 8연의 대사에 잘 표명되어 있다. 그들은 이미 조직이나 제도적 억압에 의한 "고독 때문에 징징대"거나 "사람들이 아무데나 심어져 있"다는 자유 의지의 박탈감을 겪은 존재들이다. 나아가 그들이 사는 세계가 "도서관"으로 비유되는데, 여기서 '도서관'이란 언어의 관념에 의해 "포르말린 냄새"가 진동하는 주검의 세계와 다르지 않다. 따라서 화자는 "책 속에 있는 사상의 냄새"는 "짚으로 만든 인형도 참을 수 없을 거"라는 언어적 환멸감에 봉착하기에 이른다. 마지막 9연에 나타난 바와 같이 "망자들을 위로하는 스님들이 타자치는 소리를 내"며 "옴 마니 밧메훔"을 연발하며 초혼제를 올리느라 분주한 게 기실 우리가 사는 세계의 현주소이기 때문이다. 더구나 원본의 현실은 사라지고 오직 "부록으로 가득 찬 세상"은 금속성 문자들을 찍어내는 "타자치는 소리"에 따라 불편한 "딸꾹질"만을 되풀이할 뿐이다. 화자가 시의 결구에서 "외로운 왕은 아직도 명령만 내"린다고 진술한 것은 음험하고도 허구적인 세계를 향해 날린 무언의 시위와 다를 바 없다.

전기철은 근작으로 발표한 20여 편의 시를 통해 낯선 형태의 '부조리 시극'이라 명명할 만한 새로운 기획으로써 시단의 관심을 불러일으키고 있다. 그는 다양한 극적 구조의 차용과 탄력적인 언어 운용으로써 삶과 죽음, 실존과 허구, 전쟁과 사랑 등 일찍이 우리 시단의 어떤 시인들도 탐험하지 못했던 새로운 미개지를 개척해 나가고 있다. 여기에는 인간이 어떤 목적을 발견하고 자신의 운명을 제어하려는 몸부림이 헛될 뿐이라는 비극적인 입장이 전유되어 있다. 이러한 견해에서 볼 때 그의 시는 절망과 혼돈, 극도의 불안을 야기하는 실존적 박탈감에서 출발한다. 그의 시에 등장하는 인물들은 하나같이 이치에 맞지 않는 행동과 괴이한 말을 반복하는데, 나중에는 그 소리가 무의미하게 들리기까지 한다. 언어의 한계로 착안된 도착적이고도 무의미한 행동과 말의 조합 때문에 그가 예비한 의식의 기저에는 형이상학적 비탄이 깔려 있다. 무엇보다도 전기철의 '부조리시극'에서 주목할 일은 그들이 거주한 죽음의 세계에서는 실존을 변화시키는 일이 전혀 일어나지 않는다는 사실이다. 그의 근작 시편들이 초현실주의자들과 실존주의자, 표현주의 유파에 나타난 사상의 영향이 지대한 까닭이 바로 여기에 있다.

인류진화도표 2010

나<폼>가 나를 의식하지 못한 채
이미 반응해 버린 것이 본능이다.
사랑에 갇혔다가 할복으로 탈출한 사람의 이야기를 들으며
신이 방조한 사람의 자살에 대한 자문자답으로
내가 어떤 무리이며 갈래인가를 가늠해 본다.
신이 무에서 창조한 생명을 무로 파기 환송한
신과 일합을 겨뤄 연 저세상에 대한 질문을 듣는 순간
나는 이 세상에서 나를 빼돌려 대답을 유보했다; 본능적으로
대답을 찾아 머뭇거리는 이 정지된 순간이
신과 사람의 군속이 갈리는 지점이다.
시간이 존재하지 않는 알 속과 같은 순간에서
대답을 찾아 마음으로 향하는 부류가 사람이다.
그 없는 시간에서 머뭇거리던
나<폼>가 스스로 돌아와 마음에 갇히는 것이 탈각이다.
그 영어圖圄의 외곽이 사랑의 태반이다.
일평생 사랑에 갇힌 태아가 사람이다.
나<폼>를 □ 속에 가둔 사람이 □를 박차며
'사랑한다, 나를 따르라'는 슘을 내렸을 때.
천군만마로 믿었던 대상이 외면하고 돌아섰는데,

어느 장군이 배를 갈라 속을 보여주지 않겠는가.
신이 무에서 창조한 생명을 무로 파기 환송한
사람의 사랑을 감히 신이 가늠할 수 있겠는가.
나는 신의 자살 방조에 대해 무죄를 선고한다.
신이 경험할 수 없는 게 사랑이라는,
신은 없는 시간을 창조하지 못한다는,
예외조항에 의거
없는 시간에 갇혀야 태어나는 한 지류를 그려 넣는다.

신과 인간의 음험한 관계 도식

　　차주일은 종래의 서정시인과는 다른 대척점에서 단단하면서도 탄력적인 언어 감각과 풍부한 상상력, 내밀한 구조적 사유를 토대로 낯선 언어의 집을 짓는 시인이다. 인용시에서도 그는 폭넓은 사유를 동원하여 신과 인간의 관계를 전복하면서 기표와 기의의 간극을 재구하려는 치열한 의식을 선보이고 있다. 그가 언어의 형상성에 주목한 것은 존재의 근원으로 깊이 틈입해 들어가려는 의식의 일환으로 탐지된다. 상기 인용시에서는 '내'가 '나(吾)'를 버리지 못해 반응해 버린 것이 '본능'이라는 단언명제를 필두로 신과 인간의 관계망을 고구하는 2010년 인류의 진화도표를 그려내고 있다. 시의 도입 부분에서 화자는 깊은 사랑의 감옥에 갇혔다가 할복으로 탈출한 사람의 이야기, '신(神)'이 방조한 '사람'의 자살 사건에 대해 자문자답의 어법으로 "내가 어떤 무리이며 갈래인가"를 가늠해 본다. 그가 인식하는 인간이란 '자살'의 형식으로 "신과 일합을 겨뤄 연 저세상"에 대한 질문에 골몰하는 존재로 표명된다.

그 질문에서 화자가 자신을 빼돌려 대답을 유보한 것은 신이 "무에서 창조한 생명을 무로 파기 환송"한 인간의 죽음과 관련된다. 그 신성한 자살의 행위와 대면하는 시점을 화자는 "대답을 찾아 머뭇거리는 이 정지된 순간"이라고 명시한다. 결국 스스로의 질문에 머뭇거리는 인간의 행위와 대답의 과정이 "신과 사람의 군속이 갈리는 지점"이란 맥락이다. 인간이 아름다운 것은 신과는 다르게 불완전한 몸의 양식에도 불구하고 사랑을 위해 자신의 전생애까지도 한 순간에 던져버릴 수 있기 때문이리라. 이는 시의 전체 구도에서 볼 때, 화자가 '신'과 '인간'의 관계에서 무력한 신의 모습을 포착하는 계기로도 기능한다. 인간의 시간을 벗어 버린 "알 속과 같은 순간"에서 "대답을 찾아 마음으로 향하는 부류가 사람"이라는 전언이다. 기존의 시와는 다르게 '사랑'을 축으로 하여 '신'과 '인간'의 관계를 뒤집는 바로 이 지점이 차주일 시인의 개성적인 상상력이 빛을 발하는 대목이다. 더욱이 화자는 "영어圄圈의 외곽이 사랑의 태반"이라는 이분법적 도식을 실증하려는 차원에서 '마음'의 표지까지 해명해 나간다. 이 한자의 형상은 '폼'(나)와 '슈'(명령)이 '口'자에 갇힌 형상인데, 그것은 '나'라는 '口'(틀)을 깨버린 대자적 존재가 타자를 껴안기 위한 행위로 전제된다. 그러나 사랑의 대상이 그토록 중요한 영(슈)을 저버렸다면 누군들 "배를 갈라 제 속을 보여주지 않겠는가"라며 인간의 충분조건인 사랑의 숭고한 힘을 역설한다. '죽음'이 무엇인지도 모르는 '신'이 "무에서 창조한 생명을 무로 파기 환송"한 인간의 이 위대한 사랑의 실체를 짐작이나 하겠냐고 빈정대기까지 하는 아이러니한 형국이다. 나아가 화자는 자못 능청스러운 태도로써 인간에 대한 신의 '자살 방조'에 대해 육법전서의 법률 조항까지 들추며 무죄를 선고한다는 사실이다. 화자에 의하면, 신의 입장에서는 "경험할 수 없는 게 사랑"이고, 인간의 법은 "없는 시간을 창조하지 못한다"는 '예외

조항'이 있기 때문이라는 기막힌 결구다. 다시 말해서, 시의 화자는 신에게 불경죄를 저지르면서까지 인간이란 '사랑'의 기표로써 "없는 시간에 갇혀야 태어나는 한 지류"라고 정의하는 아름다운 '인류진화도표'를 완성한 것이다. 지금까지 살펴본 바와 같이 차주일 시인은 늦깎이로 등단했지만, 근래 보기 드물게 새로운 언어 인식이나 서정의 밀도, 강력한 상상력의 자장에 이르기까지 지평이 너른 영지의 소유자다. 그가 치세하는 광활하고도 비옥한 성지에 기꺼이 발을 들여놓고 그의 백성으로 살고 싶은 까닭이 바로 여기에 있다.

고독한 욕망의 윤리학

초판 1쇄 인쇄일 | 2012년 1월 11일
초판 1쇄 발행일 | 2012년 1월 13일

지은이　　　| 강희안
펴낸이　　　| 정구형
출판이사　　| 김성달
편집이사　　| 박지연
책임편집　　| 이하나
본문편집　　| 정유진 김현경
디자인　　　| 정문회 장정옥
마케팅　　　| 정찬용
영업관리　　| 한미애 김정훈 신보람
인쇄처　　　| 월드문화사
펴낸곳　　　| **국학자료원**
　　　　　　 등록일 2006 11 02 제2007-12호.
　　　　　　 서울시 강동구 성내동 447-11 현영빌딩 2층
　　　　　　 Tel 442-4623 Fax 442-4625
　　　　　　 www.kookhak.co.kr
　　　　　　 kookhak2001@hanmail.net

ISBN　　　　| 978-89-279-0150-1 *93800
가격　　　　| 18,000원

* 저자와의 협의하에 인지는 생략합니다.
　잘못된 책은 구입하신 곳에서 교환하여 드립니다.